嫡策

6

完

董無淵 著

風 文創 195

目錄

第一百零一章

多餘是什麼？

是夏天的被單、冬天的蒲扇，和我心涼之後，你的殷勤。

這大概就是閔寄柔的心境吧。

閔寄柔求真愛，亭姊兒求寵愛，哪個更好給，哪個更容易，有眼睛的人都能看到。

真愛太難，而寵愛易予，一串蜜蠟手釧，一座價值連城的象牙屏風，一套做工精細的翡翠頭面，一句不用過腦子的情話，一個吻，舉手之勞，再無須另費他心。

「原先我以為二哥是真心待閔寄柔的……」

行昭有些蔫蔫的，一口氣堵在心裡頭，靠在湘妃竹墊上，手上捧著一碗乳酪小勺小勺地戳，再抬頭看正在呼呼吸吸吃麵的六皇子，把溫水往他那處一推。

「明明和二哥去大興記用的晚膳，怎麼一點沒吃飽，這麼一大碗麵吃下去，小心晚上不消化。」

「二哥拉著我喝酒，喝完酒，他撒酒瘋，我就光聽他哭了。總不能他一個大男子漢在那處哭哭啼啼，我眼裡頭只有桌子上的醬肘子吧？」

二皇子一張嘴壓根兒停不住，害得他午膳沒吃好，晚膳又被這麼一打岔，老早就餓了。

六皇子捧起水杯一飲而盡，又埋下頭去吃麵，一碗麵吃了個底朝天，又捧起碗來把湯也喝了個乾淨，拿帕子抹了把嘴，又去挑桌上的葡萄吃。

行昭「嘖」了一聲。「別吃了燙的又吃涼的，說多少次了！」

六皇子手一縮，離那葡萄遠了，笑咪咪地轉身盤腿靠到行昭身邊去。「閔氏與妳說什麼了？她一走，妳就有些悶蔫蔫的。」

閔寄柔讓亭姊兒流產那樁事，行昭一開始沒同老六說，可悶在心裡久了，倒也瞅了個時候告訴了老六。

老六不比二皇子，嘴沒這麼快也沒對各家的家長裡短熱衷得很，老六看問題又與行昭看問題的角度不一樣，行昭多是站在女人的角度，老六一評就是站在了大局觀上作文章了。

「若平平順順生下來，就是天家的長孫，論他是嫡出庶出，豫王府有個兒子傍身，別人爭起來會更名正言順，可閔氏卻出手打落這個孩子……」

六皇子沈吟半晌，才又再道：「至少表示閔氏不願意讓二哥登基，閔氏的態度能不能代表閔家的態度？若是能代表，那信中侯閔大人如今能說上話，卻在這緊要關頭急流勇退，他是當真無心摻和這蹚渾水，還是在等我與陳顯鬥得個你死我活之後，再躍眾上位……」

行了，就此打住吧，一下子就從家庭倫理變成了宮廷政鬥了。

湘妃竹墊子靠久了沁人得很，眼見著太陽落山了，可黃昏時分天更熱，人像被送進了蒸籠抽屜裡頭悶著。行昭一直不太舒服，身上懶懶的，心裡頭更是有股叫不出名堂的火氣和浮躁，可六皇子一靠過來，行昭心就靜下來了，心靜自然涼。

「她在求我，若是你上位了，希望能饒過二哥和豫王府。我當時沒給她准話，拿話岔過去了。昌貴妃王氏已經下手暗害端王府了，她下一步會做什麼，她會不會將二哥一起拖進深淵？二哥會不會做什麼？我們誰也不知道，我也沒有辦法給她准話。」

行昭看了眼六皇子，輕聲問：「二哥都同你哭什麼了？我看他一早上過來就和你有話說的模樣。」

六皇子攬了攬行昭的肩膀，讓她靠在自己身上，笑了笑，語氣有點啼笑皆非。「閔氏看透了局面，誰能料到，二哥的眼光卻還僵在豫王府內院巴掌大的那塊地方裡。」

這點行昭不意外，等著六皇子繼續說下去。

「二哥終於發覺自己後院亂得不像樣了。石妃回過神之後，一味怪責閔氏，將禍端推到了閔氏身上，可在二哥眼裡閔氏是為了護住石妃和她肚子裡的孩子，將頭都撞破了的好女人。石妃這樣說一次、兩次，二哥且都聽著，可說多了鬧到閔氏跟前去了，閔氏連辯解都沒有，直接跪到二哥跟前自請下堂。一個胡亂攀誣，一個隱忍無辜，就算石妃才是失了孩子的那個人，二哥慢慢地也覺得石妃做得太過了、也太咄咄逼人了。二哥同閔氏說了這些話，妳猜猜閔氏怎麼說？」

行昭搖搖頭。

六皇子長嘆了一口氣才接著說道：「閔氏說『若石氏已不得王爺眼緣，妾身知道城東張秀才家中尚有一女待嫁，個性溫順，容貌無瑕，不知王爺何意？』這個人不行，那就換個人來伺候二哥，二哥當場僵在原處，拿今兒個二哥的原話來說，『阿柔怕是恨煞我也，我與阿柔夫妻這麼些年，頭一次聽見她主動提要為我納妾。我這麼些年聽多少家長裡短啊，怎麼可能不知道女人心涼了，便再也不在乎男人身邊有多少人了』。」

六皇子一向記性好，原話複述得絲毫不差。

行昭聽得既想笑又想哭，是說二皇子活生生一個二愣子，人家偏偏也懂得在家長裡短中記取經驗教訓，歸納真理，趨利避害了。

可惜啊，時辰錯了，來不及了。

懷有身孕的行昭有些惆悵，六皇子卻很理智。

「其實認真想想，閔氏也不能算最傷心的人，她害石妃的兒子沒了，二哥不僅兒子沒了，自己媳婦兒還不與自己貼心了，怎麼算也是石妃與二哥更可憐一點。」

行昭腰板一挺，緊接後言。「帳不能這麼算的，定京城裡的世家大族，哪家不是主母未生嫡子，妾室都不許生？就算是作戲，皇上也等母后等了有兩、三年！正室有正室的尊嚴和堅持，二哥卻放任亭姊兒有孕，亭姊兒一哭，二哥便東西南北都找不到了，一個巴掌拍到正房的臉上，誰能好看得了？你要比可憐，你自己想到底是誰先可憐的？」

行昭悶氣上來，話說得又急又快。

豫王府本來就是一攤爛帳。論錯，誰都有錯；二皇子錯在沒有及時維穩，亭姊兒錯在時刻都在作戲，閔寄柔錯在沒有及時維護婚姻。

可退一萬步說，若事情倒回，照閔寄柔的個性可能哭哭啼啼地求憐愛嗎？一個家裡本就是互補，你強我則弱一些，你弱我便強一點好鎮住局面，二皇子個性耿直又爽快，若閔寄柔不嚴謹端肅起來，日子怎麼過下去？

過日子，又不是唱戲文，不是每一天只有看星星或數月亮這麼一件事要做，日子是柴米油鹽醬醋茶，不是書畫琴棋詩酒花！

六皇子被行昭的反應一驚，嘴一癟，感覺有些無辜，自個兒實話實說，理智客觀，怎麼也戳到媳婦兒痛處了呢？

六皇子想起一早前，黃嬤嬤旁敲側擊、十分隱晦地提醒——

「再溫順再好的女人家，懷孕的時候都會有些不講理，我們家夫人您曾經見過吧？最是溫和脾性好的人了，懷景哥兒的時候也常常發好一頓脾氣呢！」

先臨安侯夫人方福發脾氣的樣子……

六皇子表示沒有辦法想像。

他趕緊出言安撫。「是是是，是閔氏可憐、是閔氏可憐……」眼看行昭氣勢下去了，好死不死又咕噥加上一句話。「可二哥也沒有實實在在地讓她失過孩子啊，二哥的手上也從來沒有沾過血啊……」

男人看事情注重結果，碰上看問題注重過程的女人，嘖嘖，注定是一場災難。

行昭耳朵尖，腰桿彎到半路，又猛地一下挺直，氣勢一下子就盛起來，在心裡頭憋了一天的那股無名火「唰」地一下往外竄。

「你是不挑事不開心是不是？非得理論出個所以然來是不是？你要理論那咱們來慢慢理論好了。二哥是你的二哥，血親相連，是他一心求娶寄柔，陰謀、陽謀什麼都堆到了檯面上，王氏當初為了滿足二哥這個心願，還拿踩應邑做交換！

「我與寄柔是多年朋友，當初還很為寄柔歡喜了一場，結果呢？結果呢？皇上指了側妃下去，二哥接過手，是，這是無奈之舉，可捧著她、慣著她也是無奈之舉？由著亭姊兒打寄柔的臉也是無奈之舉？讓庶出先蹦出來也是無奈之舉？二哥寵亭姊兒的時候，好歹也想一想他當初是怎麼挖空心思求娶寄柔的！若只求婚姻，那就別動情愛，若動了情愛，就請忠貞。哪裡有你半路岔道，還不許別人打個幌子的道理！」

行昭喘了口氣，老六趕忙把溫水捧過去，行昭抿了一口，一句話作總結。

「姬妾才是亂家之源，二哥一碗水沒端平才會造成後院起火，若只有一個女人和一個男人，你自己想想日子能不能好好過下去？」

最後一錘定音。「你就偏幫著你二哥吧！」

六皇子身子往後一縮，他感覺他媳婦兒好像馬上要噴火了。

行昭舒了口長氣，憋悶的心緒舒暢了很多，閔寄柔兩世都過得不舒心，讓她覺得很愧疚也很無奈，可她卻什麼都做不了，當初二皇子認真求娶的時候，她有多歡喜啊，世間悲情的女子已經夠多了，沒必要再多上閔寄柔一個。

二皇子一開始喜歡的是閔寄柔的端和大氣，可最後讓他感到厭倦沈悶的也是閔寄柔的端和大氣。

行昭覺得有點可怕。

原來曾經的佳侶，也可能變成怨偶。

那她與老六，有沒有可能也會在歲月裡硬生生地被磨成這個模樣呢？

行昭陡然生出的隱憂被淺淺地埋在了心上，六皇子根本無從得知。

六皇子屈著指頭算，這怕是這麼幾年來，他們倆頭一回爭吵吧？

嗯……說爭吵有點過了，算是她單方面吼他……

合著就怪他嘍？

吼吼也好，她一直不是不講道理的人，自打閔氏走後，今兒個一直蔫巴巴的，把一股子憋在心裡頭的氣吼出來，心緒舒暢了，精氣神才出來。

更何況，她不吼他，讓她吼誰去？

行昭素著一張臉就寢，六皇子往旁一瞅，還好還好，旁邊還給他留了個位的。

大約是累極了，心累身累，行昭一沾枕頭就睡著了，連夢都沒作，等到半夜，卻突然驚醒過來，心頭悶得像壓了一塊千鈞重的石塊，明明屋子裡擺了冰塊也擺了水，可腦袋暈暈乎乎的，像是被熱的，又像是被嚇的。

行昭一睜眼，夏夜裡此起彼伏的蟬鳴聲和清風颳動窗櫺輕輕的「嘎吱嘎吱」聲響，讓夜變得更幽靜和漫長，屋裡只有雲絲罩外的那盞宮燈微弱地泛著光亮，和著男人規律的呼吸聲，讓行昭在暈暈乎乎中，陡感清醒。

比伸手不見五指更可怕的是，只能看見自己，而看不清別人。

六皇子還在熟睡，行昭長吁出一口氣，翻了身，大約是翻身的動作大了，六皇子也跟著動了動，口裡頭迷迷糊糊呢喃著。

「小腿又抽筋了？」說完，他便伸手摸摸索索中找到行昭的小腿，不輕不重地捏了幾下。隨後便將行昭攏進了自己懷裡，手下意識地覆住行昭的小腹。

男人的氣息很濃，手也很暖，呼出的氣打在行昭的鬢邊。

行昭瞪大了眼睛，眼眶一熱，心裡酸軟得像喝下了一盞酸乳酪。

自打她懷了身孕，常常晚上睡著睡著就容易小腿抽筋，睡到一半幫她揉一揉小腿，已經變成了老六的一個習慣。

習慣啊習慣，人最怕的就是習慣。

可人最熟悉和信重的，也是習慣。

行昭靜了下來。

第二天清早，行昭仍舊素著一張臉幫老六穿衣裳、戴上烏紗帽。

六皇子一瞅，便也跟著安心了，媳婦兒講道理、不生氣了，當男人的這才心情十分舒暢地出了門子，上朝去！

昌貴妃受了耳光，緊跟著方皇后的懲戒就下來了，貴妃是皇帝下旨欽封的，皇后沒這個權力降位分，可皇后有權力讓昌貴妃生不如死，方皇后偏偏也沒有這麼做，小懲大誡地禁了昌貴妃一個月的足，又罰了半年的俸，便將此事草草揭過。

後宮之中一時間議論紛紜，有說：「方皇后也得顧忌著豫王了，就怕哪天豫王上了位，新帳舊帳一塊兒算，方皇后是太后，可昌貴妃卻是新皇生母啊！誰大誰小，誰尊誰卑，到時候才能瞧得見。」

也有機靈的明裡暗裡給昌貴妃行方便，也有按兵不動靜待後事的，也有人反而到鳳儀殿裡表忠心的，一個反常倒將眾人的反應試了個遍。

盛夏難過，到底也捱了過去。

行昭的胎漸漸穩了，能吃東西了，也不吐了，整個人豐腴起來，尖下巴變得圓潤，腰身也粗了。

夏秋交替之際一過，六皇子也慢慢心安下來。他就怕這個時節，江南官場又藉機鬧起來，被居心叵測之人推波助瀾，反倒讓人占盡先機。

江南沒動靜，六皇子私心揣測應該是海寇當前的緣故。援助的人馬一去，海寇當即從江南沿海被逼到了福建沿海，戰場也跟著回到了福建沿海地帶，可江南幾輩子沒遭這麼大的戰事過，一時間怕是還驚魂未定。

西北軍一萬兵馬，川貴軍一萬兵馬，快馬加鞭，十五日後到了東南沿海，西兵東調，陸軍水用，將士們難免不太適應，更何況海上打仗和路上騎馬壓根兒就是兩回事，人一多，藥材、軍餉、帳篷、糧餉、載人的船、當成武器的箭矢，也要不要跟著多起來呢？

自然是要的。

這些錢從哪裡出？

反正黎令清梗著脖子，他只有一句——「要錢沒有，要命一條！」

國庫裡摳唆不出來，陳顯也不願意將庫裡的錢放給賀行景，中央的反應讓人寒心，行景大刀一揮，帶著新到手的兵馬圍了福建官衙，從官衙裡搬了幾車白銀下來。藥材有了，軍餉有了，糧餉也有了，緊接著的忠心怕是也會跟著有了吧！

男子漢對男子漢，刀子和拳頭說了算。

誰刀子長，誰拳頭硬，誰就是大哥，賀行景作風硬派，跟著他有肉吃，都是把命踩在刀刃上過日子的兵士，自然跟著一個作風硬的大哥活得會比較輕鬆痛快了。

入了秋，邢氏登門，行昭四、五個月的肚子往外突，阿謹說話咬字變得清晰起來，好奇地想拿手去摸行昭的肚子，卻被歡宜一把攏住，溫聲教導。「小姑母的肚子裡藏著一個小娃娃，娘親告訴過阿謹，阿謹記不得了嗎？」

要是按照歡宜和老六的關係，阿謹應該叫行昭舅母，可要按照方家的關係，行昭就是阿謹的姑母。

歡宜嫁了這麼些年，處處以夫家為先，到如今也沒變過。

小娘子被歡宜教養得很好，趕忙把手縮回去，背在身後，歪著頭眨巴眨巴，奶聲奶氣喚行昭。「姑母……」

行昭笑咪咪地把手扶在身後，佝了佝腰，小娘子踮起腳來附耳輕聲道：「娘親在家裡說，姑母肚子裡的是個男娃娃，等男娃娃出來，就要叫阿謹表姊。」

小姑娘頭仰得高高的，說得一臉自豪。

行昭哈哈笑起來，懷著這個孩子，大家都說她會生一個兒子——懷姑娘，母親變漂亮，懷兒郎，母親會變醜，這話是行明告訴她的。行明有身子的時候突然變得很醜，果然緊接著就產下了長子，王三郎靦覥害羞的一個人，專門提了四色禮盒來邀請老六，說是——

「孩子的生辰禮，端王殿下一定得去。就是那回阿明來過端王府之後，回去身子骨就好了許多，不吐了，夜裡也不驚醒了！」

這話倒把老六驚得不行，合著端王府還是塊風水寶地，拾掇拾掇還能在這兒燒香拜佛？這可能成為繼大興記之後，另一項端王府的斂財副業啊！

行明說得行昭如今都不太敢瞅鏡子，臉上、手上突然冒出斑，臉上的肉變得多起來，衣裳也變緊了，胸口常常都脹鼓鼓的，肚子也脹鼓鼓的，常常被抻得整個人都變得很難受。

醜就醜吧，孩子健健康康的出世就好。

行昭逗阿謹。「若是出來女娃娃，也得叫阿謹表姊啊，阿謹是想要個妹妹呢，還是想要弟弟呢？」

邢氏趕緊斥行昭。「還是趕緊先結果吧，先開花、後結果，也得看看等不等得及！」

行昭飛快地瞥了眼歡宜，歡宜可就是先生下的長女。趕緊開口圓場。「舅母偏心偏怪的，心疼阿謹心疼得不得了，把小姑娘捧在掌中和心裡頭，難不成若阿嫵生個女兒，舅母就不管啦？可不帶這麼偏心偏到長江口的！」

邢氏憋了憋，倒是歡宜哈哈笑起來，邊笑邊拿手覆住小腹。「妳可別就記得護我，阿謹明年就該當上姊姊了！」

行昭登時喜上眉梢，身子向前探。「哎喲，妳可別哄我！」

歡宜笑得眼睛都看不見了，笑咪咪地點點頭。

好事成雙，大抵如此。

邢氏坐不住，將坐下就起了身說是要去小廚房瞅一瞅，話說得很鄭重。

「入口的、貼身的都要警醒著點，妳身邊也就黃嬤嬤一個知事的，蓮蓉才嫁，她都還是個九成新的新嫁娘，壓根兒就不懂得這些名堂，我得親眼驗一驗才好放下心來。」

八成是方皇后託邢氏過來把關的。

行昭心裡暗忖。

阿謹年紀小，閒不住，蓮玉佝著腰桿牽著小娘子從西廂走到外堂，小娘子有著方家人都有的好精力，雙眼亮極了，一手折了碗口大的山茶花捧在手上，「噔噔」跑得飛快又踮起腳尖，伸手去摸案首上隔著的翡翠白菜擺件。

歡宜這廂與行昭說著話，眼神卻放在那頭，趕忙出聲喚。「阿謹！」

阿謹手一縮，腦袋一滯，轉過頭來，小姑娘眼睛裡頭好像藏了一窪清泉，水靈水靈的，奶聲奶氣地說：「阿謹只是想瞧一瞧……」

歡宜臉色一沈，阿謹趕忙把手背在身後，頭貼到小肚子上，像隻極可憐的小獸。

眼見歡宜要開訓了，行昭趕緊讓蓮玉牽著阿謹去後院。「小姑父養了幾隻小犬，這般高……」行昭比了個手勢，笑咪咪地問阿謹。「不只有小犬，還有魚，還有幾隻大烏龜。阿謹想不想去瞧一瞧？」

小孩子喜歡動物，一聽便把頭抬起來，眼睛眨巴眨巴地望著行昭，隨即重重點了兩次頭。

行昭讓其婉跟著，又另派了兩個小丫頭，最後嘮嘮叨叨囑咐蓮玉。「不許近水，姑娘若是要餵食，就讓兩個小丫頭抱著。把繩子給那幾隻犬拴好，也別讓姑娘離那些畜牲近了。」

歡宜似笑非笑地瞅行昭，等阿謹牽著蓮玉蹦蹦跳跳一出門，神色有些愁。「妳還是生個兒子好，兒子皮實，扔給老六，能打也能罵。阿謹皮得像小郎君，可又是個小姑娘，不能打，也不能將話說重了，管也管不了，阿桓和妳舅舅還喜歡衝出來護著。」

行昭哈哈笑起來。「生兒子或生女兒哪能是我說了算啊？」一抬眸子，看歡宜是真愁上了。便笑咪咪地開解她。「小孩子寧可皮一些，也不要悶聲悶氣的，皮點兒的孩子聰明，姊姊若實在介意表哥和舅舅插手管，妳只管給舅母告狀，舅舅鐵定被嚇得立馬撒手。」

「皮點兒都還好，還有個毛病一定得改。阿謹打小就喜歡好看的、貴的，一看見就非得要，不給就尖叫就哭。我是個沈穩個性，阿桓也是個少言少語的，可自打我生了阿謹，常常還沒進雨花巷呢，就能聽見這孩子的尖叫聲。小娘子體力又好，叫起來直衝衝地朝天上去，沒個把時辰壓根兒就停不下來，滿院跑又不認生，哪有小姑娘家的這樣？九姑姑家裡的阿元雖然個性也活潑，人家好歹有個度啊，我都不曉得阿謹這是隨了誰？」

隨了她祖父方祈唄！

方祈就是個橫的，又不講道理。

行昭默唸了句阿彌陀佛，趕緊溫聲勸歡宜。「小姑娘得慢慢管，不一樣的人哪兒能有一樣的性子啊？有的小娘子活潑一些，有的小娘子安靜一點。阿謹喜歡好東西更是人之常情，小娃娃有了貴賤之分也實屬正常，這樣的出身想要什麼好東西沒有？妳也甭拘著阿謹，好好一個姑娘反倒被拘壞了，才是得不償失。」

「哪兒能想要什麼就有什麼?」歡宜頗不認同。「如今是想要好看的擺件、香囊、帕子,那長大些呢?就得去爭好的夫君、好的地契、好的僕從、好的嫁妝,已經是出身權貴世家了,女人家還不懂得斂一斂性子,豈不是送上把柄讓別人捏住?三歲看老,如今就跋扈得很,長大了多半也討不了別人歡心,我尚是公主,都還要看人臉色,不能要風得風,這世上不是什麼事妳想要了,就能得到……阿謹必須明白這個底線。」

說得很有道理。

行昭默了默,隨即輕輕地點了點頭。

女人在這個世間活得不太容易,不是想要什麼就能得到什麼,歡宜是金枝玉葉尚要懂得人情世故,她出身不低,可一路走來也是千辛萬苦,沒有什麼是從天而降的,更沒有什麼是誰應得的。

前有應邑為所欲為最後慘遭毀滅,後有亭姊兒人心不足蛇吞象,如今卻被閔寄柔把得死死的。

哦,她還忘了一個人。

陳婼。

她想要的,從來都不是一個男人或者一顆真心。

她想要的比這更多、更大、更貴重,人的悲劇常常是因為認不清現實造成,自恃過高是認不清現實,妄自菲薄也是,一個讓人自傲,一個讓人自卑,兩者截然不同,最終卻殊途同歸。

謀事在人，成事在天。人啊，總是想拚一拚，可卻忘了有的時候你爭不過的不僅僅是命，更多的是你內心的怯弱和缺陷。

行昭心裡這樣想，嘴上便問出了口。「陳家次女陳婼不是嫁到平陽王府裡去了？嫁了多久了？我記得是年後就嫁的，算起來半年有餘了，如今的日子過得怎麼樣？」

行昭擺了陳婼那麼大一道，端王府如今要低斂，不往文臣故舊的堆去湊，也不往武將京守的局裡去闖，皇帝希望看到一個相對平衡的局面，端王府就讓皇帝看見一個維穩的局面，至少，在皇帝能看見的地方維持平衡。

端王府兩口子關起門來過日子，外事一概不論。老六又不是二皇子，沒事就去瞎打聽，自然也不知道那平陽王府是東風壓倒了西風，還是西風壓倒了東風。

歡宜也搖頭。「這個我可不太清楚。嫁了人，她便不是陳家的掌珠了，只是個平陽王庶子媳婦兒。」

言下之意，陳婼如今的身分還不夠格出現在定京城上流貴婦圈裡。

話頭頓了頓，歡宜又道：「綏王妃倒是前些日子來長公主府坐了一坐，沒提陳婼也沒提到過平陽王次子。」說完，又是一笑。「妳只管放心吧，她怕是翻不起浪來了，平陽王妃不是個好相與的，平陽王世子妃出身中山侯劉氏，沒陳婼的出身顯赫，可架不住婆婆是嫡系的婆母啊。妳何曾看見過媳婦兒拚得過婆婆的？更何況還是個庶子媳婦。」

媳婦兒對上婆婆，天生的劣勢。

更何況周平甯還不是平陽王妃肚子裡爬出來的。對陳婼，平陽王妃怕是會竭盡全力打壓。

「平陽王妃是鬥不過陳婼的。」

行昭笑著搖頭，以她前世的心智和手腕都能把平陽王妃蔣氏捋得順順的，更何況陳婼。

「嫁給周平甯，已經是對陳婼最大的懲罰了，還需要打壓什麼？」歡宜似懂非懂，便索性揭開這個話頭，又將話頭扯到了婦人生養上，鄭重囑咐了行昭幾句。「等滿了月分，只要肚子一緊，就趕緊讓老六拿著帖子找太醫去。這可不是臉皮薄的時候。」

行昭趕緊點頭。

「乳母找好了嗎？可記得千萬別從莊子裡找，莊子裡的婦人說不好官話，孩子耳濡目染地也學些腔調，改都不好改。我家阿謹就吃了這個苦頭，當時我是覺著莊子裡的婦人更淳樸清白些，哪曉得她偷偷教阿謹叫阿爹、阿娘，我一聽阿謹叫她父親阿爹，我真是腦袋都大了半個。」

土生土長的京裡人對官話有種莫名其妙的執著和引以為傲。

行昭哈哈大笑。

第一百零二章

晚上六皇子回來了，陪著一塊兒用了飯。

行昭挺著肚子不好走動，六皇子主動請纓去送客，行昭便站在門廊口笑咪咪地揮手致意，突然想起什麼，讓蓮玉拿了個黑匣子來塞給阿謹，和阿謹說悄悄話。「回家再打開。」

阿謹抱著匣子，仰臉湊上前去，「吧唧」一聲親了行昭一口。

邢氏走在跟前，給這姊弟倆留個空當兒說話。

歡宜扶著腰往前走，六皇子離得不近不遠，沒一會兒就聽見歡宜直截了當的話。「女人家懷個孩子不容易，阿嫵心思又細，想得也多，還喜歡悶著不說出來，你就甭惹她生氣了。」

六皇子眉梢一抬，合著媳婦兒告狀都告到大姑姊那兒去了？

看老六的神色，歡宜便笑起來。「往前你沒娶媳婦兒，一張臉說好聽點是胸有成竹，說難聽點就是像中了風，如今娶了媳婦兒又有了娃，神色倒還豐富些了。」

老六就等著胞姊笑話完，隔了半晌才聽見歡宜後語。

「有的女人喜歡把丈夫往別處推，有的女人對丈夫納妾、納美熟視無睹，我告訴你，女人這些賢良淑德都是騙人的！女人要主動提，也是違心的，這你得牢記著。」

嘖，您可就多慮了，您家六弟妹連騙人的賢良淑德都不想裝。

六皇子嘴角勾了勾，往前一伸手，笑著打斷歡宜。「前事繁雜就已經夠亂了，一母同出的兄弟尚且有拔刀相見的時候，二哥的後院就只多了一個女人，如今已經是鬧得一團亂麻，我又不是吃飽了撐著沒事找事。」

六皇子再一笑，語氣溫和得像初秋時節清冽的風。

「這世上女人千千萬，我卻明白，只有一個賀行昭。」

話湮滅在風裡，再不知去處。

六皇子那句話，行昭自然無從知曉。

歡宜含笑喟嘆一聲，牽過阿謹上了馬車，等到了長公主府，將行昭給阿謹的那方黑木匣子一打開，阿謹便笑著叫起來。「好好看！」

歡宜也跟著笑，她原以為行昭會將阿謹想摸的那柄翡翠白菜擺件送給她，心裡掛憂了良久，既怕阿謹被嬌養得越發沒人鎮得住，又怕好生生地把東西還回去，駁了行昭的臉面。

如今更好，送了一隻白玉雕成的小兔子，嵌了兩顆小紅寶石當作小兔子的眼睛，耳朵雕得長長的，一隻耳朵折起來，一隻耳朵立得矮矮的，做得很精巧，小小的一隻正好可以讓阿謹兩隻手捧在手裡把玩。

阿謹立刻將小兔子捧在手裡，眼睛笑眯成一條縫，頭靠在歡宜身上，仰著臉一副獻寶樣。「比那顆綠白菜好看！」

不是喜歡它就一定要得到它，殊不知，這個世間除了你喜歡的那個東西，還有更多更好的東西在。

眼光得放長遠，心眼得端正，底線得立好，才能活得快活。
歡宜手攬了攬阿謹的頭，小姑娘的頭髮軟軟滑滑的，讓她一顆心也軟得像一灘水。
傻姑娘們，可得睜大眼睛好好看看啊，凡事可別死撅著一個不撒手，入了這個死胡同，下頭胡同裡的秋葉春風，可就再也瞧不見了。
行昭繞過彎來了，便品評到了下面的秋葉春風，可有的人怕是終其一生，也陷在自己設下的那個死胡同裡。
陳婼便是其一。

你若要問陳婼過得快不快活，她的長嫂，平陽王世子妃劉氏倒是很佩服她——能得到公公的支持，同婆母硬撐到底。相公沒有通房，不納妾也不風流，特別是在定京城鬧出那樣一場好戲之後，還能十里紅妝地、風風光光地嫁進來。
這個女人不簡單。
這是劉氏見到陳婼後的第一印象。
自家婆母，平陽王妃是個很平庸的女子，喜歡陰陽怪氣地說話，卻常常拿不出正經的招數來打壓人，言語上的機鋒，劉氏原以為陳婼不會理她，哪曉得婚後頭一天早上敬媳婦兒茶，陳婼便將平陽王妃的話不輕不重地全頂了回去。
平陽王妃說陳婼——「應謹守婦道，女人家應當為人良善，不可陷入口舌之爭，應當一日三省己身，否則又會重現當日春宴禍事。」

陳婼跪在地上，手裡還端著媳婦兒茶，很平靜地回過去。「媳婦定當一日三省，以慰平陽王府寬容之意。」

平陽王妃沒聽懂，平陽王卻聽懂了，笑呵呵地打了個岔，便將場面給圓過去了。

平陽王世子也沒聽懂，折身來問劉氏，劉氏陡然想起往前聽過的一個傳言——「母親蠢鈍，生產下的孩兒便很難有聰明的。」

劉氏嘆了口氣，直白地給平陽王世子解釋。「當初弟妹出了那麼大一個醜，若她不是出身陳家，父親會准二弟娶她進門嗎？」

平陽王世子搖頭。

「父親一向不掌實權，皇上如今也在放權，放的權全給陳家撿了漏兒。父親心裡頭怕很是讚揚二弟做得好，若弟妹沒出那個岔子，你自己想一想，陳家又會選擇二弟嗎？」

平陽王世子想了想，繼續搖頭。

「弟妹說的『寬容』，實則是在嘲諷咱們家連宗室的臉面都不要了，為了和陳家搭上關係，寧願娶母妃口中『不遵婦道，為人狠惡』的女子進門。」劉氏笑了笑。「我們與她沒什麼區別，五十步別笑一百步，一言簡之，弟妹今早晨的話就是這個意思。」想了想又說道：「父親看好陳家，咱們卻不能失了分寸，該怎麼來還得怎麼來，你是嫡長兄又是世子，就算二弟娶了陳家姑娘也無濟於事，沒必要學著父親給二房臉面，反倒讓母妃難做。」

平陽王世子恍然大悟，抿嘴一笑攬過嬌妻，讚賞似地親上一口。

堂前教子，床前教妻，到平陽王世子這兒反轉了過來，劉氏覺得累，可看到丈夫至少還願意聽從，總算是沒累心，只累身，也還算不錯。

劉氏佩服陳婼，兩個妯娌中間隔著嫡庶，卻從未深交過，外人看到的常常是金玉其外，而一段婚姻的敗絮其中，卻只有自己知道。

平陽王府東側院一向都很安靜，甯二爺是個喜靜的主，在小跨院裡種了幾大叢竹子，長了十幾年，如今鬱鬱蔥蔥地綠，在黃昏靜好下，投下了黑影幢幢，偶有風來，竹葉四下搖曳，「嚓嚓嚓嚓」的聲音便是東側院最響亮的動靜。

往前東側院的僕從們以為等甯二爺成了親，院子裡頭便能熱鬧一些。

可偏偏事與願違，等陳家姑娘嫁了進來，這個院子就更靜謐了。

哦，甚至比以往更安靜，新來的二奶奶是個鐵腕的，列下一大串的條條款款，首當其衝便是不許在院子裡大聲說話。小丫鬟們躡手躡腳地走路，心裡有話不敢說出來，只好趁夜深人靜的時候和小姊妹竊竊私語。

「昨兒個二爺和二奶奶統共說了兩句話，一句『今兒晚上我睡書房』，一句『哦，好』。」

「嘿，我就想不明白了，是咱們家二爺苦心求娶的二奶奶吧？還鬧得個沸沸揚揚的，我還以為能娶回來多大個天仙呢！有俗話是怎說來著？哦哦哦，相敬如冰！」

「是相敬如賓！」

相敬如賓，周平甯一向不覺得這是什麼好話，他曾經想像中的婚姻應當是琴瑟和鳴的，阿婼擅琴，他吹簫，合奏一曲喜揚眉，再相視一笑便生萬千歡喜心。

如今呢？

人還是那個人，夢想成真，他該笑的，可偏偏他每每看見陳婼那張臉，就會想起那日春宴上她言之鑿鑿的模樣，她就這樣居高臨下地看著跪在地上的他，神色冷靜自持地回答。「我不認識他，身分如此低賤，我怎麼可能認識他，也不知道是哪裡竄出來的小廝。」

他可以為她做任何事，任何事。

只是求求她，能不能不要忽視他？

周平甯立在門外，透過桃花堂紙能夠看見裡面隱隱約約可見其形的燭光，能聽見陳婼輕聲細語地囑咐交代。

「明天咱們去秋山寺，史領衛家的夫人也去，記得帶上清涼油，天一熱，史夫人身上容易癢……哦，記得把小葉檀香帶上，沉水香的味道，史夫人聞不太慣。」

史領衛是誰？

周平甯腦子裡過了一遍，哦，是九城營衛司的總把頭，出身不高，草莽一個，當初九城營衛司調任將士時，這個史領衛橫空出世，拔得頭籌，後來才發現史家和陳顯接觸已久。

這樣一個無關緊要的人，陳婼尚且能記清楚她的喜好，卻時常忘記他也聞不得沉水香。

周平甯一把將門推開，陳婼叮囑的聲音戛然而止，抬了抬頭，展了笑問他。「可已用過晚膳了？」

周平甯點點頭，神情晦澀。

陳婼眼光從他身上一掃而過，重新低頭看手中的冊子，嘴角笑意未減，邊看邊說：「今兒個不睡小書房了？也不曉得你昨天在彆扭些什麼，平白無故要去小書房裡睡，早晨去給王妃請安，我倒被王妃明裡暗裡、夾槍帶棒又是一頓，說我不守婦道，不懂尊卑，不曉得三從四德。你往後若要耍脾性，就自己悶著耍給自己看，多大的人了，還要鬧得個闔府皆知，你當我臉面好看？」說得很風輕雲淡。

周平甯心下一窒，悶下氣來。「妳這是在怪我？」

陳婼手上的動作停了停，笑意漸收，將冊子重重合上，語聲沒提高，可語氣裡盡是凌厲。「我不該怪你嗎？」

周平甯向後退了半步，陳婼重複剛才那句話，聲音卻陡然尖利得好像能劃破糊在窗櫺上的澄心堂紙。

「我不該怪你嗎?!你掉進了萬丈深淵，所以你朝我招手，聲音蠱惑地告訴我『下來吧，妳也下來吧』，你已經爬不出來了，你為什麼也要把我拉扯下去呢？難道我不該怪你嗎？」

周平甯艱難地吞嚥下口中的澀意，不知該喜還是該悲。

這是成親之後，陳婼對他說的唯一一番帶著情感起伏的話，他靜靜地聽完，心頭無端陡升一種快感，當日他主動戳破事實是基於報復，如今他甚至分不清楚，他是愛著她還是恨著她，還是該恨他自己？

陳婼將冊子一把掃下木案，猛地起身，膝蓋一軟隨之而來的便是鑽心的疼痛，跪了三天，落下了一輩子的病根。

這些是誰帶給她的？

他，周平甯，口口聲聲說愛她的周平甯！

「你的深淵，我根本就沒有興趣下去。」陳婼兩眼通紅，壓抑一年的情緒陡然宣之於口，有著說不出的痛快。「賤婢庶出的命運，中庸溫吞的前程，你的所有痛苦，我都不屑於感受！我明明可以有更好的人生，王妃、皇后、太后……可別人現在叫我二奶奶，叫我二奶奶！一個人若是無用，便不用在這世上存活下去，這便是物競天擇，優勝劣敗！周平甯，你到底有什麼用?!你能不能讓自己變得更有用一點？而不是靠我、靠陳家去鑽營算計?!」

透過春光，見到的那個人朦朧而完美，從此便印刻下了一生的烙印。

這常常是少年們情竇初開時，腦海中最美好的印跡。那個人的所有缺點都在朦朧春光中慢慢地被磨小、磨沒，看見了也裝作沒看見，最後變成了一生都難以忘懷和永久懷念的記憶。

得不到的永遠是最好的。

得到之後呢？

不再朦朧，不再完美，不再若隱若現，她的一切，都以最真實、最無以遮掩的形式出現在眼前時，是全盤接受？還是無法容忍？是選擇妥協？還是恩斷義絕？

人與人不同，花有幾樣紅。

每個人的選擇都不一樣。

當那人的面目逐漸變得清晰，周平甯看著陳婼紅彤彤的雙眼、緊緊抿起的嘴角，還有因憤慨雙頰上突兀染上的潮紅，突然腦袋放空，好像什麼也沒想，但是往事便如皮影戲一般流水而過。

她在發抖，他也在發抖。

周平甯有無數的話憋悶在心裡——「妳是真心的嗎？」、「妳後悔了？」、「那我們怎麼辦？」

「妳到底想我怎麼做？」

所有的問題與喟嘆，都歸結為這樣一句晦暗不明的輕聲問話。

男人的聲音輕斂且晦暗，輕敲在屋子裡的浮塵上，吵鬧與忿忿戛然而止，變得安靜極了。

陳婼眉梢一挑，還想接話，入眼的卻是男人沈下來的神色和慘白的一張臉，心頭一亂，卻陡然平靜下來。

她失態了！

這是她平復之後的首個念頭。

「無論用什麼方法，妳都要攏住周平甯，這是有百利而無一害。他與妳同心協力，作用不大，可若是他與妳、與陳家離了心，那就是賠了夫人又折兵。妳已經蠢了一次了，別再蠢第二次。」

這是臨嫁之前，陳顯對她說的最後一番話，也是三番五次強調中的最重要的一點。

她剛剛做了什麼？今日被平陽王妃夾槍帶棒地一激，便穩不住了？還是這近一年枯燥噁心的婚姻生活讓她幾近崩潰邊緣？還是走啊走，走啊走，都是一片昏黑的前途讓她忍無可忍了？

陳婼扼腕生悔，理智告訴她，應該迅速將心境平和下來；手緊攥成拳，長長舒出一口氣後，嘴角一點一點地放平，輕輕抬了抬頭，輕蹙蛾眉，剛啟唇說話。「不……」後頭的話全含在口中了，因為周平甯已經折身而去。

竹簾尚在輕晃，竹板一搖一晃地打在門沿邊上「嚓嚓哐哐」地響。

竹簾外的天火紅一片，天際盡處的火燒雲高高捲起再重重鋪下，不自覺地就灑下了滿地餘暉。

陳婼猛地打了個激靈，再慢慢地坐回了舊榻之上。

定京的秋天過得快極了，一眨眼就到了初冬時節，行昭肚子日漸大了，算算日子正月裡就要足月生產了。行昭上一世懷歡哥兒的時候吃足了苦頭，歡哥兒的生產日子是盛夏時節，一出生天氣就熱得不行，孩子遭罪，產婦也遭罪，三伏天身上還得蓋著條薄被褥，不能沐浴也不能清洗頭髮，每天就拿著篦子篦，舒服也只能舒服那麼一小會兒。

肚子裡懷著一個，心裡難免會想起前世早夭的長子與失了母親的長女。

行昭也弄不清楚，她再來一世，是歡哥兒與惠姊兒都沒法出世了？還是投胎到了別人家去，做了別人的兒女？

前一世活得糊塗，可她最驕傲、最捨不得的就是膝下這一雙兒女，病根就是在歡哥兒走後埋下的，日日喝藥也沒辦法緩解，整日整日地咳，咳得整個人都形銷骨立。

可到最後她也沒放棄，藥一碗接著一碗地喝，撐過了一個接一個的冬天，到底也沒撐到惠姊兒及笄出閣。

行將就木之時，她掙扎著不肯閉眼，「恨屋及烏」的父親、離心離德的外祖、虎視眈眈的陳皇后、她的惠姊兒……她都沒有辦法想像她的惠姊兒應該怎麼過下去。趁最後一口氣，將惠姊兒託付給了避世離俗的方皇后，一求再求賀太夫人出面保全，甚至跪求閔寄柔。

大概她與她的母親最大的不同就在於此。

前世的遺憾太多，她的惠姊兒，她的小小的、軟軟的惠姊兒，是她最大的遺憾。

想起惠姊兒的這些時日，行昭常常一手撐在後腰，一手覆在隆起的肚子上，輕輕地對著也不知道是「她」、還是「他」，小聲說著話，也不曉得在說些什麼，蓮玉就算湊攏了聽，也只能聽見斷斷續續的幾個詞──「幸福」、「豁達」還有「好運」。

月分越大，除卻異常親近的人時不時地來走動探望，別的人都不太常來了。

行明過來帶了件長子吉哥兒的貼身小衣裳，定京有舊俗說是新出生的小郎君能給產婦帶來好運氣。欣榮讓人送來了一尊說是「開了光，定雲師太唸了九十九天佛經加持過」的佛像，說得是神乎其神，再三叮囑行昭──「一定要掛在床頭的東南角，包生兒子，而且是包生個性好、心智好、相貌佳的好郎君。」

九姑姑啊，妳倒是先生一個兒子再來推銷，比較有說服力好嗎？

產期不遠，生兒生女這個話題，好像變得迫切了起來。

其實行昭和六皇子也討論過這個問題，新婚夫婦常常對孩子有說不完的憧憬和期待，反正府裡沒別人，老六的心態也一向很平靜，行昭倒沒有歡宜那麼大的生兒子的壓力，先開花、後結果，想一想也覺得挺好。

「先生女兒，就讓長姊護著幼弟、幼妹長成人，哦，就像你和大姊一樣，她護著你長大，給你穿衣裳，教你寫字唸詩，還懂得給胞弟牽線搭橋。」行昭暢想得很是愉悅。

六皇子最喜歡潑冷水，一盆涼水「撲通」一聲，險些澆熄自家媳婦兒的滿腔憧憬。

「她護著我長大？」六皇子笑起來，習慣性地就把行昭攬在懷裡，靠在床板上。「她是給我穿過衣裳，可惜穿的是綜裙。也教我描過紅、唸過詩，可惜自打我會寫字了，常先生規定下來的功課，她的和我的，全都是我在寫。」微一頓，又笑。「牽線搭橋，還真算是長姊這輩子做過最有良心的一件事了。」

行昭哈哈笑起來。

歡宜還在問阿謹到底是隨了誰，除卻隨了方祈那個性子，不也有她這個娘親的不靠譜在？

行昭捧著肚子笑過之後，半瞇了眼睛瞥向六皇子。「長姊還給你穿過綜裙？戴了條子沒？簪了花沒？抹粉塗唇沒？」問著問著，一副唐代小仕女圖就在腦子裡出現了，止不住地又笑起來，無不遺憾地感慨。「可惜沒給你畫個像，鐵定好看了。」

六皇子身子一僵，當即岔開了話題。「其實我更喜歡兒子一點……」

行昭愣了愣，當即明白過來，翻身將肚子靠在老六身上。「是畫了的吧？是畫了的吧！哈哈哈，哎喲喲，明兒個我就找長姊要！」

六皇子一隻長手一撈，一隻手順勢就滑進了白綾素絹襟口裡頭，搓扁揉圓幾把，其實苦的是他自個兒。

行昭臉上漸漸紅起來。

這廝擺明了是惱羞成怒了吧？

張院判每月分都來請平安脈，初冬來臨，話比往常就更多些，是瞅著老六囑咐的。「孕前三個月、孕後三個月都是頂要緊的，路不平不走，水不熱不喝。」

六皇子認認真真地聽，張院判意味深長地交代。

「王爺與王妃都是在宮裡頭長成的，陰私隱密花樣百出，王爺不可能不知道。藉生產之事作文章的大有人在，七皇子為什麼先天不足？母體有恙為其一，生產時胎位不正導致久未落地，卻占了大半的緣由。」

想一想宮裡頭妄去的孩兒，和朝堂後宮紛爭之時層出不窮的手段，六皇子精神一振，便從期待變為了警醒。

老六打起精神，進進出出嚴打嚴控，黃嬤嬤本就足夠嚴肅了，再加上自家主子一副冷面王爺相，苦的是下頭人。

其婉偷偷告訴行昭。「李公公這些時日大氣都不敢喘，王爺走進走出衣角都帶著風。」

行昭聽說過產期將至的時候，產婦會鬱鬱寡歡，不樂意說話，神情態度很端肅。

哪曉得擱這處來反而變成是六皇子緊張得忙裡忙外，連王府長史官杜原默都在行昭跟前大倒苦水。

「算帳、核帳，還要安排人下去四處關注，連儀元殿向公公那處都要我親自去接洽，事事都要親自過問，王爺這些日頭是不是有點……」杜原默想了想，委婉地，總算是找到了一個恰當的詞。「王爺這些日子是不是有點亢奮啊？」

其實您想問的是老六是不是發瘋了，對吧？

行昭這還沒來得及安撫六皇子那顆焦躁不安的少男心，前院管事求見，六皇子當差去了，行昭沒這個精神，只說不見。

蓮玉出去傳話，回來後小聲同行昭說：「是張德柱求見，就為了求見您，說是有要事稟報。」

經過嚴氏下毒一事後，張德柱便被行昭從通州調任回京，安排在前院買辦當小管事，地位不高，但是這管事之路當得有夠曲折離奇，下頭人看不清上面是想重用他呢，還是仍舊介意他出身賀家？更想不明白他是會一步登天呢，還是從此停滯不前，消磨餘生？既然摸不透，乾脆全都對他敬而遠之。

沒人欺負張德柱，可也沒人巴結他，等於是把他從通州換到定京城裡來晾著。

要事相商……

行昭靠在軟榻上笑了笑，凡事講究個絕處逢春，張德柱既來之則安之，安安分分這麼幾年，總算抓住時機了？

行昭套了件大氅，又焐了手爐往外間去，已有小丫鬟在正院立了螺紋屏風，將地龍燒得旺旺的，讓蓮玉將張德柱請進來。

夾棉竹簾一捲，風「呼呼」地灌進室內來，張德柱一進來便實實在在地雙膝跪地，先對著屏風磕了三個響頭。「奴才給王妃請安，王妃新春吉利，心想事成！」

「先起來吧。」

張德柱應聲而起，將頭佝得低低的，神色顯得有些侷促。

「蓮玉說你有要事上報？連王爺也等不得？」

張德柱趕忙又提起長衫跪在地上，說話極有條理。「回稟王妃，杜大人隨王爺在外，李總管今兒個歇息，奴才才回京不久也找不著李總管的外宅。實在是茲事體大，奴才不敢與他人妄議，只好貿然求見王妃。」

行昭沒說話，張德柱眼神定在身前三寸的青磚上，繼續說下去。

「今日奴才出府去採購蔬果，這還未走到東市集，在路上就被人給攔下。說是家中尚有囤下的幾十斤小黃瓜和水白菜，奴才便跟著他過去，哪曉得奴才將進那人家中，就有個男人塞給奴才一個包袱，說裡頭裝著五十兩銀子，只要奴才將採購的蔬果都放在藥水裡浸幾天，之後自然就有人幫奴才脫籍安頓。」

張德柱頓了一頓，接下去說：「那人還警告奴才，若是奴才膽敢走漏一點點風聲，奴才與奴才一家都將不得善終。」

蓮玉一驚，飛快轉身回看行昭，卻見行昭神色如常。

「張管事唸過書吧？」行昭問得很突兀。

張德柱眉頭一擰，將身形伏得更低，點了點頭。「稟王妃，臨安侯府的白總管是奴才師傳，教奴才認過幾個字，囫圇唸過幾本書，後來又託王妃的福，將奴才一家子要到王府來了。」

行昭點了點頭。又問：「那人有告訴你是什麼藥水嗎？」

張德柱趕緊再搖搖頭。「沒告訴，只讓奴才照著做，奴才想問來著，可那人沒給奴才機會問，就讓奴才揣著五十兩銀子回來了，只說了句他要找到奴才一家容易得很。」

行昭雲袖一揮，張德柱躬身而去。

張德柱前腳剛到後罩房，後腳提升他為採買管事的令就下來了。

來傳話的是後院數得上號的蓮蓉，哦，如今是何家的。原來上頭人是要重用這廝呀！

究竟是不是重用呢？

蓮玉顯得很沈穩，給行昭泡了一盞蜂蜜水呈上去，輕聲詳解。「買通人在吃食裡下手，考慮精細周詳，這幾番手段，完全與那日嚴氏之患如出一轍。嚴氏是受昌貴妃王氏恩惠，而昌貴妃怕是受陳閣老蠱惑更多，可張德柱卻是出身賀家，太夫人掌家，太夫人雖同您疏遠很多，可害您性命，絕無可能，陳閣老又怎麼可能貿貿然地找到張德柱，讓他來對您下手呢？」

「妳認為張德柱是假意表忠心？」行昭接過蜂蜜水抿了一小口，蜂蜜水暖暖甜甜的。

蓮玉點點頭。「五成對五成。陳家如今行事沒有顧忌，王府被您與王爺打理得水都潑不進來，上回藉嚴氏之事，更是將六司裡不那麼讓人放心的人手清理了出去，王府很安穩，除了……」

「除了一個出身賀家的張德柱，算得上端王府裡唯一能揪得住的小辮子，貿然找到他下手也是有可能的。」行昭將茶盞放下，肚子有些發脹，久不見人，又不想事情，她覺得自個兒動腦筋的速度又比往常更慢些了，左右不急，慢慢想，一點一點刨。「是先表忠心再從長計議，還是張德柱確實無辜，五成對五成，索性提了他的權，把他的位置再放高了一點，看看是能放長線釣大魚，還是真真正正慰藉了一個忠僕良將的忠心，就看看他過後的動作了。」

內院插手外院之事，其實放在定京城裡哪個世家大族都少見。

老六兩口子是關起門來過日子，老六的帳冊行昭門兒清，內院的調度老六也知道，一向不瞞人，什麼各司其職的話少來，否則又怎麼會有三個臭皮匠賽過諸葛亮的俗語呢？

兩個人商量的力度，一定是比一個人一意孤行來得更強。

老六下朝回來，行昭告訴他白天的事，老六連聲稱讚。「做得好！媳婦兒做得對，還用到了兵法三十六計，甕中捉鱉，南門立木。不愧是母后這般的女中豪傑帶出來的兵，真是媳婦不出手則已，一出手就知有沒有啊！」

行昭翻了個白眼。

六皇子這些日子真是很喜歡讚揚她啊，美其名曰——「讚揚有利於緩解產婦焦躁情緒」。

行昭真的是想馬上把杜原默叫過來，沈痛地告訴他。「你說得沒錯，你家王爺最近確實有點接近癲狂的狀態。」

背過行昭，六皇子一出房門便低聲交代李公公。「把張德柱一家人扣下來，讓人嚴密注意賀家舉動，再不許人把這些亂七八糟的事情捅到王妃面前，給蓮玉和黃氏都交代一聲，看緊內院，經張德柱的手採買進府的吃食可以往內院送，可不許往王妃面前擺。」

第一百零三章

臘月初雪，行昭肚子越來越大，宮中的家宴她是實在不想去，哪一次家宴沒出事故？她如今就是宿敵眼中最大的目標。

方皇后免她入宮參宴的諭令還沒下，皇帝的聖旨卻下來了，賞了行昭肚子裡那個一個單字「舒」，男孩能用，女孩也能用。

舒者，緩也。

行昭看著這個字久久沒反應過來，皇帝究竟是什麼意思？

單從字面意思看，舒字好極了，舒心怡情，君子之禮，可時人卻不太喜歡這個字，何理？舒字同輸，輸家為寇。

要再從更深點的意味看，舒中舍予，一個捨棄、一個寄予，予字又可當「我」字講，皇帝究竟是表明捨棄你呢？還是想表明他在捨棄和寄予之中搖擺不定呢？

皇帝猛嗑著五石散，身邊還有小顧氏這麼個大美人兒，他還有心思琢磨這些小道？

行昭覺得自個兒想多了，把話拆開告訴了六皇子。「你說這裡頭的予字是當『我』講呢？還是當成『給』講呢？當成『我』，那咱們府可真就是觸到霉頭了。當成『給予』講呢，好歹證明皇上還在動搖。」

六皇子啼笑皆非，輕手彈了行昭個腦袋嘣兒。

「喲呵，原來妳就是定國寺門口擺攤的那個算命賀先生啊？」

行昭愣一愣。

六皇子接著笑道：「不好好歇著，還玩上拆字了。是我、是給，有什麼差別嗎？父皇想讓咱們是輸是贏，他的意思就定能一語定乾坤了嗎？父皇要賞名號下來給咱們撐顏面，高高興興接受就是，若實在不喜歡這個舒字，大不了咱們再給孩兒取個乳名。」六皇子興致上來了，身子一撐，顯得有些興奮。「妳看叫阿誠好不好啊？小郎君就叫誠哥兒，小娘子就叫阿誠，都好聽。」

老六插科打諢地就把話給帶偏了。

行昭緊擰的眉心慢慢舒展開來，輕笑起來。「叫著叫著就成八戒了！阿舒也好聽，既然不在乎那麼多，單看這字也是好意頭呢。」

也是，如今皇帝的意思壓根兒就不重要，是輸是贏，憑各家本事，是給是捨，看眾卿手段。

行昭深吸一口氣，將手覆在已經顯懷的肚子上。

阿舒啊，有人希望你命不好。你爹娘都不是信命的人，咱們不信命，信自己。

行昭手背一暖，六皇子將手輕輕覆在行昭的手上。行昭偏頭回望他，六皇子輕勾了唇角，回之一笑。

皇帝定不了你的命，可他能決定你要不要去參加除夕家宴。

懷孕傻三年，行昭有了孕之後，覺得凡事都變得有些後知後覺，隔了兩天才突然反應過來。「皇上這個時候賜下旨意，除夕家宴之時，我是不是非得要去宮裡頭叩謝皇恩了呀？」

蓮玉神色一凜，如臨大敵。

可不是嘛，皇帝頒旨，就算是凌遲處死的旨意，接旨的那家人也算是受了皇家恩惠，連周恪、周憬、周慎這三個兒子的名字都不是皇帝親自取的，如今皇帝反倒把頭一個孫輩的名字親自定了。外人看來這樣大一個恩典，端王府是一定要進宮當面叩謝皇恩，才叫做恪守臣民兒子的本分。

偏偏年末事忙，臘月宮中是不收請安帖的，那什麼時候去謝恩呢？

只有除夕家宴了。

皇帝的旨意前腳下來，鳳儀殿的林公公後腳就帶了兩個衣著乾淨、身家清白的婆子到端王府來，笑吟吟地搭著拂塵給行昭福了個舊禮。

「篩篩選選了好幾遍才選出來的，王妃去家宴的時候只管帶上這兩個經事經得多的婆子，奶娘和啟蒙師傅還在選。皇后娘娘告訴您和端王都先甭慌，皇上前些日頭賞字，不過是心血來潮罷了，您想一想宮裡頭是誰的地界，您只管去就是。」

行昭笑起來，方皇后這是在安她的心，更是在給她鼓氣。

其實稱病也好，告假也好，若真避不過進宮，她有千萬個理由推拖，可是沒必要，心裡很清楚，他、他們都能將她護得很周全，又何必當一隻縮頭烏龜，平白惹人指摘？

臘月寒冬，除夕當日天氣放晴。

端王府的青幃小車在順真門停下，正正好，一停下就和豫王府的馬車打了個照面，二皇子先下來，焐著暖手先給六皇子揮手打了個招呼，再轉頭去扶閔寄柔。

閔寄柔披了大氅佝腰出馬車，眉目清淺，不著痕跡地避開了二皇子的手，笑盈盈地同行昭頷首致意。「久未相見了。」

是久未相見了。

那回把兩輩子的話都攤開來說完後，妯娌倆就再也沒見過了。

行昭有孕，豫王府避嫌都來不及，怎麼可能貿貿然往前湊，萬一出個什麼事，豫王府豈不是遭人當槍使了？

「二嫂好。」行昭頷首回禮，眼風再從縮頭縮腦躲在豫王府馬車後頭那內侍臉上劃過。「有人來接你們了呢。」

去年昌貴妃王氏便一開始就截胡，把二皇子一家截到了自己宮裡去，硬生生地打了方皇后一個巴掌，如今是故技重施，行昭覺著王氏這一年過得是有些太好了點，方皇后小懲大誡放任她，閔寄柔也不同她明說，亭姊兒和她好得很，誰也不挑明了告訴她，行事卻越來越乖張。

人啊，都是被慣出來的。

閔寄柔眼往下一瞟，二皇子還沒來得及說話，便聽閔寄柔笑著上前。「我都不敢靠妳太近，如今是有七個月了？三月分產子好，母親和孩子都不遭罪受。」

「是呢，闔府上上下下就等著阿舒出來了呢。」行昭離閔寄柔三步遠，也一道向前走。

二皇子有些遲疑，舉步不定片刻後，到底還是跟在閔寄柔身後走。

行昭長舒了口氣，只要二皇子還願意聽閔寄柔的話，終究也偏不到哪裡去。

有行昭在，便專挑好走的地方走，左右時辰還早，繞路繞一點也無妨，二皇子和六皇子先行一步去儀元殿見皇帝，兩個女人從九曲長橋繞了好長一段路才到鳳儀殿。

一路都在說話，可說的都是些無關緊要的話，閔寄柔要說衣食住行，行昭就跟著她說柴米油鹽，閔寄柔要說詩詞歌賦，行昭就拿太白、易安應和，反正話都是浮在表面上的，誰也沒潛下去深挖。

沒有人提起亭姊兒的歸屬，也沒有人重提去年除夕的那場鬧劇。

這樣很好，一個進可攻退可守，很安全的距離。

行昭和閔寄柔到的時候，綏王妃陳媛、平陽王妃和她的兩個兒媳婦已經到了，綏王妃陳媛與陳婼坐在一邊，平陽王世子妃劉氏與平陽王妃坐在一邊，方皇后並三妃坐在上首。

兩人進殿行禮問安後落了坐。

大肚婆著實稀罕，眾人的目光都落在了行昭的肚子上，問來問去統共也就那麼幾個問題，行昭答得得心應手，順勢就把話題轉到了欣榮長女元娘的身上。「父皇賜下的字好，小郎君或小娘子都用得上。若能生個像阿元這樣乖巧的小姑娘，也是好極了的事。」

行昭提完元娘，便將目光放到了陳婼臉上。

如今她才有機會打量陳婼。

妝容精緻，髻高膚白，眉黛如遠山，唇紅如嬌蓮，還是記憶中的那個陳皇后，就算成了庶出二奶奶，也得端著陳皇后的那股子派頭。

陳婼臉色絲毫未變，只做未聞。

平陽王妃嘴角往下一耷，眼風向對面一瞥，很是熱忱地接話。「哎喲，我看著欣榮家裡的阿元才當真是心都快化了，難得有小小姑娘這樣明是非、辨真假的，做姑娘就該這個模樣，說一是一，別整那麼多的花花腸子，反倒黑了心肝。」

當著外人，平陽王妃都敢給陳婼排頭吃，接行昭的話排擠自家兒媳婦。

陳婼抬頭看了平陽王妃一眼，將嘲諷深深地埋在眼睛裡，重提舊事是傷了她的顏面，可她現在算作是哪家的人啊？虧得平陽王妃這樣蠢，否則她的日子只有更難過的。

行昭望著平陽王妃笑起來，笑得很真心。

是了，陳婼這樣的身分都敢進宮來，行昭憑什麼要避開託病？

這大概就是方皇后讓她只管進宮來的緣由吧。

兒女經說不完，兒郎好還是女孩好說了一陣，奶娘得找什麼樣又嘮了好長一陣，去年看戲鬧得了個不痛快，幾位公主還有宗室的幾家人過來後，今年這戲也甭聽了，直接起駕奔綠筠殿用晚膳去。

綠筠殿燈籠高掛，如白晝亮堂，女眷們坐齊了之後，皇帝這才過來，身後跟著小顧氏和幾位宗室子弟，行昭一眼就看見了走在二皇子身邊的老六，老六遙隔人群朝她笑上一笑。

殿裡登時肅靜下來，眾人跪地叩拜。

皇帝抬手平身。「都坐下吧。」

皇帝聲音好像啞得有些說不出話來了，行昭覺得是自己幻覺，可一抬頭便看見了皇帝愈顯老態龍鍾，較之往年更加孱弱了，好像……好像被風一吹，被人一推，皇帝就能倒地不起。

行昭心頭一凜，撐起腰來趕緊坐下。分桌而食，三個王妃、平陽王妃還有世子妃坐在一塊兒，陳婼還不夠格坐到這一桌。

食不言寢不語，女眷席上無聲無息，偶爾有杯盞碰撞的聲音，相較之下，男賓席上就顯得熱鬧了許多。

藉大年的喜氣，男人們鬧鬧哄哄的，向公公立在皇帝身邊，扯高了嗓門唸了一篇迎新賦，駢四儷六，平仄對偶，洋洋灑灑一長篇，卻內容空洞，言之無物，倒是十分符合天家一貫作風。

宗室子弟們輪番敬酒，先敬皇帝，再敬幾位輩分高的叔伯，一輪過完，下面人想去給儲位熱灶豫王殿下敬酒，可面面相覷間誰也不樂意去當這個出頭鳥。

哪曾料到，四皇子舉起酒盞往二皇子處去，雙手捧杯，語氣極平緩認真。「弟弟恭祝二哥新春大吉，龍馬精神。」

二皇子笑得爽朗，手一伸，酒盞一舉便仰頭一飲而盡，臨了拍了拍四皇子的肩頭，連聲笑道：「借四弟吉言，借四弟吉言啊！」

四皇子面色微動，愣了愣，隨即跟著二皇子也朗聲笑了起來。

四皇子敬完酒，開了個頭，下面人便踴躍了起來，如今還能參宴的宗室子弟其實血脈與皇室已經離得有些遠了，可眾人給二皇子敬起酒來，語氣卻親熱得很。任誰都想得到，照皇帝如今的偏心程度，皇帝駕鶴西去後，只能是長子即位，趁龍潛之時不與未來君王套好關係，往後一表千里遠的，誰還記得有你這麼個人啊！

六皇子看了看簇擁在二皇子身邊眾人，眼色一斂，輕抬了抬手，淺酌一口花雕酒，再一抬頭，卻出乎意料地看見了平陽王次子周平甯直勾勾地望向他，平陽王與今上血脈親近，膝下只有兩子，庶出次子周平甯未娶陳家次女之時，從來不夠格在這種地方出現。人家是妻憑夫貴，他倒好，軟飯吃上癮了，來了個夫憑妻貴。

花雕酒味香醇馥郁，在口中繞舌三圈，氣味濃厚卻溫和。

六皇子單手執盞，越過人群，朝周平甯方向，頷首遙遙致意，然後先乾為敬。

周平甯眉梢一挑，雙手舉盞，喉頭微動，隨即一飲而下，翻過酒盞示意酒水一滴不剩。

六皇子笑吟吟地看著，嘴角愈漸勾起，周平甯如今像被拘在牆腳的困獸，又像一把枯柴，只要有人給他一點明火，他能夠立馬燒起來，然後熊熊烈火，幾近燎原。

幾輪酒喝完，屏風那側已經是一行人起駕往太液池去，除夕家宴之後通常會大放煙花，隔著碧波蕩漾，煙花綻開，模樣倒映水面之上，比在夜空裡瞧更好看。

行昭有孕不能受驚，留在了綠筠大殿內，歡宜亦是。

欣榮家中的阿元比阿謹大不了兩歲，小孩子樂意同小孩子玩樂，阿謹拉著阿元不撒手，歡宜只好將長女託付給欣榮，又神情嚴肅地交代幾句，無兒無女一身輕，兩個孕婦坐一塊兒嘮嗑也算是互相照看，方皇后表示很放心。

湖心亭中人頭攢動，華燈高掛，按序落坐。不久後，太液池那頭高聲呼嘯「咻咻咻——」三聲直衝雲霄，隨即高空之中便「砰」地一下綻開，禮花大開大合，在空中停頓片刻，能清晰地看出來是大周疆域的輪廓，停頓之後點點火星飛快地往下墜，光亮逐漸湮沒在鏡湖之上。

皇帝帶頭拍手，下頭有人朗聲奉承。「今上治世三十載有餘，北平韃靼，南定海寇，西收嘉峪，東復高麗，且中原大定，其功可比堯舜，其利可攀炎黃！」

其實東南海寇尚未平復，可誰人敢在此處觸皇帝霉頭？

皇帝往椅背上一靠，向下垂落的臉皮猛然一顫，帶了些志得意滿，再微不可見地抬起下頷，半眯著眼睛，嘴角扯出一絲笑。

方皇后看了皇帝一眼，神色平靜地轉過頭去，歷史上昏庸無能的帝王晚年大抵都擺脫不了好大喜功、聲色犬馬、修道問佛的路數，她卻從來沒想過他會將這三樣全占齊了，還添了一樣，服食五石散。

也不曉得後世的史冊會怎麼記載他和她，大概也會像那些帝后一樣吧，一筆草草帶過，將他們一生的恩恩怨怨全都塵封在已經泛黃的歷史裡。

皇帝顯得很得意，手一揮，暗啞嗓子。「這些煙花是內務府備下的？」

「回皇上，是珍寶司研製出來的。」向公公躬身答疑。

「賞——」皇帝一聲賞字還沒說完，卻聽見了平陽王突兀插進來的聲音。

「這疆域之外東西南北的功勞，皇兄自然是前三百年、後三百年的頭一人，可臣弟卻聽聞大周疆域之內尚有不太平。」

皇帝眉心一擰，接著心火便起，暈暈乎乎中蹙眉發問。「何處？何事？緣何無人向朕通稟?!」

平陽王眼風向六皇子處一掃，趕忙起身撩袍，叩跪在地。「回皇上，今日本是良辰佳夜，本不該談及此話，可事出緊急，臣弟只能狠心做那掃興之人。臣弟掌管宗人府已久，年前清查宗人府帳冊，這才發現江南貢稅年復一年，愈漸低迷，今載貢稅竟不到兩百萬兩白銀，由江南一帶分發至宗人府的銀兩竟然不足三萬兩！」

平陽王話頭一頓，雙手撐於青磚地上，頭俯低，接著說道：「區區三萬白銀能做什麼？宗室一年的花銷就在十萬雪花銀之上，宮裡進進出出僅脂粉香料一項就達十萬兩白銀。江南一帶富庶沃地，貢稅宗人府這三萬兩白銀只是其九牛一毛，如同商賈富家打賞一、兩銅子予街邊叫花啊！」

皇帝不問朝事已久，對貢稅銀兩全無概念，卻聽平陽王語氣沈凝，再看其神色嚴重，不禁慢慢將身形坐直，挺一挺腰桿，卻發覺用了力氣也挺不直了。

和皇帝一起慢慢坐起來的，還有六皇子和方皇后。

平陽王所說正是六皇子這幾個月所細查之事，連戶部都不敢輕易拿江南開刀，六皇子憑仗的不過是皇嗣子弟的身分，才敢在水面之下進行徹查——連他都要忌憚，不敢貿貿然地將清查擺在檯面上來，平陽王如何敢?!

平陽王一貫都只是個閒散親王，好養花逗鳥，再好美人歌賦，還好綠水青山，唯一不好的就是權勢爭端。皇帝要抬舉胞弟，將宗人府交給他打理，皇室宗族到如今已是疏遠得很的血脈關係了，打理個宗人府壓根兒就沒有宗室子弟過多時的困難，縱然如此，平陽王尚且不能打理得井井有條，他哪裡來的能力插手江南舊事？

說他能見微知著地從宗人府的帳目上看出了江南一帶藏污納垢之況，六皇子打死都不信。

平陽王想做什麼？

六皇子眼神暫態一黯，隨即看向周平甯。

周平甯眼光一閃，恰好與六皇子對視片刻，輕輕囁嚅了嘴唇，做出一個不甚清晰的嘴型——

陳家的陳？還是臣子的臣？還是懲罰的懲？

六皇子腦子裡飛快地轉，陡然一個機靈，手一把捏在椅凳之上，剛想開口，卻聽靜默之後皇帝有氣無力的一聲。

「你是說江南一帶私吞稅銀，蠅營狗苟之輩成群結黨，欺瞞於上，壓迫其下，將朕與皇家當作叫花子在打發?!」

皇帝後言異常激昂，這是在挑戰他帝王的權威，沒有人可以挑戰他這個皇帝的權威！皇帝青筋暴露，破口而出。

「這種情況持續多久了？」皇帝怒聲質問。

「稟皇上，已有三年之久。」平陽王將頭埋得更低。

「為什麼沒有人同朕說過！戶部官員吃的是天家的糧餉，穿的是朕賜下的錦羅，拿的是官家的雪花銀！尸位素餐，無所事事！」

皇帝一掌拍在木案之上，「啪」的一聲其實不算太大，可滿堂之中卻只能聽見這一聲響。

沒有人敢接話，天際處尚且還有幾點來不及墜下的火光。

平陽王很懂得如何挑起皇帝的怒氣，哦，不對，是陳顯很懂得皇帝最在意、最看重什麼。

身為帝王的權威，和對這片土地絕對的控制與掌握。

六皇子心下暗忖。

平陽王飛快地抬頭看了六皇子一眼，趕緊低下頭，聲音極快地說道：「稟皇上，萬幸萬幸！戶部官員尸位素餐，可端王殿下卻先天下憂而憂……端王殿下已然翻透江南官場十幾年來的帳目明細，年前將派人往江南清查、徹查，實乃天下之幸，賢王典範啊！」

六皇子心下一沈，靜待後言。

皇帝有些摸不清楚平陽王意在何處了？怎麼突然就從江南官場勾結黨羽一事跳到了給老六歌功頌德上，莫不是老六精心安排的這一齣戲碼？

皇帝看了看六皇子，蹙緊眉頭又轉首看向平陽王。「查得可有眉目了？」

平陽王搖頭。「端王殿下一己之力已屬勉強，臣弟懇請皇上特派官員，隨端王殿下再次深入江南一帶，徹查此事，以正我大周國風，祛官場不正之氣！」

平陽王再重複一遍，語氣堅定地道：「臣弟懇請端王殿下再入江南，以正國本！」

原來如此！

六皇子恍然大悟。

將他逼出定京，逼到江南，他與江南官場積怨已深，陳顯玩得好一手借刀殺人！

平陽王此話說到這個分上，將他捧得老高，他率先插手江南帳目一事，若不隨官南下，他所做之事無非為沽名釣譽，故作姿態罷了。

六皇子手一擰，將要答話，卻有一小跑飛快的小宮人疾步入內，雙膝跪地，高聲稟告。

「端王妃突然腹感微恙，望張院判與端王殿下往綠筠殿去！」

小宮人此話一出，六皇子猛地一驚，險些一把站起來，四皇子手心往六皇子手背上一覆，附耳輕聲道：「六弟靜觀其變，六弟妹怎麼可能貿貿然地讓一個面生的宮人來回稟這樣大的消息？」

關心則亂，六皇子一個恍惚，堪堪穩住心神。

場面又是一靜，暫態之間便聽見了方皇后沈著聲音交代道：「讓張院判立刻去綠筠殿。」微微一頓之後，方皇后道：「王妃是發作了嗎？」後一句是在問那小宮人。

應當不是。

行昭進宮身邊帶著蓮玉和一個經事多、經驗足的婆子，歡宜也被留在了綠筠殿，兩個人身邊四個心腹，若當真是遇到發作生產此等大事，如何敢叫這麼一個面生的小丫頭來稟報？

小宮人原是綠筠殿的掃灑宮人，頭一遭面聖，身子如抖篩，磕磕巴巴搖搖頭。「應當不是……王妃身邊的婆子也說不是……但是王妃一直嚷肚子疼……」

殿上殿下也不知是誰一聲輕哼。

小宮人嚇得一機靈，趕忙伏地，帶了哭腔。「王妃疼得都快哭出來了，奴才只好趕忙往湖心亭跑，奴才該死、奴才該死！」

六皇子陡然身形一鬆。

行昭可不是那樣規矩的人。若當真是孩子有事，肚子不舒服，抄起傢伙立馬回端王府，她都能做得出來，還遣人規規矩矩、符合章程地在御前來報一道？那就不是她賀行昭了。

八成是為了給他解圍，當時當景，他被陳顯打了個措手不及，被平陽王架得高高的，一時難有萬全之策，行昭遞了個梯子過來，中途打斷，再議此事，他定當已有萬全之策了。

方皇后眼神微不可見地往六皇子處一移，飛快收回視線，側了身子，低聲同皇帝商量。「您也知道這是兩個孩子的頭一胎，阿嫵膽子小，既然說肚子疼，想讓老六在身邊陪著也是常理。左右都是咱們皇家頭一個孩子，金貴著呢，要不今兒個的事先放放？總得先顧好您的頭一個孫輩不是？」

皇帝雲裡霧裡，眼睛瞇成一條縫看了看眼前之人。

平陽王還老老實實地跪在地上，他這麼些年頭哪還受過這個？臘月三十的天氣，湖心亭又挨著碧波湖，天一黑，水氣上來，頭一個遭不住的就是他老胳膊、老腿，腿腳伸了伸，不行，他不能功虧一簣。

若今兒個老六二下江南之事不敲定下來，照老六的手段，若他有了緩衝時間，受罪的必定是旁人。

陳顯樹大枝大，差點沒一手遮天，首當其衝，受罪的鐵定是他平陽王府一家人。

「皇上！皇兄欸！」平陽王語帶哭腔，動動腿腳，語氣很大義凜然。「國事家事孰輕孰重？端王妃驕矜年幼，不懂事，可端王先為人臣，再為人子，江南尚有千萬子民在水深火熱之中，端王殿下難不成要耽於兒女情長，棄大周子民於不顧？」

「皇家無家事，皆為國事！」方皇后一個拂袖，氣勢凜然站起身來，居高臨下而望。「端王妃所懷乃皇室嫡支，是皇上膝下頭一個孫輩，是皇上血脈綿延！平陽王以為此事不重？本宮明人不說暗話，只問平陽王一句，四弟處處阻攔，究竟是何居心？若端王妃與腹中皇嗣有一個三長兩短，平陽王能從此中得一二好處不是？」

這下帽子扣大了。

平陽王登時面紅耳赤。「皇后所言何意？臣弟與皇上乃一母同胞親兄弟，臣弟一向敬重皇后娘娘，皇后娘娘緣何血口噴人，將臣弟推到百口莫辯之地！」

好了，話題已經徹底歪了。

「好了！」皇帝出聲打斷這番爭執，眼神一睜，眼前霧濛濛的一片，人影重疊，燈影流竄間看到了坐得極遠的皇六子，瞧不清他的神態，皇帝再仔細想了想，老六一直是沒有出聲吧？

就連聽到自個兒媳婦兒身子不暢，也沒開腔，只剩下方皇后一個人在較勁。

滿好，至少證明賀氏還沒將老六完全攏過去。

事關子孫後代，皇帝迷迷糊糊衡量了高下，江南那幫龜孫子先不慌，跑得了和尚跑不了廟，既然事情已經被揭開，那慢慢來計劃也沒什麼不可以，倒是賀氏肚子裡頭那個顯得更金貴些，老六不怎麼得聖心，可好歹也是皇家頭一個孫輩。

想起頭一個孫輩，皇帝緊接著就想到去年除夕夜老二府裡掉的那個孩子。

旋即打起精神來，抬了抬手，一錘定音。「下江南一事，再議。賀氏在皇后身邊嬌養多年，性子難免驕矜一些，也受不得痛，老六你先去瞅瞅你媳婦兒。」

老六趕忙應聲而去，撩袍起身叩謝皇恩。「兒臣先行告退。」

方皇后想跟著去，眼風往皇帝處掃了兩眼，忍了忍，坐回原位。

第一百零四章

老六一走，有宮人去扶平陽王，平陽王把那宮人的手一把甩開，又在地上跪了片刻，終究還是自個兒手撐在地上起身重新落坐。

他左思右想沒覺得哪兒出了錯處，打了老六個措手不及，又照著陳顯的說辭背了幾天，今兒個一溜說出口也說得順當，甚至連皇帝的喜怒，陳顯都把得準準的，只要沒出賀氏那個岔子，今兒個晚上聖旨就該下來，明兒個一早，老六就該前往江南，再隔那麼兩、三日，端王殿下又會再現幾年前失蹤舊事。

老六沒了，老二是個耳根軟的，自個兒是先皇胞弟，欽封平陽王，攝政把權豈不來得容易？

平陽王悶著一口氣坐著，心裡頭想起陳顯同他那幾番私密之談，他出身算是頭等顯赫了吧？可這輩子都沒撈到什麼權勢地位，守著一個秋風蕭瑟的宗人府，他憋屈不憋屈？

九十九步都走了，偏偏最後一步走偏了。

平陽王手一下子拍在自個兒腿上，輕唉一聲之後，悶灌烈酒。

殿上已然再不復那般熱鬧，湖心亭外的煙花照舊在一發接一發地衝上天際，孤零零的聲響無人相和，被風一吹，聲音便傳到了綠筠殿內，張院判身揹藥箱，跑得滿頭大汗地已至，目瞪口呆地看著素手撚了柄銀叉子吃瓜果的前溫陽縣主——現任端王妃。

行昭撐著腰桿坐在榻上，看張院判來了，放下銀叉子，笑咪咪地招手。「張大人年年有餘啊。」

歡宜公主坐在一旁，也抿嘴朝他頷首一笑。

還賀上迎新辭了……

張院判抹了把汗，撩袍行了大禮，趕緊從藥箱裡頭拿了只小玉枕、一方紅絹布，伸手做了個請的手勢。「王妃是哪裡不舒暢來著？說是肚子疼？是哪裡疼？左下方疼痛還是肚臍上方？是鈍痛還是絞痛？痛感持續了大約有多久？」

行昭手搭在玉枕上，紅絹布順勢蒙住腕間，眼神一抬，蓮玉上前福了福身，回道：「原先是肚子不太痛快，嚷著小腹疼，一陣一陣地疼，每一回差不多持續一刻鐘的時辰。」

滑脈穩健，胎心清晰。

張院判是宮中老人了，前後串起來一想，哪裡還看不明白，單手捋了捋白羊鬍子，再問蓮玉。「今日王妃吃食上可有異常？疼的時候，可有出紅、臉色虛弱，唇色發白之症狀？」

蓮玉搖頭，語氣穩健，微側了身子，眼神一抬似是在徵詢張院判的意見，又像是在告知密事。「王妃今日用膳時，多挑了兩口四喜蹄膀，不一會兒肚子就不舒暢了。張大人，您說，這有沒有消化不良的可能在呢？」

所以說是想讓他告訴帝后，端王妃沒事，端王妃只是吃多了，吃嗝食了嗎？

張院判默了默，有些認命地點了點頭，再加上一句。「其實後三個月易早產，王妃注意著些也是應當的。況且產婦體質較常人是敏感嬌弱了些，常人難受一分，或許放在產婦身上就會難受十分，這都是可以理解的。」

張院判在幫她圓場呢！

行昭抿嘴笑起來，在除夕家宴上說身體有恙，無異於平地一聲驚雷，陣勢不可能弱下來，只是她可以不要名聲，她可以讓旁人嫌棄端王妃如何地不識大體，如何如何嬌氣多事，她根本不在乎有沒有好名聲，也不在乎皇帝會如何看她，她只在乎孩兒他爹的那條命。

六皇子身邊得用的李公公一向機靈，眼瞅著事有不對，趕忙到綠筠殿裡來通稟，歡宜急得團團轉，手撐在後腰上來回走動，時不時說起老六前幾年去江南那碼子事。

「老六硬氣，不同妳說他當時吃了多少苦頭，可我都是看在眼裡的。從江南一回來，整個人曬得跟個猴子似的，本來話就不多，從水裡撈上來後，話就變得更少了，就是從那時起他才開始攢足勁地鋪人脈、定根基地想娶妳！」

光說有什麼用啊？

平陽王受陳顯蠱惑，顯然有備而來，來勢洶洶，必須從中打斷，否則一旦成了定局，老六便騎虎難下。

行昭當機立斷，捂了肚子喊天喊地，宮人們著急得很，一旦出事她們擔待不起，隨即有了之後那一齣。

張院判一向說話慢條斯理，一番長話還沒說完，行昭眼神尖，一眼就看見了虎虎生風往裡走的六皇子。

三步併兩步，六皇子看行昭面色紅潤的模樣，心終究放了下來，再朝張院判鄭重作了個揖，親自將張院判送到綠筠殿外。

張院判會如何回稟帝后，端王夫婦已經聽不到了。六皇子以子嗣為重，辭過帝后，帶著媳婦兒回家去。

現世報、現世報，其實行昭在幾年前裝病的時候就明白過來了，世事就有這般靈便，晚上將裝完肚子不舒服，子時一過，新年將至之時，伴著東市集漫天的煙火，行昭早產發作了。

疼。

這是發作之前，闖進行昭腦子裡的頭一個字。

也不算很疼，細微的疼痛，一抽一抽的，很頻繁也有規律。

先是肚子一緊一緊地收縮，動作很輕，幾乎不易察覺。

守完歲，行昭躺在床上，肚子一緊就拿手去攥六皇子的胳膊，剛想讓六皇子去叫人預備著，哪曉得肚子又一鬆，跟著就緩和下來了。

這麼兩個回合下來，行昭滿頭大汗地定了定心神，抬起頭來，卻見老六傻傻愣愣地輕咬下唇，直勾勾地看著她。

行昭被逗得噗哧一笑，不笑不要緊，一笑扯著肚子又開始往裡縮，行昭隨之倒抽一口氣，推了推老六。「快去讓人預備下，怕是要生了。」

六皇子跟著倒抽一口冷氣，手往羅漢床邊緣上一扶，愣了片刻，立馬掉頭，麻溜趿鞋下榻，推開門就嚷起來。「快來人，王妃要生了！快去請張院判！」

行昭手一滑，險些沒撐住。

請張院判頂個毛用啊！

傻蛋，先把她扶到產房去啊！

蓮玉和黃嬤嬤手腳快，一聽正院有響動趕緊進來，行昭發覺得早還能自個兒走，六皇子在旁邊心驚膽戰地扶著，很不放心地問上一句。「我揹妳吧？要不抱著妳也成？我這輩子就沒見過誰要生孩子了還敢落地走的！」

「您可別瞎出主意！」黃嬤嬤恨不得把自家姑娘撈過來。「王妃怎麼舒服就怎麼來！揹揹抱抱的，動作一大，萬一出了閃失怎麼辦？」

六皇子一聽，扶得更緊了。

產房一早就備好了，就在正院旁邊的一處僻靜小院，走近道的話不過兩、三步的腳程，帳幔罩住耳房，裡裡外外都被打掃得煥然一新，行昭被扶進產房，六皇子想跟著一塊兒進去，黃嬤嬤將他一把攔下。「王爺，男人不好進產房，您且在外廂候著吧！」

六皇子欲言又止，只剩了個頭往夾棉竹簾裡一探，模模糊糊看見行昭已經換上素衫，正往床上躺，趕忙朗聲安撫。「阿嫵，別怕！我就在外面。」

行昭朝他胡亂招招手，算是曉得了。

小苑的燈火一點亮，登時便明如白晝，李公公腳程快，拿著帖子不到一刻鐘就把張院判請來了。請來張院判壓根兒沒啥用，人又不能進產房裡去。李公公呈了兩盞熱茶來，兩個人心不在焉地嘮起嗑來——

「女人生孩子猶過鬼門關，將才微臣進府來聽李公公的意思，王妃是子時過了之後才發作的？」

六皇子看著產房，點點頭。

張院判「哦」了一聲，轉頭去看更漏，再抿了口茶，安撫六皇子道：「王妃是頭次生產，快些一個時辰，慢些頂多兩、三個時辰就能產下麟兒，您只管安心。」

什麼！

兩、三個時辰?!

六皇子僵直脖子扭過頭來直勾勾地看著老張。

張院判脖子往後一縮，趕忙加重安撫力度。「王妃身子骨一向強健，有孕之後又將養得很，別的女人初次生產嚎了三天三夜的都有……」

六皇子嚇得嘴唇一下就白了，張院判抿了抿嘴，趕緊住口。

方皇后賞下來的那兩個婆子是接生的好手，麻溜地換了衣裳，手裡提著包袱鑽進內廂裡，包袱沒捆嚴實，在燈下明晃晃地照人眼，六皇子呆了一呆，手指了指那包袱，張院判趕忙探頭一瞧，小聲道：「哦，沒事，是剪刀而已。」

這下好了，六皇子臉和嘴唇一樣白了。

張院判當即捧著茶盞不撒手，他再也不說話了。

外廂靜下來，內廂一直都沒太大動靜，行昭臥在床沿邊，大口大口地喝黃嬤嬤熬的雞湯，腦門上大顆大顆的汗順著往下直淌，陣痛一直在持續，越來越疼，也越來越頻繁，常常這口氣還沒緩過勁來，痛感又向潮水一般襲過來。

天色已經很晚了，斗轉星移間，痛感越發強烈，行昭不是忍不了疼的人，硬生生地揪著布條不吭聲。

那種痛，就像把傷口揭開再蓋上、再揭開再蓋上，周而復始，永無止境。

兩個產婆檢查了情形，異口同聲地斷言。「頂多還等兩個時辰！」

兩個時辰啊……

行昭手裡緊揪著布條，手心全是汗，沒事，她忍得了，這樣的好日子，前前後後加起來，她等了得有二十年，二十年都熬過來了，兩個時辰算什麼？

行昭點點頭，仰了頭又要蜂蜜水喝。

黃嬤嬤滿心滿眼裡全是驕傲。

「王妃若是還撐得住，就站起來扶著牆走一走。」產婆子擰了把帕子，替行昭擦了擦腦門上的汗，一邊輕撫過行昭的後背，一邊小聲說：「走兩圈，活動活動，口也就更容易開，生孩子的時候也更好生一些。」

女人生孩子凶險就凶險在怕口一直不開，孩子憋在裡頭，大人疼了這麼長時間，折騰久了，生的時候反而沒勁了。

行昭克制住不叫喚，也是這個道理。

孩子本來應當二月底或三月初出生，如今這才臘月底、一月初，就這麼急急慌慌地要奔出來了，行昭嘴上不說，邊疼，心裡頭邊慌張得七上八下，她怕她的孩子出生孱弱，她怕她的孩子有不足之症，更怕她……看不到她的孩子出世……

產婆子經驗豐富，既然敢這樣說，行昭便也跟著做，站起來腳下有些軟，肚子陡然往下一墜，像是幾盆熱水潑在身上，腿肚子好像被什麼東西牽引著，根本邁不動步子。

行昭當真照著她們說的做，倒把兩個產婆子驚了一驚。她們是接生好手，見過的產婦多了去了，呼天搶地的有，罵兒罵娘的有，哭得個撕心裂肺的也有，王妃娘娘這樣大的主子，一向金尊玉貴的，還敢忍著痛下床走動助產?!

產婆子驚了一驚後，趕忙一左一右攙在身邊。

行昭捧著肚子小踱步走，走一會兒便走不了了。

產婆手勁大，一個跨步上來將行昭一把提起來，推著行昭向外走。

行昭一張臉疼得通紅，手掐在那婆子身上，卻一點力道也使不出來。

繞著耳房走了兩、三圈，行昭克制住自己去瞧更漏的衝動，走到一半，膝蓋一軟跟著就往地上磕去，兩個產婆一左一右扶住，又讓行昭往床上躺下，又時不時地檢查了幾遍，手在行昭肚子上順了順，眉眼慈和地笑著安撫。「快了快了，孩子的胎位也正，只要口一打開，羊水一出來，孩子生得快得很。」

說完又讓人煮了一大碗紅糖雞蛋羹進來，行昭捧著大碗公吸吸呼呼全給吃下去，吃飽了頂在胃上難受得緊，可身上力氣好像又回來了。

行昭當然知道，頭一次生產就像將整個身體打開，再重塑，這個苦頭她上輩子就吃過一次了。

頭一次生產壓根兒就不像這個產婆所說的那樣容易。口很難打開，孩子也很難一下子就溜出來，卡在孩子肩膀上的情形有過，卡在孩子腦袋上的情形也有過，臍帶繞過嬰孩的脖子的情形也時常出現。

行昭身形微不可見地一抖。

黃嬤嬤以為她是被風一吹，打了個寒噤，連忙張羅人手把隔間裡的窗櫺都關得嚴嚴實實的。沒有風散味，滿屋子都是一股子很難耐的氣味，好像所有知覺都湮滅了，只剩下痛感與嗅覺在逐漸放大。

這哪是兩個時辰啊?!

行昭半瞇著眼睛，迷迷糊糊地看到窗櫺外的天都快亮了。行昭疼得身上直哆嗦，她鼻尖上縈繞著一股淡淡的腥味。

等等，腥氣！

行昭猛地睜開眼，產婆照例佝下頭來檢查，歡天喜地地揚聲道：「羊水破了！王妃娘娘，您趕緊深吸氣再吐氣！」

產婆一個在身下看，一個吸氣吐氣給行昭做示範，行昭攥緊了拳頭，嘴裡含著塊布巾，眼睛瞇成一條縫，模模糊糊中根本就看不清那婆子的示範，耳朵裡「嗡嗡嗡」發響，婆子的吶喊聲就像飄浮在雲端，憑著本能用了一把力氣後，牙關一鬆，大口大口地喘著粗氣，隔了一會兒，再深吸一口氣，又來一次。

婆子的聲音放得比她還大。

「王妃！使勁，使勁！吸氣，呼氣！」

「王妃，快了快了！」

全是產婆的聲音，根本聽不見行昭的聲音。

是沒有力氣喊叫了，還是情形危急已經喊不出來了？

六皇子心頭一緊，抓心撓肝地慌張，幾個時辰不合眼沒關係，就這麼幾句話反倒讓男人眼眶一紅，猛地一起身想往裡面走。

張院判趕緊拉住。「您可別進去，您一進去，王妃受了驚怎麼辦？」

六皇子腳下一頓，手順勢扶在廊柱之上。

旭日初昇，天際邊處已有一輪浩陽，衝破黑夜桎梏，直上雲霄。

太疼了。

行昭深吸一口氣，牙齒緊緊咬住布巾，整張臉像是在水裡面浸過，嘴裡全是鹹味，再鼓足勁用一把力氣，手肘撐在床榻之上，終究是「啊——」的一聲喚出了口。

「生了！生了！」

行昭重重地跌回床上，頭髮被汗打濕了，黏在臉頰之上，眼神空洞地、直勾勾地看著床板，大口大口地喘了幾口粗氣，忽而想起什麼來，強撐起半側身子，伸手去搆。「孩子……孩子！」

黃嬤嬤臉上眼裡全是淚，小心翼翼地拿剪刀剪斷臍帶，泣不成聲地捧到行昭眼前去。

「姑娘……是個男孩兒……健健康康的、全鬚全尾的男孩兒……」

小東西還沒來得及洗乾淨，身上髒兮兮的，行昭摸了摸小傢伙的手，再碰了碰他紅彤彤的小腳，心頭泛酸，長長地喟嘆一聲，疲憊襲來，眼神迷濛之中看見門口人影一閃，接著便沒了意識。

行昭再醒來的時候，已是臨近黃昏了。

還睡在產房裡沒挪地，行昭一睜眼，就看見高几上擺著幾枝粉嫩嫩的梅花，一枝將開未開，一枝羞答答地尚還含著苞，粉嫩嫩的色配上甜白釉的雙耳梅瓶，顯得很清新。產房血腥氣重，放點瓜果花草去腥氣。

行昭眼神挪開，便正好能透過屏風，模模糊糊看見一個高高大大的影子抱著襁褓走走停停，行昭彎唇一笑，手肘撐在身後，開口喚他，卻發現聲音有些啞。

「阿慎，孩子……」

「欸！」六皇子應了一聲，趕忙繞過屏風，把手裡的襁褓隨手扔在了小案之上。

行昭登時大驚失色，頓覺渾身上下都是力氣，趕忙往前探身去搆那襁褓，尖聲叫道：「周慎，你在做什麼！」

六皇子將要坐下，聽行昭母雞護崽似的，坐也不敢坐，趕忙彎腰把媳婦兒扶正，再伸手正了正襁褓，朗聲笑起來。「妳自己看看！」

行昭一張臉唰白，探頭去看——襁褓裡空空如也，只有一只小枕頭。

「我粗手粗腳的哪裡敢抱孩子啊！我敢，黃嬤嬤也不能讓啊，我就是試一試，過過癮而已。」

果然，再溫馨深情的戲碼，擱在端王府都能演成一齣滑稽劇。

行昭哭笑不得，拿起小枕頭一把扔在六皇子身上，六皇子笑咪咪地伸手一擋，順勢伸手將行昭攬起身，把枕頭墊在行昭腰後。

「張院判說坐月子這樣墊著坐舒服。」他聲音更輕了。「餓了吧？黃嬤嬤說吃紅糖荷包蛋比較好，再加幾顆棗子補血，妳說好不好？」

還沒等行昭回應，六皇子便扭臉吩咐外頭。

裡頭的聲響傳出去，黃嬤嬤趕緊抱著孩子進內屋來。

行昭雙眼發亮，支起手肘坐得直直的，大紅底福祿壽紋的襁褓穩穩放在行昭身邊，行昭下意識地將身子往裡靠了靠，歪頭去瞧。

母親的笑都是無意識的。

六皇子看著行昭滿面緋紅、嘴角微勾的樣子，也無意識地跟著笑起來。

「他好小啊……」小傢伙睡得正香，行昭聲音壓得低低的，發出短短一聲喟嘆，她的手掌都比小傢伙的臉更大，臉上肉嘟嘟的，可骨架子看上去不大。頭髮烏黑黑的，大約是睡著，嘴巴嘟嘟的，安安靜靜地閉眼睡覺，小孩子還看不出美醜，白白胖胖的就算美，行昭卻硬生生地從自家兒子臉上看出了朵花。

「不算小了。」已經當了一天爹的六皇子對業務很嫻熟。「張院判說雖然早產凶險，萬幸沒遇上難產。還好孩子也不算太瘦弱，慢慢養起來，總能養好的。小郎君也沒必要養得太嬌弱，那些世家大族裡的郎君們整日塗脂抹粉的，一看就是養廢了的，練弓練劍，扔到沙場上去摸爬滾打，我不信這樣養出來的孩兒還能軟弱嬌氣。」

行昭想伸手去摸阿舒的臉，手伸到一半停住了，目光柔和，靜靜地看著小傢伙，怎麼看都看不膩。

這是她與他的血脈延續，是許多人愛與希望的寄託，她的、六皇子的、方皇后的、淑妃的、方祈的、邢氏的……

還有方福的。

行昭俯身，半合了眼，輕輕拿鼻尖碰了碰他的臉頰。

小傢伙輕輕皺了皺鼻子，行昭望著他笑得更開懷了，轉身問老六。「阿舒吃過沒有？」

六皇子欺身半坐在床沿邊，搖搖頭，輕聲輕氣道：「喝了幾口奶。一大早把舒哥兒的生辰八字報到宮裡頭去之後，林公公親自領了五個奶娘過來，說是皇后娘娘靜悄悄選了半年選出來的人手，皇后娘娘賞下人來，咱們原先找好的乳母就被送到雨花巷去了，左右大姊產期也近了。五個人排成排站著，哪曉得舒哥兒幾個輪著抱了抱也不肯吃，哭累了之後，又輪著抱了一圈，終於是肯吃了，聽黃嬤嬤說也沒吃多少，就一直睡到現在。」

奶娘……

多少世家大族的郎君娘子們待奶娘比待親娘還親，定京舊俗，世家奶奶們產下子嗣都是不能放在自己身邊帶養的，一是當家奶奶事忙，二則是「不體面」，奶娘在主子跟前就是半僕，在僕從跟前就算是半主，地位隱隱超然，很是得意的位置。

行昭吃夠虧了，她要把她的孩子放在自己眼皮子底下，壓根兒就沒打算讓奶娘和阿舒多親近。點點頭，讓那個中選的奶娘進來。「我得看看是什麼樣的人。」

六皇子自然明白，招招手，不多時就有個穿著絳色麻布、青口棉鞋，打扮得乾淨俐落的婦人繞過屏風走進來，一進來頭絲毫未動，埋著頭給上頭叩頭跪拜。「民婦張林氏給王爺、王妃問安。」

「起來吧。」

林氏規規矩矩站起身來。

「抬頭讓我看看。」

林氏頭抬起來，面目娟秀，眼神很平靜，嘴角下意識地往上揚，看起來是一個很樂天知命的婦人，行昭心放了放，又問：「家裡有幾口人？夫家是做什麼的呀？膝下有幾個孩子呀？最小的如今多大了？」

林氏條理清晰地挨個兒回了。「回王妃娘娘，加上公婆、小姑，統共七口人，夫家是城東帳房先生，民婦膝下兩子一女，如今最小的女兒將兩個月大。」

很標準的全福婦人。

奶娘和僱主是僱傭關係，是否奴籍其實不太重要，身家清白、身體康健就行了，通常主子們長到一定年歲，不需要乳母了，主家就賞奶娘一份很有分量的辭行禮，然後打發回鄉。主子若是念及舊情，能幫襯的也都會盡力幫襯。

行昭點點頭，賞了林氏的小女兒一方如意銀鎖，再賞了兩個兒郎幾方硯臺和一打好筆，又囑咐林氏幾句。「既然舒哥兒從五個人裡頭選了妳，也就是兩人緣分，緣分是上天賜下的，咱們都得珍惜著點。」

林氏連聲應諾。

第一百零五章

有了孩子，端王兩口子像是有了更足的底氣、更周全的理由，也有了更深的踟躕不定，瞬間日子就變得圓滿且繁忙起來。

洗三禮那天，正好是初四，往來人繁，能進內廂來瞧一瞧新生兒與行昭的卻沒幾個，閔寄柔算一個。

人一撥一撥地來，多為勛貴世家，不過一天的光景，端王府門前的那方青磚好像都快被磨亮了。

不熟悉王府的，大門都進不了，不算太親近的、身分沒到的就由黃嬤嬤接待。

臨安侯賀家派白總管來了一趟，行昭默了默，轉身讓白總管將印了阿舒小手小腳輪廓的幾張紙帶回去。「讓太夫人瞧一瞧吧，等我出了月子，哪天尋摸了空當兒，我就抱著阿舒回去。」

行昭自然不知道，賀太夫人攥著那幾張紙，一時間老淚縱橫。

閔寄柔同欣榮一道過來時，行昭正同大腹便便的歡宜小聲說著話。

「甫出生時，不愛哭鬧，還是產婆拍了一巴掌才哭起來的，也不愛吃奶，哪曉得日頭天天過，小郎君是一天一個樣，如今吃吃喝喝、哭哭鬧鬧的，反倒叫人心安。」行昭邊說，邊抬眼一瞅，正好瞅到閔寄柔和欣榮繞過屏風過來。

行昭手肘撐在床沿上，支起半個身子來，笑咪咪地頷首招呼。「九姑姑，二嫂。」

欣榮趕緊把人按下來。「妳可別輕易動彈！」邊說邊扭頭四下找。「我們舒哥兒呢？阿舒、阿舒，舒心舒意，唸起來順，聽起來順，意思也順，又是皇上欽賜的，幾十年了，定京城裡頭一份！」

這是在寬行昭的心呢！

小郎君叫阿舒聽起來是乖乖順順的，很是惹人喜歡，可是再想一想，天家的血脈，要這麼乖順做什麼？

頭一份自然是頭一份，皇帝頭一個孫輩，頭一個孫子，頭一個嫡長孫，母家勢大，父親也不是荒唐的，這都不是頭一份，真是想破腦袋也想不出什麼是頭一份了。

偏偏沒人敢貿貿然地巴結上來。阿舒初一一大早就出世了，偏偏皇帝還在了初二晚間才賞了東西下來，誰也不稀罕那麼點東西，可這意思不就是端王府長子周舒不太得聖恩嗎？

都是一樣的兒子，二皇子家妾室懷孕時那股子喜慶勁兒都比行昭生兒子更足點。

老小老小，偏心偏成這樣，老皇帝如今是壓根兒就不怕老六吃心了，明擺著要偏袒了。

行昭笑起來，先招呼她們落坐，又問蓮玉。「舒哥兒在做什麼？」

「小郎君吃完奶，如今正精神著呢。」

行昭趕緊讓林氏抱出來瞧一瞧。

小孩子家的容易受驚，定京城舊俗卻是要大辦特辦洗三禮和滿月宴。行昭聽過因為人太多太雜，小孩子受了驚，魂不守舍許久，聽黃嬤嬤說是因為小孩子的三魂七魄還沒長醒覺，被一驚之後就回不來了，故而端王府嫡長子的洗三禮與滿月宴都不會大辦。

行昭做出這個決定後，長長地舒了口氣。

幾個內眷都是相熟的，不用行昭熱場就嘰嘰喳喳地說起話來，阿舒一被抱出來，小郎君還立不起腰，才吃完東西，精神頭足，也不認生，一雙眼睛像六月雨水洗過的清潭似的，黑眼珠四下轉得快。

欣榮伸手去抱，當即壓低聲音驚呼一句。「哎喲喲！好一個俏郎君！」

行昭噗哧一笑。

她倒沒從自家兒子還吐著泡泡的那張臉上，看出一點點未來俏郎君的模樣。

兒女經向來是女眷們愛聊愛談的，歡宜又將近生產，欣榮也有再生個兒子的想法，姑姪兩人聊得很是熱絡，行昭時不時瞇眼點頭應和幾聲，兩人聊至興頭上，欣榮扶著歡宜說是要去瞧一瞧給小郎君預備的新刷的書齋，行昭沒法動彈，便讓蓮玉領著兩人去瞅。

一時間內廂裡只剩下了閔寄柔與行昭兩人，閔寄柔覺得自在不少，這才笑著從袖裡掏出一方如意金鎖來，擱到行昭身邊。「母親一早就吩咐人打的，說是請幾位高僧唸了七七四十九天佛開光，只是沒想到妳生得這麼早，時辰差點就不夠。」

如意金鎖小巧玲瓏，正面嵌了幾粒紅寶石和貓眼石，背後刻著「正德於天」幾個小字還有幾柄刀劍鋒利，開光講究一件接著一件的開，沒有把一堆東西送去開光打個批發的道理。

行昭手裡握了握，笑道：「若阿舒是個小娘子怎麼辦？閔夫人不就白打這麼一遭了？」

「母親說妳命好，保准可以一舉得男。」閔寄柔也跟著笑起來。「其實阿舒這個字真不算差，氣運這個東西妳說好它就好，欺軟怕硬著呢，妳若當真信了妳命不好，那就連翻盤的機會都沒了。」

閔寄柔漸漸開朗起來，勸行昭又何嘗不是在勸自己？

女眷們都沒多留，吃了盅茶放下禮，便告辭了。

將至晌午，方皇后的賞下來了，緊接著就是陳德妃、陸淑妃還有昌貴妃的賞賜，蓮玉一一登記在冊，看到昌貴妃的禮時，蓮玉笑了笑。「我還是頭一次見著洗三禮送一對梅瓶來的。」

玩文字還玩上癮了。梅，霉，沒，她是希望誰沒了？

昌貴妃對亭姊兒肚子裡那個有多看重，怕是這會兒就有多恨阿舒。

行昭耳朵堵著、眼睛蒙著，日日足不出戶，那些糟心事自然聽不見、看不到，六皇子身在外院卻聽得了些風言風語，什麼自行昭有孕以來，昌貴妃王氏頻頻宣召石側妃入宮，也不知在耳提面命些什麼，又是賜藥又是讓太醫去診脈，鬧得沸沸揚揚。

豫王府就這麼兩個女人，二皇子正檢討自省呢，一個失了歡心，一個失了心，本是一灘死水，只有奉時靜候，等甘霖落下來，才算把一潭死水盤活了；可昌貴妃非得要攪和，恨不得立時就讓這潭死水活起來。

故而當晚間行昭與六皇子提起此事時，六皇子蹙緊眉心，說起另一樁事。

「昌貴妃還嫌二哥府中不夠亂，非得要把自家的外姪女送到豫王府做小，想孫子想瘋了，一聽我們阿舒是個康健有力的小郎君，怕是鑽營得睡都睡不著。」

行昭「嘶」了一聲，問：「沒成吧？石妃怕是頭一個跳出來不答應。」

六皇子搖頭。「是二哥沒答應，轉頭便在兵部找了個小吏把那小王氏的親事定下來了。」

這怕是兩世加在一起，二皇子做的頭一件靠譜事。

要是能回頭……

豫王府的那兩個還能好好地一塊兒過嗎？

行昭覺得懸，既然今兒個閔寄柔連這事的影子都沒在她跟前提，怕是壓根兒就沒將這事看成個事；再退一步說，無論如何閔寄柔手上也沾了二皇子親生兒子的血，夫妻要同心，必須心無芥蒂。

閔寄柔坦承真相，估摸著到時候二皇子又接受不了。

天時地利人和，人與人之間的情感成敗，缺一不可。

行昭的月子還沒過，就意味著正月沒過，可朝事仍舊在緊鑼密鼓地展開，估摸著是海寇也得過年節，休戰休了十五天，元宵一過，東南戰事又敲開了。

縱然東南戰事紛擾，可行昭產子後，羅氏的親筆書信還有幾車年禮都跟著進了京，護送這幾車年禮進京的就是揚名伯賀行景身邊得用的毛百戶。

行昭看著羅氏的書信大喜過望，趕緊告訴黃嬤嬤。「嫂嫂的產期在今年初夏！」

黃嬤嬤愣了愣，頓時又哭又笑，歡喜得迷濛著一雙眼睛既不知該說什麼好，又想破口而出些什麼，千言萬語歸結成了一句話。「阿彌陀佛！阿彌陀佛！佛祖保佑……我要去給夫人上炷高香去！」

行景幾乎是黃嬤嬤帶大的，行景子嗣不顯，多少人掛憂得心尖尖都快抖起來了，武將本來就殺戮氣重，在家的時候少，在沙場、戰場的時候多，武將膝下無子的多了去了，鎮守川貴一帶的秦伯齡，年逾五十，一員老將膝下只有一個十歲幼子，連方祈也只有一雙兒女。好男不當兵，將士也算兵，故而重文輕武是歷朝歷代無論發展到什麼階段，都會有的必經之路。

與黃嬤嬤一味高興不同，行昭有些顧憂。

戰場紛擾，根本就不適合產子生育，可說實在話，東南更適合羅氏產子一些，熟悉且已經居住多年的環境，陪在身側的丈夫，不用牽腸掛肚的擔憂。

沒有比孩子爹陪在身邊更好的環境了。

這一點，行昭深有體會。

黃嬤嬤燒完高香，慌慌張張地換了件亮色對襟褙子，拿頭油把頭髮抹得油光水滑，攥著信又點了三匝禮，帶著往城西羅閣老府上去，一來一去又是一下午，帶回來個定心丸——

「別讓大奶奶回來，這事幾家人誰也別聲張，來往書信到關卡上是一定會檢查的，叫上頭知道就知道了，只要咱們不鬧鬧喧喧的，朝堂上有這個臉皮攥著個大肚婦人做出征將領的文章？」

聽完黃嬤嬤回稟的話，行昭心下大寬。

羅家這門親結得太對了！

行昭很感慨，若羅氏懷孕產子回京，如果那頭拿這一點作文章，以賜恩之名將行景調任回京，一個空頭將軍手上沒兵也沒兵器，那行景可不就是下一個方祈了？

羅家人將她沒說出口的話，全給說了。

行昭轉頭洋洋灑灑地給羅氏寫了一疊厚厚的信，事無巨細寫了幾張紙，又將原本預備給阿舒做裡衣的松江緞子全拿了出來。不敢送入口的食材，更不敢送藥材，想來想去讓那兩個產婆過來，一人賞了五十兩銀子，再問她們願不願意去福建幫忙接生，兩個婆子相互看了眼，緊接著就默不作聲了。

這種事情強人所難，別人辦得不盡心，吃虧的就是自個兒。

行昭揮揮手讓那兩婆子先下去，手裡攥著狼毫筆，繼續往冊子上添東西。

六皇子繞過屏風，正好看見行昭腰後墊了個軟墊，頭上還戴著兔絨蝙蝠抹額，神情很專注的模樣，不由得笑起來。「阿舒呢？」

「噓——」行昭連忙噤聲，悄聲悄氣道：「在花間呢，一抱出去就開始哭，非得在正院裡頭睡，我這兒又亮著燈怕他睡不安穩，讓黃嬤嬤抱著去花間拍著入睡去了，等睡著了再抱進來。」

行昭不喜歡阿舒和奶娘親密得比親娘還親，所以阿舒一出生就是行昭自己在帶，反正府上沒婆母又沒比她身分還大的主子，她想讓阿舒在哪睡下、在哪吃奶、在哪哭，都隨她。

若不是試了兩、三次她就是沒奶，怕是林氏都能打道回家了。

人和人的感情是處出來的，兒子與母親亦是，阿舒不是個好帶的孩子，哭鬧得凶，食量大，唯一優點就是不認生，晚上睡覺就把阿舒放在內廂的小床上，半夜一哭，行昭立馬睜眼醒過來，換尿布和餵水都做得很熟練，要是行昭著實太累了，就把老六一腳踹起來。

習慣成自然了，日子也就過去了。

六皇子點點頭，脫下外衫，慢條斯理走過來，緊接著撲面而來一股子酒味，行昭趕忙拿帕子捂住鼻子，六皇子嘿嘿笑起來，湊身過來親行昭的鬢角，這人怎麼一喝酒就耍酒瘋？

「你這是喝了多少呢？」

行昭趕他先去洗澡。

老六眼角一勾，抿嘴一笑，眼神很定，可偏偏顴骨上有兩團酡紅，伸手把行昭攬在懷裡頭。

「沒喝多少！」話頭頓了頓，將嘴巴湊攏到行昭耳朵邊，吹出熱氣來，聲音壓得低迷而纏綿。「事……事要成了！」

滿鼻滿眼，全是熏人又濃厚的酒香。

行昭腦袋暈了暈，半天沒反應過來，好容易電光石火間一個激靈，反手扣到老六胳膊肘上，疾聲反問道：「什麼要成了？」

六皇子又嘿嘿笑了兩聲，抱著媳婦兒不撒手，頭埋到行昭脖子裡磨蹭了兩下，找了個舒服位置掛住。

行昭推他兩把，自個兒反而被推後了兩寸，男人掛在肩膀上，沒一會兒就打起呼嚕來，嘟嘟囔囔的也不曉得在說些什麼。

老六的酒量就沒好過！

行昭親手把男人安頓好了，換了衣裳，抹了臉，讓人去煮了醒酒湯，之後才有空閒召李公公到內廂裡，問他。「王爺今兒個去哪兒了？在哪兒喝這麼些酒？和誰喝的？」

老六酒量不好，自制力一向很強，很少在外喝酒，更很少過三杯，除卻方祈也沒人敢灌他酒。

李公公佝著頭，知無不言，言無不盡。「今兒個照舊沒上早朝，陳首閣交代了幾樁事便早早下了朝。大年剛過，戶部也沒什麼要緊事，豫王殿下就從兵部那頭竄出來，拉著殿下說是要去大興記喝酒。白天哪有喝酒的道理？殿下就推到了晚上，一開始殿下都沒怎麼喝，豫王殿下喝得厲害，後來又來了人，殿下這才真正開始應酬起來……」

來了誰？

行昭腦子裡轉了一遍，篩了又篩，猛地睜大眼睛看向李公公。

李公公話頭一頓，接著往下回稟。「來的是將進兵部做事的平陽王次子。甯二爺一進來，三個人這才算是喝上了，後來奴才們往外候著了，裡頭說了些什麼也聽不太清楚了。」

行昭手往下一放，竟不知是該喜，還是該憂……

第二日清早，六皇子醒得老早，宿醉的勁頭過了便神清氣爽起來，親了親行昭的鬢角，再單手抱過阿舒餵了兩口清水，便往皇城去上早朝。

早朝之上，將再議端王二下江南之事。

朝堂之上，極為肅靜。

久默未言的首閣陳顯跨前一步，殿中只聞外袍拂風之聲，再朗聲道：「微臣有要事啟奏！」

平陽王頭稍抬了一抬，再趕緊低下。

皇帝一半的身子都靠在左手邊的扶椅靠手上，眼皮耷拉下來，有些睜不開，手向上抬高兩寸，示意陳顯說下去。「久沒聽過你啟奏了，朝堂上下風調雨順，你功不可沒啊！」

陳顯臉色頗為驕矜，微不可見地揚了揚下頷，負手背立於百官之首，半側過身，眼神向下一一掃過，再清咳兩聲，手向前一拱，頸脖和脊梁卻挺得直直的。

「風調雨順之際，亦尚有不和睦之樂符。東南海寇四起，江南腐朽沈靡，前者尚有揚名伯賀行景安邦驅敵，後者卻歌舞昇平渾然不自知，臣等心繫大周朝運之變途，憂心憂腸，卻終究憂而不得！」

皇帝迷迷糊糊地垂了頭，大抵是暈乎過去了。

陳顯眼風朝後一瞥，平陽王心領神會。

「皇上！」

平陽王的聲音突兀響起。

皇帝渾身一震，瞇了瞇眼看殿下何人放肆，原是胞弟平陽王，抬手讓他起來說話。

「臣弟早於除夕家宴之上，就已將此事奉上言明。端王徹查江南官場舞弊貪墨一案已有時日，只需端王往江南一去，向下順藤摸瓜，揪出污沼之泥，江南便可得祥和一片！」

哦……

皇帝逐漸回過神來。

對的，是在除夕家宴上賞煙花時，平陽王提起這回事，之後老六被他那不懂事的媳婦兒叫走了，再之後是正月不上早朝，也沒人再和他提起這件事了。

一耽擱就是這些時日。

皇帝久久無話，六皇子頭一埋亦無話。

陳顯趕忙躬身回敬。「端王殿下心懷蒼生黎民，實乃天家之幸事！戶部調出十年前的帳目明細，每字每頁都由端王殿下親眼把關嚴查，戶部上上下下傳得沸沸揚揚，皆是端王殿下仁心仁德，與老臣何干？」

未待六皇子說話，陳顯折轉再朗聲啟上。「臣懇請聖上下道諭令，遣端王殿下二下江南，以清國本，以儆效尤！」

陳顯順勢跪下，當即朝堂殿後響起此起彼伏之聲。「臣等懇請聖上！」

儀元殿已經很久沒有如此氣勢宏大之景了，蕭索冷清幾載的大堂再次熱鬧起來，竟然是因為權臣以另一種方式在進行著逼宮。

荒謬中透著些好笑。

著綠穿紅的朝臣們三三兩兩地跪下，沒一會兒就烏壓壓地跪了一片。

前三行內，黎令清直挺挺地立著，被身旁之人拉扯了衣角，卻反倒將手一甩，站得更直了些。

羅閣老也沒跪，二皇子眼神向下四周瞅了瞅，又眯著眼琢磨了半晌，直覺告訴他老六下江南是門苦差事——沒見著上回差點溺死了嗎？

可這話又不能堂堂正正地宣之於口，君君、臣臣、父父、子子，皇帝要臣子去填坑送死，下頭人吭了一聲都算是忤逆！

皇帝久未見這樣大的陣勢，心頭猛然發怵，陳顯這是做什麼？陳顯是在逼他答應？

皇帝沒來由的心頭不暢，可又說不清到底是因為什麼不舒服，因陳顯的態度？不，不是，陳顯的態度一向很恭謹、謙卑，你看，如今他不也是跪在地上啟奏嗎？難道是陳顯的提議？不，也不是，既然老六最先熟悉江南瑣事，那這件事交給老六去辦最好不過，這是對的，是正確的抉擇。

皇帝眼神向下瞅，只能瞅見幾十個黑黝黝的腦頂毛，哦，零零星星還站著幾個人。

「老六……你不想去？」皇帝聲音沙啞，問得很奇怪。

聖命難違，哪有想去不想去之說？

帶了些遲疑的問句一出，陳顯當即悄悄地露出笑意，六皇子如今是想去也得去，不想去也得去，國之大事，六皇子身為皇裔當仁不讓，此為理。百官相求，聲聲泣訴，此為情。情理俱全，大庭廣眾之下，六皇子根本找不出合適的理由拒絕。

家中尚有幼子？呸，國事重要還是家事重要？男人豈能被後院拘住了腳步，若六皇子敢說出這番話，不用他費盡周折，直接就廢了。

舊事在前，怕往江南去再遇不測？男人怎可說出如此貪生怕死之話，這話更是亂潑髒水，攀誣構陷。

朝中尚有聖賢珠玉在前，可十來年的帳目都是由六皇子一一清查的，他不去誰去？可惜去了，就再也回不來了。

陳顯這才發現自己最開始定下的謀略也太迂迴了些，敲邊鼓雖有效，可效用卻不大，直搗黃龍、攻其不備才是正道理，這還是方進桓打他那一拳教會他的。

只要老六沒了，他順順當當地扶著人上位，他手裡頭攥著九城營衛司，二皇子和女婿周平甯皆在兵部，手裡頭攥著直隸兵部下的機變人馬，便牢牢地盤踞在了定京及中原一帶。方家的西北軍再厲害，還能裡應外合、破開皇城、起兵謀反不成?!

被人推向懸崖不可怕，可怕的是親眷們尚在懵裡懵懂、冷眼旁觀，且助紂為虐。

六皇子如今很想傷春悲秋一把，可時光容不得他再議它事，一把撩袍隨大流單膝下跪，說得很有條理。「父皇信重兒臣，兒臣定當竭盡全力，不負所望。可茲事體大，江南官場如淤泥沈屙，兒臣年少；見識短少，實在難以一人之力擔此大任。兒臣顏面事小，大周天家丟了體面，會惹得千古笑話！」

老六說得也有道理，皇帝腦子慢慢糊起來，輕聲發問：「那你當如何？」

六皇子頭埋得愈低，話頭頓一頓，再言。「兒臣懇請父皇，遣任得用朝臣與兒臣同行。眾人拾柴火焰高，兒臣一人之力難撼幾近十餘載之腐朽巨樹，可再加上一個人呢？再加上兩個人呢？我大周人才濟濟，多有卓爾不群之能人，出謀劃策也好，計算縝密也罷，都是能挑得出的。」

六皇子說得頭頭是道。

一個籬笆三個樁，一個好漢三個幫，連水泊梁山那些個英雄好漢們，都要湊成一百零八個才能有底氣。

「你且說吧。」皇帝迷迷糊糊地跟著點點頭，老六要點幾個心腹之人跟著他下江南也能理解啊，誰能沒幾個左右臂膀啊！

黎令清以為接下來就會說出他的名字，手一攥緊，掌心有些發汗，他不希望老六早夭是一回事，可他自個兒被殃及無辜，又是另一碼事。

「兒臣想求得陳顯陳大人與兒臣並肩同行。」

黎令清將想答話，一聽六皇子輕聲一句，頓時渾身一抽，也不知是嚇的還是慌的。

陳顯猛地抬頭，幾乎想擊節讚嘆。

好一個將計就計！

老六被拖下水去甩不開腳上的泥，他就要把別人也拖下去；只可惜老六想順勢拉下水的人身分太重，恐怕沒那麼容易。

果然，皇帝一聽其話，愣了愣神之後，皺著眉頭，心不在焉地揮揮手。「陳顯不成，他事忙事雜，朝堂日常調度全賴他管著，再選幾個人跟著去吧。」

這個結果在六皇子意料之內。

六皇子站著，陳顯跪著，六皇子往下一瞥便多了些居高臨下之勢，他抿了抿唇，緊跟皇帝後話。「除卻陳大人……人選，兒臣可以自己提？」

這話太絕對了，陳顯下意識地察覺出這是個陷阱，可出聲阻撓已經來不及了，皇帝想想之後，點頭應道：「只要不是身擔重職，鎮守定京的文臣能才，皆可。」

陳顯長舒一口氣。

不能在定京城裡找，不能在武將裡找，老六再上哪兒去找個忠心耿耿又足智多謀，能助他避嫌趨利之人？

難上加難！

「不是身擔重職，亦沒有鎮守定京，更非武將軍戶。」

六皇子再瞥了眼陳顯，微不可見地揚起嘴角笑道：「回稟父皇，兒臣想讓西北督軍陳放之隨兒臣一路南下，陳放之既非武將，又出身戶部，熟知帳目明細，實乃不二人選。」

陳放之是誰？

是陳顯的獨子！

第一百零六章

「哐噹！」

前朝甜白釉舊瓷青蓮紋茶盞被人從木案之上直直拂落，摔在地上，杯底沿著弧線「軲轆」地轉了幾圈，已經冷掉的茶湯淌在青磚地上，一灘深褐色映在淺青色上陡感蕭條。

「端王……端王！」

內室之中的陳顯與今早朝堂之上的首閣判若兩人，怒氣衝天地拂袖而過，一腳踏在流淌於地的茶湯之中，快步前行，再折身落坐，面色陰沈，幾乎咬牙切齒。「黃口小兒亦敢與我要心眼鬥手段了?!」

老六未免也太過狂妄了。

乳臭未乾也敢與他硬碰硬，當面算計。

圍魏救趙，聲東擊西，玩得好一手誘敵深入啊！

他挖了個坑讓六皇子不得不跳下去，那廝卻反將他一軍，打了個他措手不及！

陳婼眼瞅著淌在地上的茶湯平整之後碎了碎，再恢復平整，心上無端一聲喟嘆，定了定心神，親手再斟滿一盞熱茶，雙手奉於陳顯之前，輕聲道：「父親請喝茶。」

陳顯緊蹙眉頭，強迫自己平復心緒，單手接過茶盞，也沒喝，轉身又放在了身側小案之上。

室內一片靜默，陳顯不說話，陳夫人與陳婼大氣都不敢喘，陳婼埋首揪了揪帕子上墜下的素色流蘇，她只有一個胞兄，母親只有一個兒子，父親與陳家嫡系只有這麼一支血脈，陳放之遠去西北時，身邊死士侍衛零零總總加起來多達三百餘人，幕僚謀士二十餘人，一支獨苗苗，父親心再狠，也要顧忌著百年之後無香火可依的局面。

陳顯府中沒有謀士，如今最大的謀士就是他自己。

「老爺，放之……會跟著端王下江南嗎？」

陳夫人權衡之下，率先發問，打破寧靜。「江南之行凶險非常，如今皇權旁落，各個總督勾結黨羽，各為諸侯。放之隨行，端王身分壓他一頭，放之身側無論如何也不可能帶更多的侍衛，到時候如遇意外，放之應當如何自保？」

今日早朝，六皇子啟奏提議，陳顯含糊其辭過後，便向皇帝這樣回答——

「放之手上還擔著西北雜物雜事，賀現賀大人雖亦是股肱得用之才，可交接手頭公務尚需幾個時日，容端王殿下靜待些許時日，可好？」

其實當朝之上，陳顯並未說死。

可陳夫人壓根兒就沒問陳放之能不能去，她和陳顯夫妻幾十年，她太瞭解他了。不去是不可能的，早朝之上，六皇子話說到那個分上，反將陳家架得老高，事到如今，陳家長子不去……

皇帝癲是癲了，可他還沒死呢！

陳顯默不作聲，陳婼輕輕抬起頭來，目光晦暗不明，老六拉上陳家長子，無非是想拉個保命符，把陳家老大攥在手裡，江南官場縱然與父親相勾結，也只好投鼠忌器。

有什麼比老子辛辛苦苦打了滿城江山，兒子卻死在半道上，偌大個家業沒人繼承更荒謬？

陳婼心裡頭笑了笑，陳家是不是祖墳沒埋對，長女嫁了個瘸子，次女嫁了個庶出，唯一的兒子就要被人攥在手上當籌碼了，生死全靠天定，說出去就是一個笑話。聽人說，有種墳頭叫埋骨血屍地，專旺嫡系家長一人，子嗣後代全都不得善終……

陳婼再抬了抬下頜，將陳顯看得更清楚了些。

她的父親兩鬢斑白，額上、嘴角上一動全是皺紋，唯獨一雙眼睛精光大顯，亮得如同二十歲的小夥子。

哦，野心也像二十歲的小夥子。

陳顯冷眼往陳婼處低低一掃，陳婼當即往後一縮，連忙將頭低下。

「寫信讓放之回京。」陳顯收回目光，一錘定音。「幕僚、死士與侍衛全數帶回，都別留在西北。讓他與賀現交接妥當，從川貴一帶回京，途中順道拜訪秦伯齡。」

話頭一頓，扭頭高聲將總管喚進內廂，再低聲交代。「給江南那頭遞個話，讓他們少安勿躁。端王和放之一行人，最多捱到五月下江南，他們尚有近三個月的時間準備妥當，這回沒預備查出個什麼端倪來，就算查出什麼端倪，到時候定京這處也能替他們解圍。他們只要拖住端王便可，若實在按捺不住要下手剷除……」

話到此處，謀劃慢慢顯出雛形，陳顯出身皖州，皖州緊挨江南一帶，官官相護，陳顯與人結黨多以共同利益為軸心，江南怕被查出東西，被愣頭青連根拔起，陳顯便許他們一個安穩且絲毫不動的未來局面。

人情關係？

別說笑了，人心最不可靠了，只有利益才是永恆的。

陳夫人回過神來，語氣哽咽，陡然驚呼。「大人！」

陳婼被那話一驚，心裡卻無端端地順暢下來。這才對嘛，憑什麼只有她一個人被拋棄，憑什麼只有她一個人被看成棄子，憑什麼？胞兄陳放之從來就不是個精明之人，陳顯拚死拚活打下基業，他也守不住，陳家弱肉強食、物競天擇幾十年了，他靠著一個長子、一個獨子的身分也平穩過了這麼幾十年了，沒用的人就不應該活得舒坦，父親……父親早該將他放棄了。

「大人！求您三思而行啊，大人！」陳夫人一輩子沒失態過，眼圈微紅，腳下一軟險些跪倒在地。「端王要拿放之當作籌碼，你這樣交代，等於直接放棄……」

陳顯陡然出聲打斷陳夫人後話——

「如果江南官場實在按捺不住要下手剷除老六，那就隨他們去吧！」他再重複一遍，慢慢斬釘截鐵起來。「老六的人手是要先下手為強也好，還是要死也拖個墊背的也好，隨他們去。放之逃得過就逃，逃不過是他無能，是他命不好！此乃千載難逢之機，我們不能明目張膽地置老六於死地，別人卻可以，我們自始至終都占著名正言順的道理。」

放棄了長子，來求得一個擊殺六皇子的機會。

任誰看也沒虧，照舊還帶著點陳閣老一如既往的精明勁兒。

話一完，陳夫人隨之手一鬆，一把打在黃花梨木案的稜角上。

那灘茶水越淌越寬了呢，這水已經徹底涼了吧？

陳婼心下暗忖。

陳顯又低聲吩咐幾句，總管應聲而去，陳顯決定之事如磐石一般，陳夫人不再多作置喙，扶著丫鬟匆匆告退。

陳婼趕緊起身緊隨其後，還未走到門廊，卻聽後頭響起低沈一聲。

「阿婼留下。」

陳婼腳下一滯，心頭陡生惶恐。

她怕她的父親，一種避之不及的恐懼。

見陳婼久未轉身，陳顯加重語氣。「阿婼，回來。」

陳婼抿了抿嘴唇，扭過身來，福了一福。「阿甯怕是也要回府了，見不著我怕是要找。平陽王妃也不喜歡我常常回娘家，等會兒用晚膳的時候怕是又嘰嘰咕咕地說個沒完，沒得讓人掃興。」

「管她做什麼！」陳顯聽到陳婼與周平甯走勢大好，心寬了寬，到底還有好事發生，語氣鬆了鬆。「妳與周平甯可還好？」

那一個黃昏的口不擇言，導致了兩人的不歡而散。

陳婼心慌起來，再想起當初父親的耳提面命，立馬答話，語氣放得很平和，絲毫聽不出帶著些掩飾的情緒在。「自是好的。周平甯其人念舊長情，說好聽點是不易改弦更張，說難聽點就是一個死胡同走到底，什麼東西都是抓到就不肯撒手了，再看別的也只能是自己家的這個東西好……」

陳婼拉拉雜雜說了這樣多，陳顯放下心來，這才轉手端起將才陳婼奉上的那盞茶水，抿了一口，扯起嘴角笑了笑，連帶著下巴蓄起的鬍鬚也往上翹了翹。「那便好，妳自小就個性強，嫁得也是一波三折，周平甯出身不好，可他也姓周，攏絡住了到底也有用處，這是其一。妳嫁都嫁了，不湊合著好好過，還能做什麼？嫌東嫌西，反倒不美。」

陳婼越聽越心慌。

「周平甯在兵部做得還好？」陳顯想起什麼來，接其前言說出口。「兵部旗下可調任近五萬名機動兵力，占定京直隸一帶兵力的三成不到，比例雖小，可禁衛多出身於勛貴公卿之家，關係錯綜複雜，是個兵家必爭之地。老二被皇帝放在這處，我四下活動才將周平甯塞進去，他可千萬不要給我丟臉。」

這點陳婼是不知道的，周平甯凡事都不同她說了。

如果讓父親知道她一手激怒了周平甯，父親會怎樣？

陳婼渾身上下一個激靈。

定京少雨，可天氣多陰，這兩年每每至梅子黃時雨的時節，膝蓋與小腿受的痛就像從骨子裡發出來似的。

她點點頭，囫圇說道：「大約是好的吧，沒見他有過煩心的時候，既然是您保舉進的兵部，又同豫王一起當差，誰敢為難他？既蒙得器重，阿寧辦起差來，亦是盡心盡力，三思而行。」丟下話後，隨即落荒而逃。

盡心盡力……

周平甯做事是盡心盡力，一心不可二用，通常都很是認真，可為誰盡心盡力呢？

如今還要打一個問號。

沒隔兩日，陳顯的摺子就遞上去了，是啟奏摺子。「微臣啟奏，西北督軍陳放之因職調任十三道監察御史，另隨行端王殿下南下。」

西北督軍是正四品，十三道監察御史也是正四品，可一個是外放，一個是堂官；一個是隸屬戶部，一個是直屬皇帝。老六在戶部說一不二，陳放之若仍舊隸屬戶部，那老六就是陳放之的頂頭上峰，陳顯把他兒子的官職做了個平調之後，陳放之的上峰就變成了皇帝。

身分這種東西沒法子變，王爺既是天家貴胄，在陳放之面前就一定是高了那麼一等的，那官位總要挑個利己的來做吧？

如此一來，人家成了反客為主了，一張馬臉坦蕩蕩。

人家老子都這麼大公無私、內舉不避親了，朝堂之上誰人不讚上一句。「首閣為大周當真是鞠躬盡瘁，死而後已啊！」老皇帝御筆朱批，明明白白應了個好字。

終究塵埃落定。

真的塵埃落定了嗎？

六皇子覺得懸。

春光明豔，端王府正苑前種下的那棵小松樹迎著春光向上竄，這是阿舒出生第二天，他爹親手種下的，老六說是舊俗，行昭「嗤」了一聲，大夥都是定京城裡長大的，她怎麼就不知道這門子舊俗？

六皇子便解釋起來。「妳知道未央宮前有一株長勢極好的柏樹吧？」

行昭點頭，彼此的過去、現在與未來都有參與，這大概就是青梅竹馬的好處。

六皇子展顏一笑，笑得很溫和。「那是我出生的時候，母妃親手種下的。松柏長青，這是老一輩的好心意。柏樹旁邊的那棵香樟樹是長姊的，長姊出嫁的時候，母妃想讓人砍下來當嫁妝箱子，長姊整整哭了兩天才將那棵香樟樹保下來。」

處在任何地位，人都需要有感情，有愛有恨，才完整。

光從窗櫺之外傾瀉而入，六皇子負手於後，低著頭神情專注，嘴角抿起一抹笑，一半處在春光裡，一半處在春光外，明暗交替，整個人看起來溫和且挺拔。

嗯……當然，如果他沒有拿手去戳小阿舒的小臉，行昭會更欣慰。

「周慎！」

老六連忙抽出手來。

行昭下榻趿鞋，幾個快步雙手將阿舒從小床上抱出來，眼瞅著兒子嘴往下一癟，跟著就快哭出來，趕忙輕輕晃了晃，將臉貼到兒子面頰上，柔聲細語地安撫。「阿舒乖呀，阿舒乖……」

小郎君哽了哽，砸吧了嘴，這才瞇了眼又睡過去了。這小子性子不好，好哭得很。等出了月子，一天一個樣過後，唯一不變的就是嚎天嚎地的哭功。

歡宜捧著肚子過來瞧他，心有戚戚然。「是小郎君都這麼……」沒好意思說撒潑賣蹦，想了想選了個溫和些的詞。「都是這麼中氣十足嗎？」

當然不是了。

行昭覺得他純屬是被黃嬤嬤給慣的，黃嬤嬤找著了寄託，整日整日的不撒手，給阿舒養成了個壞習慣——只要沒人抱著，便放聲大哭，直到被人抱在懷裡頭。然後狀況就陷入了無限迴圈中。

六皇子壓低聲音清咳一聲，看了眼夢裡頭還在咂巴嘴的長子，再看了看凶神惡煞的媳婦兒，想了想火速轉換話題。「皇帝愛長子，百姓愛么兒，陳首閣倒是誰也不愛，說棄就棄，倒也痛快。陳放之膝下統共兩個女兒，連個兒子都沒生下來，陳顯當真不怕斷子絕孫？」

「你怎麼知道他沒別的兒子？陳顯和皇上差不多年歲吧？你自己想想七皇子這才多大點？」

行昭應了聲，又怕再把阿舒鬧起來，輕聲輕氣地讓蓮玉先將阿舒抱到花間去，又交代道：「若醒了，他哭就由著他哭，千萬攔著黃嬤嬤衝進來抱他。三歲看老，別養他這個性子。」

這世上是會哭的孩子有奶吃，可殊不知，有奶吃的方式卻不只哭這一種。

蓮玉覺得任重道遠，看了眼在外廂坐在小杌凳上精氣神十足的黃嬤嬤，鄭重地點點頭。兩口子要說正事了，小丫鬟有眼力見，跟在蓮玉後面魚貫而出，「嘎吱」一聲掩上門。

待下人都退出去了，六皇子這才輕笑一聲反駁行昭。「有三歲看老，也有浪子回頭，這可都是不定的。陳放之較我年長六歲，我小時候陳家已是沒落，還沒崛起來，饒是如此，陳放之才子的名聲也傳進了宮裡頭，妳看看現在的陳放之，周身上下哪一點有他老子精明勁在？」

連賀現都能給他下絆子。

行昭搖搖頭。「小時了了，大未必佳……」邊說邊輕嘆口氣。「陳顯是箭在弦上不得不發，心太急了，如若陳放之再靈便一點，同你一起下江南，也未必一點便宜都占不到。」

「如果陳放之再聰明一點，陳顯也未必這麼痛快地答應出行。」

六皇子說得不帶一絲感情。

行昭笑了笑，笑到一半便停住了。

看起來這場博弈是老六勝了，可事情未到最後一刻，結局是什麼，誰也不知道。

更何況，這場局，誰也沒有必贏的把握。

萬一輸了……

行昭仰了仰臉，靜靜看著神色淡定的老六，抿嘴一笑。

那就輸吧，有情人常伴其右，放手一搏，論它輸贏成敗，總是樂事。

從西北快馬加鞭到定京得要近半個月的光景，春夏交際，順水路下江浙是逆行，零零總總加起來怕是要二十天，欽天監算了日程，定在四月底至五月初啟程南下，如今是春朝三月，給他們準備的時間只有短短兩個月不到。

六皇子日日在外應酬，每天都喝得醉醺醺地回府，喝下幾碗解酒湯，再紅著一雙眼睛看帳冊、看行進圖，還有看定京內城外城的輿圖和排兵布陣。

輿圖自然是方祈送過來的，交兵符的時候私下將四方輿圖都扣下來，並未上繳到兵部。輿圖是精描細繪的，定京城外城哪一處有哨所，哪一處排了多少兵馬，哪一處的暗哨建在半山腰上都說得很明白。這本是方祈當年想扣下以作留念的物件，如今交到六皇子手上倒是重新派上用場了。

看軍用輿圖要有天賦，更要後天有人教。行景天賦再好，如果沒方祈教他，照樣是兩眼一抹黑，啥也不知道。

行昭瞧不太懂，瞅了兩眼，一根細線貼著另一根細線，慢慢往下延伸環繞著定京的護城河，像纏成一團的線。

六皇子會賦詞作詩，行昭信。

如今世道尚屬平穩盛世，就連宮裡頭開的學監對於兵法布局都是草草略過，行昭萬萬沒想到六皇子還學過這些東西。

「是什麼時候學的啊？」

行昭添了盞熱茶，再撚起袖來幫忙研墨。

六皇子頭也未抬，抓緊時間圈了個哨所，做出批註來，答道：「上次從江南死裡逃生之後，我就在書閣裡找這些古籍看了。」

這麼早啊！

行昭手頭一頓，再接著磨墨，墨塊漸漸化開，從濃烈轉向淺淡，最後漾開在清水之中，成就了一朵繁複的花。

她沒有和六皇子提及過能不能榮登大位，也沒有提過如果能，他們之間又該如何相處……老皇帝與方皇后舊事尚在眼前。

勢力大的，身上還擔著擁立之功的岳家；想相濡以沫，一直走下去的兩夫婦。一邊是江山，一邊是愛人，無論誰上位，方家對西北的絕對轄治權都不可能為新皇所忍受，忌憚、削弱、再反目成仇。行昭無端想起來，是誰說過她像極了方皇后來著？

哦，是蔣明英。

行昭卻知道這只是一種恭維，她永遠也成為不了方皇后，她沒有方皇后的急智、果敢和忍心。

心境不平復，磨墨的手自然就跟著抖。

墨水有一、兩滴小濺在了木案之上，行昭趕忙用帕子去擦，素絹白布暫態就染上了兩滴墨。

六皇子悶聲悶氣地笑起來。「生兒傻三年，長姊誠不欺我。」

行昭把墨塊一放，愣了愣，隨即跟著笑起來，笑著笑著終究是心一橫，又拿起墨塊來捏在手中，不研磨也不放下，輕嘆一口氣，輕聲問他。「阿慎，你想坐到那個位置上嗎？」

問完就後悔了。

答案顯而易見，世間誰人不想？

位高權重，隻手遮天，錦衣玉食，不必再看人臉色、聽人諭令地行事。陳顯為了那個位置，兒子都不想要了；能問出江山美人這種話來，根本就是腦袋缺根筋，生活不是話本，更不是活在夢裡。

聽見行昭的話，六皇子也跟著愣了愣，想笑可嘴角勾不起來，索性將筆放下，雙手交叉相握，神情很認真也很平靜。

「那是自然。」六皇子如是而言。

行昭也靜靜地看著他，再聽其後言。

「如果坐不上那個位置，妳、我、阿舒、母妃、長姊、舅舅、母后、桓哥兒還有行景，全都不會有好下場。」

這是當然。

「可坐上了那個位置，就再也回不到端王府了；阿舒的小松樹，妳的梳妝檯，我已經用慣了的書齋，全都看不到了。」

六皇子語氣仍舊很平靜。「我想要那個位置的權力，可是不想承擔隨之而來的義務，雖說世上安得兩全法，不負如來不負卿。可愚公尚且能移山，精衛同樣可填海，事在人為，終究會出現解決之道。」

行昭覺得她懂了六皇子的意思，可再想想又覺得沒懂。

解決之道在哪裡？這是上位之後才需操心的問題，是軍權、皇權、議事權在二、三十年漫長的歲月裡，用平和過渡的方式慢慢交融也好，還是鐵腕手段在零散之後進行收歸也好，這都不是現在應當考慮的問題。

行昭不信任人性，但她信任六皇子，既然老六已有決斷，多說則無益。

第一百零七章

兩個月，六十天，說起來長，過起來短。

朝堂上很是平靜了一番，既無要事，皇帝自然也落得個清閒，早朝幾乎不上，上梁不正下梁歪，老六和陳顯都各自有要事要辦。下頭的官吏們這兩個月是徹徹底底地跟休沐似的，很是舒坦了一把。

阿舒漸漸長大了，一天變一個樣，阿舒滿百天的時候，端王府就把親近的人都請過來用了碗長壽麵。

行昭先抱著阿舒在方福靈前磕了三個響頭，指了牌位，緩聲緩氣地告訴阿舒。「這是你外祖母。」

阿舒嘴角流著哈喇子，眨巴眨巴眼，愣愣地看過去，這樣小的孩子什麼都不懂。

行昭親了親小阿舒，心裡有澀有甜。

方祈喜歡小郎君，自家家裡暫時還沒有，便專注玩別人家的。大老爺們抱著阿舒不撒手，不僅他抱，還拉著阿謹一塊兒抱，歡宜看得心驚肉跳，又顧忌肚子，只好一個勁地讓行昭注意著點。

行昭卻樂呵呵地放手讓方祈只管帶著玩。桓哥兒、行景、瀟娘連帶著阿謹，在方祈身邊長大的孩子沒有一個是軟蛋。

她的母親……大概是個例外吧！

第二天，行昭思忖著把阿舒抱到宮裡頭去給方皇后瞧瞧，六皇子也點頭，只說：「母后與母妃都沒瞧見過，嘴上不說，怕出事，心裡頭鐵定都想得不行。」

是以，行昭一個請安摺子遞到了鳳儀殿去，第二天方皇后的召見就下來了。

宮裡頭凶險不凶險？

其實行昭覺得不算凶險，大約是因為有方皇后鎮住場面吧。

六皇子要去戶部應卯，晚上又定了應酬，抽不出時候，行昭領著幾個人抱著阿舒往宮裡去。

幾個月的孩子其實沒啥看頭，眼睛、鼻子都還沒長開，方皇后卻愣是從臉上瞧出了不同來。「嘖嘖」了兩聲，得出結論。「眼睛和鼻子像老六，下巴像阿嫵。」

方皇后很喜愛小郎君，可怎麼也不抱孩子。

淑妃抱著孫兒，小聲同行昭解釋。「皇后娘娘覺得自己命不太好，怕把晦氣過到小郎君身上，往前無論是妳，還是歡宜、老六小時候，皇后娘娘從來沒抱過。」

無子女人，命不好，這是時人的固有成見了。

暮色下來，行昭告辭。臨行前，行昭硬把阿舒放到方皇后手裡頭，笑道：「您抱抱他，他爹這就要南下了，什麼時候回來還不定呢，阿嫵受了您庇護，阿舒還得接著受，您可甭想賴。」

方皇后心下一酸，緊張地接過來，再一抬頭，眼圈就紅了。

行昭回府的時候，外院已是燈火通明，難得六皇子今兒個回來得這樣早，可往正苑去，老六並不在，召來李公公詢問，李公公還沒來得及答話，六皇子剛好撩簾入內。

瞧他喝酒上臉，紅彤彤的一張臉，行昭趕緊給他備下醒酒湯，有些心疼。「去江南之前，就該每天都喝成這樣？」

六皇子迷迷糊糊地點點頭，跟著搖搖頭。

一碗醒酒湯和一壺熱茶灌下去，人好歹是清醒了幾分，躺在炕上，手卻往木案上摸。

行昭探身幫他把帳目拿下來，又問他。「紙筆和輿圖還拿嗎？」

六皇子眼神迷離，勾唇笑起來。「紙筆要，輿圖……輿圖不用了，輿圖已經不在我這兒了。」

「那到誰那兒去了？還給舅舅了？」

六皇子這次換成先搖頭，再點頭，笑靨愈深。「非也非也，原件自然是還給舅舅了，我謄抄了一份，如今那一份已經在平陽王次子那兒了。」

平陽王次子周平甯……

這就是先前六皇子口中的事成了？

行昭怎麼也沒想到，今生今世，還會與他有牽連。

而周平甯也沒有想到，他還有機會給除了陳婼父親以外的人賣命，拿性命與往事拚一個飛黃騰達。

夜風清涼，風一吹，初暑的躁氣就在迷濛的空氣裡如水波紋似散開。

周平甯站在雙福大街的十字路口處，四周都是喧喧嚷嚷的人群，夜晚的東市集華燈初上，亮如白晝，有逢初一、十五來趕夜市的女人們三三兩兩地挽做一塊兒，嬉笑著走在暖光與夜色中，臉上眼裡都是笑意，看起來很平凡，可無端端地亮眼極了。

她們在高興什麼呢？

打了補丁的青布麻衣，邊角磨得泛白的螺紋繡鞋，什麼花樣都沒有鑲邊的條子，哦，簪在髻上的那支銀簪子，恐怕也是裹了層銀的銅吧？

她們到底有什麼可高興的？

花三兩銅板，買一碗餛飩，再三人分食。

明明很齷齪骯髒與低廉的事，她們憑什麼笑得一雙眼睛都彎了呢？

陳婼穿著抽絲杭綢，撲在臉上的是原馥記的香粉，戴的是一整套的翡翠頭面，可她還是不快樂，她連對他笑一笑也捨不得。

周平甯滿面潮紅，將才的花雕酒濃郁厚重，一口飲下去，當時血脈沸騰，之後卻後勁上腦，暈暈沈沈。

他與端王推杯換盞了。

東市集人多且雜，三教九流之人皆雲集此處，既有歸隱之士，又有雲袖蹁躚的戲子、雜耍，每個人都有自己的悲喜故事，根本沒有人在乎別人的喜怒。

就是因為這個原因，端王才把請酒定在了一個名不見經傳的小酒坊裡嗎？

那處有鑼鼓喧天響起，周平甯好像隔著布罩在聽，「嗡嗡嗡」地聽不清楚究竟在唱著、耍著、演著些什麼。

腦子裡很亂，可他知道自己一直很清醒，清醒地重複迴響著端王的那幾番長話——

「明人不說暗話，在除夕家宴時，我見到你其實是很驚詫。」端王說得很認真。「一個王府庶子，生母是王府的浣衣婢女，平陽王附庸風雅，遠離朝事，自然不會過多干涉內院雜事，而平陽王妃蔣氏卻是個心眼淺、說話直、愛恨分明的女人。不可能主動抬舉你、要你在皇帝跟前露臉得意。」

周平甯很清楚端王是將他當作了突破口。

「原因只有一個，你沾了新進府的二奶奶，陳氏的光。說得更廣一些，你是沾了如今隻手遮天陳家的光、陳顯的光。沾光沾得還舒服嗎？睡在岳家送來的搖籃裡，甯二爺可還睡得舒坦？」

端王周慎朝中朝外風評一向極好，為人謙和，出身不低，行事正統，一派文人風骨——如果明目張膽的譏諷嗤笑，也能算作是文人風骨的話。

周平甯其人受不得激，當即拂袖轉身欲離。

「賤婢之子……」端王笑得很輕。「本王雖用婢女一詞來形容你的生母，但本王也是庶出，未有半分對甯二爺不敬之意。可細一想，那句賤婢之子卻是由你的正房陳氏宣之於口示眾，在定京上下的女眷面前，你跪在她的跟前，她就站在你的面前，看著你被人蒙上眼睛，被人拿腳踹彎膝蓋，口口聲聲稱呼你為『賤婢之子』……」

「夠了，夠了！不要說了！」周平甯熱血衝腦，手緊握在椅背之上，青筋畢現。

庶出之人，常常有兩個極端，一種極度自卑，看碟下菜，慣常曲意逢迎，而另一種則是在自卑中長成的極度自尊，寡言少語，在乎旁人感受的背後，更在乎自己的感受。

恰好，周平甯便是第二種，也幸好，他是第二種。

如果他變成了唯陳顯馬首是瞻之人，六皇子根本不可能將眼光放在他的身上。

當極端自負之人，被折辱夠了後，自尊與自信崩塌，會做出些什麼來，沒有人知道。

「陳氏出生之時，陳顯正當忍辱負重，將她帶在自己身側教導，一筆一劃、一手一腳都是陳顯自己教的，連陳放之都沒有受過陳顯這樣精心的關注。在嫁與你之前，秦伯齡派人入京為親侄兒求娶陳氏，陳顯一口回絕，重新再擇陳家旁支邊系適齡之女遠嫁川貴。秦伯齡乃封疆大員，手握兵權，陳顯尚且捨不得將陳氏嫁過去。陳顯的個性，你比我更熟悉，只有陳氏身上還存在著更大的利益，他才會放棄拿嫡女去套川貴兵馬。再往上走是什麼？郡王妃？王妃？皇妃？貴妃？還是皇后？陳顯算盤太深，我見識短，猜不透，可我能篤定一點，決計不會是平陽王府的二奶奶。」

周平甯背對於其，手抖得厲害，連帶著凳子也跟著顫起來。

端王沒有停下說話，仰頭將花雕一飲而盡，笑道：「陳家是準備捧你的，入兵部，掌兵權，你是和天家血脈親近的男人，是陳顯繼皇帝之後最好掌控的傀儡，更何況這個傀儡娶了自己的女兒，且對自己女兒情深意重，磐石無轉。陳氏當日的名聲毀成那個模樣，你尚且能趕在三日之內，力排眾議上門求娶。我多嘴問上一句，陳氏感動了嗎？」

周平甯沒有答話。

端王自顧自地向下接著說道：「我想八成是沒有的。心比天高，命比紙薄，這種人怨天怨地、怨神怨鬼，最捨不得的就是埋怨他們自己。陳氏不出那檔子事，你能娶上她嗎？你娶不到她，陳家會下力氣捧你嗎？繞來繞去，又繞回了原點。甯二爺，你要靠陳家，就一輩子在陳氏面前抬不起頭來，就算她口口聲聲喚你為『賤婢之子』。」

賤婢之子，呵，賤婢之子……

東市集南來北往，四處喧囂，周平甯前襟口好像在發燙，他知道被折疊成三、四疊的那幾張泛黃的厚紙是什麼——端王在最後拍著他的肩膀時，將這厚厚一疊東西放在了他的手上。

「陳家能給你的，本王也可以，甚至本王可以投其所好地將你捧上明面來，別人看到的你，就只是你，是未來的晉王，不是陳顯的女婿，更不是陳家的走狗。陳氏看你會像看一個英雄，一個她需要仰望崇拜的英雄，而不是可以趾高氣揚俯視埋怨的奴才。

「做人一輩子，活的就是個骨氣尊嚴，老定京的爺們不屈膝，也不迎合諂媚，爺們兒就是個頂天立地的爺們兒。豁得出去，流得出血，更捨得了命。

「魏徵遇太宗，諸葛遇劉備。良臣明主，天道尋常。綠林好漢要接投名狀，本王沒想過要你的投名狀，反而自備一份投名狀，勞請甯二爺笑納。」

大約是喝了酒的緣故，端王臉上的酡紅一直沒有消退，朝他努努嘴，他抖著手將紙張翻開，是一份描繪仔細精準的定京布防圖！

紙上紅紅黑黑、密密麻麻地圈了一道。

「紅的是本王的人馬，黑的是陳顯的人手，談不上勢均力敵，可到底尚有一拚之力……周平甯，陳顯能給你的，我都能給你。陳顯不能給你的，而又是你想要的，我照舊能給你。」

周平甯雙手捧著那張輿圖，話說開了，手與身形反倒鎮定了下來，鬼使神差地問了一句話。「你可知我想要什麼？你又能多給我些什麼？」

兩個問題，六皇子合二為一，言簡意賅地回答。「尊嚴，還有徹底俯視與征服陳氏的能力。」

這才是真正的兵行險招。

將盤算剝開，將最隱密周全的計劃全都放在他的眼前，不帶一絲遮掩，反而用了「投名狀」三個字，輕易地就讓周平甯感到尊重與期待，若端王所說為名利二字，他或許會反水不幹，可端王卻說了尊嚴。

此間誘惑，兩廂比對……他在動搖。

周平甯以為自己在這夜風中獨立良久，可當他被風一吹，清醒過來之後，仰頭艱難地嚥下一口唾沫時，這才發現原來那三個女人的一碗餛飩都還沒食完。

「甯二爺！甯二爺！」

不遠處有小廝牽著馬匹小跑而來。

周平甯下意識地按了按裝有輿圖的前襟，清咳了兩聲，撩袍翻身上馬。

大道之上不容策馬，小廝在前頭牽著馬小心翼翼地避開人群，再想了想，帶著恭謹地仰頭笑道：「您今兒個久不回去，二奶奶可是記掛著您，問了桂枝好多遍，您在哪處見了何人，還吩咐廚房給您煮了一碗醒酒湯。」

「桂枝怎麼說的啊？」周平甯心不在焉地接話。

「還能怎麼說啊！您不是下了朝之後就遣人回來說您與萬大人來東市集喝酒了嗎？您是貴人多忘事，自個兒還給忘了！」

二爺怎麼盡問些傻話，明明是自個兒派的人回去報告來著，小廝朗聲回得可樂極了。

周平甯手上牽著馬轡，卻不由得愣了愣，萬大人……對了，他接到端王秘密送來的手信時，是讓人回府通稟，說是與兵部右侍郎萬大人去東市集應酬喝酒了。

周平甯想笑，也確確實實拉開了嘴角，帶著些苦澀地笑起來。

他在一開始其實就很有意識地隱瞞陳婼，與端王接洽了。

他根本就沒有猶豫和踟躕。

在有比陳家更好的選擇時，他立馬堅定地選擇了背棄。

春風楊柳岸，夜雨杏花歸。

初夏的風，怎地這樣煩人。

臨行在即，行昭恨不得一人掰成兩人用，趕在四月底將東西全都拾掇好了，如今是萬事俱備，只欠「放之」。

哪曉得親愛的陳放之從遙遙的西北那一頭，放了老六一把鴿子。

「已是馬不停蹄，政務、財務新舊交替，奈何事雜且多。端王殿下何不先行至江南，微臣陳放之期後幾日，再於江南向端王殿下請安磕頭。」

黔驢技窮。

這是行昭聽見陳放之藉故拖延一事後，唯一的反應。

好好一個大男人，竟然沒臉沒皮地耍起賴來了。

生拉硬拽，哭哭啼啼，反正我就是不去，不服？那你來咬爛我的臉啊！

行昭倒是想，可惜啊，西北定京相隔千里，實在鞭長莫及。

六皇子站在小床旁，一邊小心翼翼地看著阿舒，邊和行昭說起此事。

「要玩大家便認真地玩，哪有玩到一半耍賴的道理？陳顯就仗著自家兒子蠢，名聲已經是跌無可跌；要換一個聰明點的，陳顯八成就換個辦法來保自個兒的獨苗苗了。是教他和我硬碰硬也好，還是使陰招也好，反正不會選這種讓旁人嫌陳放之懦弱無能的方式來躲避。」

阿舒想睡覺得不得了，張著小嘴打呵欠，露出粉粉的牙床中一顆幾乎看不見的小米粒，六皇子登時眼睛一亮，整個人陡然變得亢奮起來。「阿嫵阿嫵！快過來！舒哥兒長牙了！」

雖是亢奮，聲音卻壓得極低。

自家兒子長牙了，這行昭當然知道，四個多月了，小孩子長牙屬正常，才長牙，小孩子不舒服，一不舒服便哭，哭得一天都沒睡好覺。入了五月，天氣扎扎實實熱起來，又不敢放冰，小郎君更難熬了。

眼瞅著兒子這是想睡覺了，行昭趕緊招手把老六喚到內廂來。為了讓舒哥兒好好睡，特意從東次間移過來一座厚實的黑漆木鏤空雕花屏風，大人們的聲音壓得低低的，傳不過去，孩子一哭，裡頭卻能第一時間知道。

六皇子繞過屏風，一步一步走得很歡快，跟在跳似的。

「妳說我從江南回來時，阿舒是不是就能說話了？會不會很是口齒清晰地叫爹娘了？」

六皇子眼睛眯了眯，嘴角勾起來，眼神很溫和，也很期待。

行昭很少見到六皇子外放的情緒，也很少看見他對某件事物表示憧憬與期待，更甭提這樣的神情。

還是要去啊……

六皇子先行一步至江南，與陳放之在江南會合，再議後事，這個提議基於西北財政內務未清，而套用陳顯早朝上進諫的那番話來說——「春澇夏收，事不宜遲，清查江南官場刻不容緩，既是端王殿下個人之得，又是萬民之幸！」

老六先走，陳放之跟著，這個安排合情合理。

陳放之可以做出打滾耍賴這回事，六皇子卻做不出來，他的身分、他的位置還有他一直很顧忌的名譽，都讓他沒有辦法隨波逐流。他恐怕也不屑於以這樣的方式避開禍事，辦法多得是，沒必要拿自己的名聲與聲望去賭一把。

他不希望，他在別人口中，冠以懦弱、無能以及懼怕權臣的聲名。

「應該是能的吧。」行昭也笑得溫溫軟軟的。「母妃說你七、八個月分大的時候，就能很清晰地叫娘親了。」

行昭喉頭哽了哽，心裡泛起一股酸軟之意，牽了牽六皇子的手，再開口，喉嚨裡好像有些發苦。「我會好好教阿舒說話的，我頭一個就教他叫爹，等你回來了，你就能聽見你兒子大聲地叫你……」

六皇子笑著點點頭，拿額頭抵了抵行昭的前額，鼻尖再碰了碰行昭的鼻尖。

「妳要好好的，咱們一家人都好好的，等著我回來。」

等著我，凱旋而歸。

誰都知，這一去，便定勝負。

欽天監算的五月初六是好日頭，行昭也覺得欽天監算得對。晴空萬里，夏空的整個天際都像一疋點綴著綿軟浮雲的淺色錦繡，被織女們一手鋪開，舒展地籠罩在浩瀚之地上。

是在絳河口岸送的人，從運河走，途經天津、河北、山東再至江浙一帶，內河修繕完工幾十年了，這倒是頭一回有朝中重臣借前人的光，南下辦公差。

女眷們都坐在馬車上，與六皇子相熟的官員、世交家的男兒漢倒是來了個齊全，黎令清握著六皇子的手，交代了又交代。「查得出或查不出都不打緊，要緊的是自己一條命，世子這還沒過半歲呢！」

這算是說的肺腑之言了。

也有說得隱晦的，信中侯閔大人送了兩罈花雕酒，讓六皇子帶到船上。「行船水氣重，喝烈酒、食辣子，都是解濕的。殿下都注意著些，水邊甭去靠，您是什麼樣的身分，旁人又是什麼樣的身分，得自個兒將息自個兒。」

也有豁然開朗、初見苗頭的，二皇子背挺得筆直，沒在眾人之前湊上去交代，將六皇子拉到一邊，悄無聲息地說：「咱們兄弟二人一條心，誰上都一樣，別中了旁人的謀劃。行昭和舒哥兒，你只管放一百個心，我周恪別的沒本事，只剩下個義氣在，就算是豁出一條命也會保住大侄子和弟妹萬事周全。不衝別的，就衝你待我與老四從來沒耍過心眼，就衝我們連帶行昭一塊兒長大的情分！」

也有盲目樂觀的，具體人士就是方祈那一家子。

「老少爺們兒都等著你回來咧！別給你媳婦兒丟臉！」方祈的聲音響如洪鐘。

行昭眼圈原本是紅得不得了，遙遙地隱隱約約聽見方祈的話，感覺完全哭不出來了。

送君千里終須一別，欽天監不僅算吉日，還得算吉時。

正午暖陽將昇到腦袋頂上，嗩吶一吹，鼓點起，祭完龍王，又朝皇城方向磕了三個響頭後，便大船擺槳，鼓起帆，架起勢，十幾艘船組成的船隊便浩浩蕩蕩地往南行。

行昭將車簾挑起一條小縫，只見絳河如玉帶迎波的水面上，兩行直挺的水紋輕緩漾開，最後漸漸消失不見。

閔寄柔坐在行昭身側，靜靜地看著她緊緊抿住的嘴角，還有紅了一遍又一遍、偏偏沒有眼淚落下來的眼睛，嘆了口氣。「想哭便哭吧，憋著做什麼，也沒個旁人瞧見。」

行昭手將車簾攥得緊緊的，隔了良久才輕輕搖頭。「我不哭，阿舒這樣的小孩子才該哭，那些費盡心機、唯利是圖的人才該哭，那些居心叵測的人才該哭，我哭什麼？」

「也是，哭有什麼用……」閔寄柔探過頭去，船隊漸行漸遠，高高揚起的帆都顯出了精神抖擻。「如果……我是說如果……」

閔寄柔話裡頓了頓，終究沒問出口，輕笑著搖搖頭、擺擺手權當作沒事。

行昭知道她想問什麼，更知道自己的答案是什麼。

如果老六回不來，如果老六進不了定京了，如果老六出了意外……

她一定要更堅強地活下去，死不可怕，活著才可怕，她要咬著牙關將阿舒帶大，把老六那一份也活夠本！

在外頭撐的底氣很足，可一入夜，行昭便翻來覆去睡不著，又怕吵醒外廂熟睡的阿舒，只好規規矩矩地平躺著，不曉得過了多久，也不曉得到底是睡著了沒有，迷迷糊糊地又醒了過來，眼睛睜不開可腦袋卻是清醒的。

外間窸窸窣窣地發出些許聲音，她好像聽見阿舒在哭？

行昭翻了個身，有些心神不寧。

外間的暖光暈成一團，透過鏤空的雕花屏風，忽明忽暗，左右不齊，行昭不想承認她這是在心慌，可汗滴順著腦門往下流，耳朵旁「嗡嗡嗡」的全是阿舒的哭聲。

黃嬤嬤還沒進來，證明其實阿舒並沒有哭。

行昭閉了閉眼，再翻了個身，終究是躺不住了，輕手輕腳地撐起手來向外爬，爬到一半發現，床的外側空空的，老六已經下江南去了，嘆了口氣，起身披了件外衫，繞過屏風出去一瞧。

小阿舒咂巴咂巴著嘴，睡得正熟。

船隊的消息不好傳回來，岸邊的哨所就那麼幾個地有，行昭本以為八、九日內，老六那頭的消息是傳不過來的。哪曉得五月初八，天津營衛司就傳來消息，說是河道淤堵，船隊停滯在了天津轄區，不好再往南下了。

行昭瞬間明白過來。

六皇子臨行前那幾個月裡，日日應酬，每天都喝得醉醺醺的；天津營衛司總領邵士其長子邵遠，是定京城裡有名的少爺郎君，風花雪月無一不通，他倆常常都湊在一塊兒喝酒的局裡……

六皇子一個反手，輕易又把球踢回給了陳顯。

你要耍賴，好，我不耍賴，我只出老千。

反正我定京城是出了，好名聲是搏到了，不是我不想走，是那河道幾十年沒經歷過這麼大陣勢的船隊，河道要淤堵，走不通道，干我何事？

你陳府離皇城有多近，我天津離定京又有多近，出了事，我翻身上馬，半宿就能趕回京城裡來！

兒子要不要捨，大牌賭不賭一把，全看你。

第一百零八章

六皇子在天津滯留了三、四日，東南戰事一直未平，隱隱地好像戰局又向北延伸，賀行景帶的兵……

那可都是從西北調任過去的鐵血真漢子啊！

陳顯牙一咬，兒子一早便是做好心理準備要捨的，他不愁沒兒子，今生講今生事，來生再說來生話，這輩子都沒過好，下輩子還能顧得了？

奈何老妻哭鬧不休，他只好心不在焉地出了個笨招，好歹暫時平了平老妻的怨怒。

六皇子在天津停滯愈久，東南戰事愈往北靠，陳顯整個人就像繃緊了的弦，不經意間被猛地一拉，反彈到了自己身上。

陳閣老連夜調任賀現接手西北事務，陳放之三百里加急往江南趕，速與端王會合。

陳放之拿著朱批皇綾的調任，臉色唰地一下變得慘白。

不論陳放之臉色再白，心裡再慌，這旨意既是皇命，又是父命。身旁的幕僚皆是陳顯的人，勸來勸去，無外乎那麼幾句話——

「小陳大人是閣老的獨子，是陳家的獨苗苗，閣老棄了誰也不能放棄您不是？老老實實地去，江南官場，閣老全都打點好了，您和端王保持距離，誰也礙不到誰！」

呸！

去他媽的誰也礙不到誰！

端王是主，他是臣，兩個人行居都在一處，要是出了什麼差池，端王身邊帶的那些人手豈不會沒了後顧之憂地將他……將他做掉嗎？

陳放之牙一咬，一屁股蹲在西北，久久不挪窩。自個兒的命可沒人幫忙顧惜著，只能自己惜命！

陳放之磨磨蹭蹭了半個月，端王就在天津滯留了半個月，賀行景手下的兵一路從東南逆行至江浙外海，與江浙總督遙遙相望。

現如今，賀行景絕對不敢反，更不敢在江浙官場的眼皮子底下妄動。平海寇是平海寇，轉身內訌，矛頭調轉到江浙沿岸，也只是為了震懾罷了。

內事不平，外事必亂。

六皇子這是在脅迫陳顯！

陳顯八百里加急，信箋未送到陳放之手上，反而送到了首席幕僚的手上，信上很短，幾個字而已——

「把陳放之送上船。」

只是在表述一個結果。是不是表明過程如何，都隨他們？

是捆是綁，還是下藥，京城都不插手過問。

陳顯放手了，幕僚放心了，陳放之被放倒了。

幾番折騰之後，天氣已入盛夏。

陳放之以繞路耽擱為由，先行至江南，賀行景帶的兵和江南總督深情地隔岸相望了三十來天後，總算是戀戀不捨地帶著人手往回行船，順流而下。

江南總督蔡沛負手於背，神情很冷靜地看著不遠處的幾十艘船形高大的戰船拔錨順流向南，大船一掉頭，便變了神色，往地上狠啐了口。

「呸！方祈帶出來的人，行事沒個章法，還當真是一招鮮，吃遍天；上回就把海寇引到江浙外，這回又想故技重施……」說到此，神情不由得意起來。「還不是老老實實地走了，連岸都不敢上，紙板老虎只會叫！」

可偏偏有人吃這一套。

吳統領心裡打鼓暗忖，多年海上行軍的經驗讓他悶在心裡頭默算，一艘這樣的戰船大概能容納四、五百人，揚名伯賀行景報上的停泊船隻大概在四十艘左右，除卻十艘載物載食的必要船隻，帶來的兵馬恰好一萬來人。

他卻沒有忘記，從西北軍調至江南，也剛好是一萬人。

會不會有明修棧道，暗渡陳倉之嫌？

「吳統領……」江南總督蔡沛揚聲喚，斜睇了眼睛，看那莽夫一臉呆樣，手捋了捋鬍鬚，提高聲量有些不耐煩。「吳統領！」

「是！末將在！」吳統領一個靈醒，趕忙斂頭挺背。

「三日之後，端王行至泊口，你等帶人親去接風，迎至下榻之處，自有本官侍候。」

王孫公子，南下巡遊，讓他一個六品的隨侍武將去接風？

吳統領趕緊抬頭，哪知被蔡沛的眼風一掃，又連忙將頭埋下，遲疑道：「微臣位卑言輕，怕……怕是會怠慢了端王殿下……」

「這可是你該管的事？」蔡沛聲腔拿得很足，眼再往旁一橫，「哼」了一聲，有些得意地抽身往回走。「在其位，則謀其政，此為官之道也。吳統領出身貧賤，自然沒人教過，今日得蒙本官教誨，吳統領是三生修來的福分哪！」

吳統領頭越佝越低，江南官場一則講究姓氏，二則講究真金白銀，這蔡沛若非姓蔡，出身江南望族，家裡人慣會斂財，向上頭奉了幾大馬車的白銀，就憑他？文不成，武不就，徒有一身膘(注)，他上哪兒去謀這麼個官職啊！

蔡沛大腹便便往外走，吳統領亦步亦趨跟隨其後，腦子裡卻反覆想著將才船隊往回行的場景。

大船巍如山嶽，浮動波上，一派大氣。

又有碧波瑩光，輕摺微印……

等等，輕摺！

能載四、五百人的大船在海面行進，怎麼可能只打起來那麼點的浪花，只印下那麼淺的摺子?!

不可能，絕無可能！

船載重物吃水，船板上的水位線升高，船就會下壓到水裡，大船向前航行，船身之後只會留下兩道很重很深的水印子！

揚名伯賀行景帶著人馬來的時候，船身吃重，一路航行得也不快。

船上的人……船上原本的兵馬……到哪裡去了?!

吳統領趕緊停住身子，偏頭向外看，他猛地一停，身後的人當即重重地撞向了他的後背，後頭人吃痛，低呼一聲，倒叫蔡沛聽見了。

「吳統領，你又笨手笨腳在做什麼！」

吳統領張了張嘴，欲言又止。

蔡沛沒回過頭來，反而同身側之人埋怨調笑。「我原是不要這種出身低賤人家的人，可難得老爺子喜歡他，說他什麼能吃苦的，行軍打仗行得很咧。厲害嘛，我倒是沒看著，鼻尖尖只聞著了滿身汗臭味。」

男人著意語聲輕佻地說著蘇杭話，聽在吳統領耳朵裡，像有千萬隻螞蟻在爬，胸腔上湧怒氣，忍了忍，又往回望一眼，暗自下定決心，他定絕口不提將才發現之事！

陳放之一路趕得快，先於六皇子一日至江南，六皇子隨後即至。

行昭接到一封從江南寄回來的厚實家書時，日子已經在八月裡剛過了一小半，老六的字豐潤飽滿，一個一個列得整整齊齊，三頁紙寫滿了，全是橫平豎直能讓人一眼就瞅清楚的楷書，一個連筆都沒有。

難得他還能靜下心來寫家信。

行昭拿著信站在窗櫺前，單手抱著阿舒，輕輕地唸。「江南形勝，江吳都會，錢塘自古

注：膘，即肥肉。

繁華，西子斷橋風煙柳畫，樓觀滄海會大江……勞生未縛，繁瑣細雜。只好偶寬心境，易進高龐。」

滿滿三頁，寫的全是江南小遊雜記。

他過得好不好，路上艱辛不艱辛，順利不順利，隻字未提。

文辭清麗，秉持了六皇子一貫作風。

思念，是看著他的字，都能落下淚來的無辜矯情。

行昭聲音越唸越輕，信紙被輕輕地捏在手裡，阿舒咿咿呀呀地伸出手來，牙齒沒長完，嘴巴便合不攏，哈喇子連串向下掉，眼睛瞪得大大的，四下亂盯。

行昭看著阿舒，不由輕聲笑起來。

夜裡等阿舒睡下，行昭點了盞小青燈在內廂，手上拿著毛筆，一筆一劃地緩緩向下寫。

蓮玉輕手輕腳地端了溫水，湊身進來，壓低聲音說：「用過晚膳，雨花巷送了張帖子來，說是後日請您去赴誠哥兒的百日宴。」

誠哥兒便是歡宜長子，方家長房長孫。

欽天監算的五月初五是個出行的好日頭，五月初十照舊是個好日子，是個萬事咸宜的日頭，誠哥兒會挑日子，晌午的時候蹦出來的，太陽正好照在頭頂，方進桓親自取了個乳名，叫做阿照。

乳名給自家親眷叫一叫，等小郎君長成了，便再也不敢叫乳名了，顯得不莊重。

行昭覺得阿照二字甚像女兒家的名字，邢氏倒是樂呵呵地直說：「小郎君取個女兒家的名字才好養活；我倒是想叫小孫孫二狗子，就怕歡宜生悶氣。」

這目標明確——能養活就成！

方祈都快過五旬了，盼星星盼月亮，這才盼來了個帶把的。歡宜只覺得能鬆口氣，能交上差了，心態倒是很平靜，方祈則是高興得東西南北都找不著了。

「誠哥兒的百日宴，去呀！」

暖光寧靜，行昭筆沒有擱下，想了想，又笑著在紙上加上一列字。

蓮玉一面將溫水輕擱在几上，一面遲疑。「京裡到江南這麼近千里路，王爺的信是三五關卡挨著過，才送進京裡的，您的信……」

如今算是亂世，行昭也沒想過這封信能順順利利送到老六手上，她只想和他說說話而已。

既然不能面對面地說，那就寫在紙上，等他回來再交給他。

「阿謹想去抱著阿照，她爹不許，阿謹就哭，阿謹一哭，小郎君也跟著哭，整個宅子裡此起彼伏的全是小孩子的哭聲，反倒把她爹嚇得夠嗆。」

歡宜出了月子，沒見瘦，整個人都白潤豐腴起來，容光滿面，神色很柔和也很賢淑，目光有神極了。

阿謹「噔噔」跑過來，一把抱住行昭。「姑母！舅母！」

行昭是方家的姑母，周家的舅母，稱謂全都混在一塊兒叫！

行昭笑咪咪地俯身親了小姑娘一下，正好欣榮領著阿元走進來，阿謹立馬轉移了注意力，滿場飛過去又一把抱住阿元，叫道：「阿元！」

一坨大紅色撲到阿元小姑娘懷裡，倒把欣榮嚇了一大跳，哭笑不得地同歡宜打招呼。

「表姨也不曉得叫，一口一個阿元，也不曉得叫老了誰去！」

阿元年歲不大，輩分老，認真算起來，和行昭都是同輩人。

欣榮話一完，內廂當即笑了起來。

方家請的都是自家人，通家之好，來往都不拘束，熱熱鬧鬧用過午膳，李公公便從端王府叩上門來，臉色發白，話聲卻強自平穩，湊在行昭耳朵邊，輕聲說：「皇上……駕崩了……」

行昭手頭一抖，茶盞直直墜下。

當即，四分五裂！

「啪」地一聲碎瓷，響在喧嚷熱鬧中。

女眷們扭過頭來瞧行昭，欣榮探身過來摺扇掩面，挑眉輕聲問行昭。「怎麼了？可是家裡出事了？」

可不就是家裡出事了嘛，還是出大事了。

那個早已垂垂老矣，滿目頹靡的老皇帝是到底身子垮了，撐不住了？還是有人率先出手？

後宮姓方，宮裡有多穩，這行昭是知道的，不可能有人在方皇后眼皮子底下對皇帝出手，難道是方皇后？

不對，方皇后不可能在老六遠下江南之際，對皇帝貿然下手。國不可一日無君，皇帝駕崩，雖是仲夏時節，江浙上京順風順水，可老六要趕回來也得需要近十五日的時間！

這十五日裡，皇城會發生什麼，定京會發生什麼，誰也不會知道。

行昭迅速反應過來，抿嘴笑了笑，溫聲解釋道：「舒哥兒今早上叫了聲爹！這還是阿舒頭一回叫清楚，只可惜府裡頭誰都沒聽見，我是頭一回做母親的，性子躁得不得了，一時竟然失了態。」邊說邊向李公公輕輕擺了擺手，示意他先下去。「來都來了，去給平西侯請個安吧，再蹭頓長壽麵，咱們家也蹭蹭小阿照的喜氣。」

「這可是喜事！碎碎平安，碎碎平安！給咱們舒哥兒包一本三字經去，我這個九姑奶奶輩分大，得由我來送這頭一冊的開蒙書！」

欣榮朗聲笑過，便將此間變數揭了過去。

席上笑哄哄地又鬧開了，有機靈的小丫頭麻溜地將碎掉的酒杯和淌了一地的酒水給清掃妥當了，青磚地當即一如既往地乾淨明亮得光可鑑人。

百日宴通常不會持續太久，用完午膳，便有夫人奶奶們三三兩兩地辭行了，邢氏長袖善舞，挨個兒挽著胳膊送到二門，沒一會兒大堂裡就空落落一片了。

歡宜和行昭端身立坐於花間之中，花間無端燥熱。

行昭言簡意賅地說：「應該是母后封鎖了消息，偷偷讓人給端王府遞了信來，滿定京怕是沒人比咱們知道得更快了。」

歡宜別過頭去，手撐在木案上，神色顯得很迷惘。

皇帝再糊塗，也是她的父親，歡宜下意識地對他的死亡油然而生出一股子悲傷，可很明白如今不是應當悲傷的時候。

「瞞得了一時，瞞不了一世，老六在外，定京群龍無首，正是渾水摸魚、起風掀浪之時。」

邢氏還沒送完人，方祈也還沒帶著李公公過來。

歡宜眼神不由自主地落到東廂緊掩的那扇木門上，語調拖得老長，話聲裡帶了顯而易見的惶然與恐懼。她的阿照剛出生，才過了百日，亂世出梟雄，她衷心希望她的弟弟、她的夫家會在血路裡殺出一條道來，只有這樣，女人和孩子們才有活命的機會。

行昭眼神落在青玉花斛的把手上，動了動嘴唇，輕聲出言。「死死瞞住十五天就夠了。」

她幾乎在瞬間就知道了方皇后的圖謀，皇帝身亡這在意料之外，可這個意外不能讓旁人知道，至少不能在老六沒有回京的時候，讓別人知道了！

「姊姊與我，明日抱著阿照和阿舒進宮去。」

歡宜愣了愣，下意識地想拒絕，哪知話未出聲，外廂便起了一陣沈穩卻快速的腳步聲，緊接著有人撩簾而入。

「阿嫵說得有道理。」

是方祈的聲音。

行昭與歡宜接連起身，方祈先進，邢氏緊隨其後，李公公躬身跟在最後。

「虛虛實實，兵無常勢。如今女眷們越無所畏懼地抱著幼子入宮請安，旁人心裡頭便越踟躕，越拿不定宮裡頭究竟出了什麼大事沒有？心裡頭一打鼓，行事機變就慢了。」

方祈行兵布陣，想的都是兵法。

三國有諸葛孔明空城計，古城牆上獨身撫琴，敵軍一怵，便摸不到城內究竟埋伏多少兵馬，一怵之後，錯失良機，便節節敗退。

如今的皇城便是一座空城，一座沒有天子的空城，可別人還不知道，行昭要做的，就是讓別人最好永遠也別知道。

歡宜想了想，終究是輕輕點了點頭。

方祈負手而立，難得一見的神色沈凝。「宮裡頭的內侍是在隅中去的端王府，來的不是慣用的林公公，是個面生的小內侍，打的名號是鳳儀殿給舒哥兒送緞子來。可內裡緞子中卻夾帶著一封短信，短信上蓋著方皇后的私章，話沒多說，很短的一句──『皇帝辰時三刻駕崩，死因尚不明確』，短短一個時辰，再高明的大夫也沒法子立即測斷出具體死因，卻可以由此得知，皇帝身死不是鳳儀殿下的手。死因尚不明確，另則表明皇后認為此為人為，而非意外，封鎖消息之後，就該先發制人，謀定後動。」

這些話在當時，李公公是來不及給行昭細說的。李公公是六皇子心腹中的心腹，說話、拿話是個中高手，先將結果遞出去，過程如何，稍後再議。

是以，晨間的來龍去脈，行昭聽得很認真。

方祈側身沈吟，向邢氏吩咐。

「毛百戶帶上雨花巷的弟兄們去端王府住下，滿打滿算能有幾百人，若真到了那步田地，也抵得了一時。」

「舅舅！」行昭連聲拒絕。「動則生變，陳顯耳聰目明，又擅見微知著，小心打草驚蛇！」想了想又道：「老六臨行之前，留了一百來個身強力壯的家臣在宅子外頭鎮守。如若事情走到那步田地，端王府、雨花巷甚至長公主府，怕都是凶多吉少！」

當日邢氏進京後，豪氣闊綽地將雨花巷一條大道都買了下來，算是幫方祈麾下的將士們置下家宅，蔣僉事折身回西北，其餘官位不甚顯著的就跟著方祈留在了定京，在雨花巷正式住下了。

大夥兒都是武將，自然會有扈從、侍衛還有勤加練功的家臣，七七八八算起來，這雨花巷裡能武善武的正經軍人如今怕是已過百了。

當日清水一滴，如今湧泉三分。

任誰也想不到這竟然是定京城裡，方家保命的最後一張底牌。

方祈想了想，最後語氣不容置喙，一錘定音。

「端王府都是些散兵遊勇，上兵伐謀，還缺個將這些漢子攏在一塊兒的人！讓毛百戶帶幾個人手去，人事上的小動靜，惹不來老馬的猜忌。」

老馬是誰？

行昭看了看方祈，方祈面容嚴肅地手上劃出了個彎月的線條，哦……長馬臉……是陳顯。

行昭勾了勾嘴角，這才發現全身已經僵得扯都扯不開，盛夏燥熱的天，腳底板卻是冰冰沁沁的。

被方祈一打岔，滿屋子的人神經總算是鬆了下來。

回端王府時已經暮色四合了，整個府邸都靜悄悄的，僕從將燈籠吃力地置上房梁，一點一搖，即是一團恍惚的光。

方皇后送來的幾疋緞子還放在正堂的案首之上，旁邊立了座瑞獸雕花香爐，行昭探頭一看，一小條狹長的澄心堂紙還沒被燒盡，炭黑的灰燼裡隱隱顯出了一小塊乳白色的堂紙邊角。

是李公公看完紙條，當機立斷將它燒掉了吧，然後香爐都來不及收，急急忙忙地往雨花巷報信去。

行昭將已經冷掉的茶水倒在香爐裡。

沒一會兒，未曾燒盡的邊角就被旁邊散落的灰燼，染得一片漆黑。

第一百零九章

宮裡頭沒人敢攔行昭的摺子，直接遞到了內務府，剛用過晌午，鳳儀殿召見的諭令便送到了家門口，來請的自然是林公公，笑吟吟地告訴行昭——

「怕是您與歡宜長公主約好了的吧？兩個人同時遞摺子上去，皇后娘娘與淑妃娘娘都高興得不得了，皇上也想過來瞧一瞧新出生的方小爺。」

「昨兒個約好的。」

行昭笑起來。

行昭到鳳儀殿的時候，歡宜已經到了，朱門緊閉，行昭走在廊間隱隱約約能聽見裡間有人說話的聲音，一推門，一眼即見方皇后半側了身子靠在軟墊上，著青衫長衣，粉黛未施，一張臉慘白，神情有些蔫蔫的。

訃告不能出，方皇后終究在以自己的方式守孝。

不想欺人，只想自欺。

行昭進去，門又「嘎吱」一聲闔上，歡宜眼圈紅紅的，看行昭來了，伸手去牽她，一開口便是極力忍耐的哽咽。「是毒……五石散吸食過量容易猝死，當時……當時父皇在小顧氏宮中……」

再深的感情也會在相互算計中消磨殆盡，生身父親死得如此狼狽不堪，歡宜仍舊不可控制地感覺哀傷。

當真是死於馬上風?!

行昭一下子把這個念頭拋到腦後，小顧氏給皇帝餵五石散一向很節制，是讓他慢慢上癮，變為沈痾，不可能在這個節骨眼上自取滅亡。

不是小顧氏，是誰？

行昭看向方皇后。

方皇后一抬手，罩住後廂的玳瑁珠簾窸窸窣窣地發出輕響，光影可鑑的地板上沒一會兒便有了幾道拉得老長的陰影，行昭抬了抬下頷屏氣凝神地注視著，當看清來人，瞳孔猛然放大。

是昌貴妃王氏！

如今的昌貴妃王氏簪環盡除，神情疲憊，再不復當日容光，被蔣明英死死扣在身前，蔣明英腳下一蹬，王氏便「撲通」一聲跪在地上。

老皇帝一死，老六在外，誰名正言順?!

自然是居長的二皇子！

權勢讓她不得不鋌而走險，可後宮方皇后嚴加掌控之下，王氏去哪裡弄得到這樣多的五石散？

昌貴妃俯在地上，嘴巴被布條塞滿，耳朵被蠟水封住，蔣明英撒開手，兩個小宮人便一左一右地將她狠狠向下壓，能隱約聽見她嗚咽般的掙扎。

她瘦削的肩膀，纖弱的腰肢，還有撐在青磚地上那雙保養得宜、豐潤白皙的手，全都在瑟瑟發抖。

只餘指尖十點嫣紅，恰似那掛於枝上的一串海棠，十足嬈嬈。

行昭突兀地想起見到王氏的第一面——那個很是婉和恭謹、又默然小心的漂亮女人，看起來就很討人喜歡。

從最開始連板凳都不敢坐滿，到如今敢對端王府下手、覬覦皇位，最後親手將自己的枕邊人送入黃泉……

人啊，總是在奢求著自己不可求的東西，可最後常常連自己身邊的東西都保不住。

權勢啊權勢，愛也你，恨也你，嫉妒也你，蛇蠍也你，兩個字分明是褒義，卻讓人墜入深淵。

行昭慢慢收回目光，轉頭看向方皇后，輕聲問：「皇上是昨日早晨過世的，難道前晚上皇上都在昌貴妃宮中？」

方皇后嗓子眼裡堵，說不出來話，抬了抬下頷。

蔣明英利索地上前應話。「前日昌貴妃請皇上到她宮裡用晚膳，皇上一向願意給昌貴妃體面便也去了。一大早，昌貴妃宮裡便派人來稟告皇后娘娘，說是皇上急喘氣，張院判立馬去瞧，才趕到，皇上就撒手人寰了，昨日連夜審訊，才知昌貴妃將過量的五石散加在了皇上的茶水裡。皇上體內本就有五石散的效力在，昌貴妃以為能順水推舟，事發之後還妄圖狡辯，將禍事攀誣給顧妃。」

行昭並不意外陳顯知道皇帝在吸食五石散。

「昌貴妃宮裡的人呢？」

「全都被禁在昌貴妃宮裡。」

「可在昌貴妃宮中尋到了五石散？」

蔣明英點頭。「裝在小匣子裡，還沒用完，都研磨得很細，張院判一嗅便知是川蜀一帶的貨色。」

川蜀一帶……

秦伯齡。

行昭看了眼王氏，只覺得悲涼；手一抬，小宮人麻利地將塞在其口中的布條一把抽出，片刻之間便聽見了王氏尖利的喊聲。

「求皇后娘娘饒命！求皇后娘娘饒命！不是我做的！是石妃，是她將五石散藏在簪子裡帶進宮裡頭的！哦，不！是陳顯，是陳顯讓我做的！賤妾只是個一葉障目，鬼昧了心眼的蠢女人……皇后娘娘，我不信妳不想皇帝死，我不信！我只是做了妳也想做的事……皇后娘娘求您饒過賤妾一條狗命，賤妾發誓下輩子當牛做馬報答您！」

王氏滿臉是淚，一邊哭一邊爬到方皇后的暖榻前。

宮裡頭的姑姑什麼事沒經過，蔣明英一腳將王氏蹬歪，不叫她近方皇后的身。

石妃！

亭姊兒！

「亭姊兒……」行昭沈吟出聲。

行昭懷疑王氏與陳家有勾結，可一直沒想通這兩家是如何勾結，王家是有女兒嫁進陳家旁系，可這樣的身分既不能進宮朝見，又不能接觸到兩個家族私密之事，如何成大器?!

方皇后將後宮管得密不透風，宮裡宮外的來往控制向來嚴格，而今仍屬多事之秋，宮中制度嚴明絕非可輕易唬弄之輩。

如果王氏要拿到五石散，要與陳家勾連，他們之間必須有個橋梁。

行昭應當早該想到，那個橋梁，可能會是已然失寵落子，無所依靠，想奮力一搏的亭姊兒！

從去年，王氏便與亭姊兒來往過甚，有時候連正經豫王妃都未召見，直接召見豫王側室石氏，待其親切和藹，宛如生身母女。

行昭以為這是女人家那點小心性，哪曉得，兩人已然合而為一。

蔣明英輕點了頭。「昌貴妃養尊處優幾十年，耳朵一封，嘴巴一堵，幾個巴掌一抽，再把幾個瓶瓶罐罐放在她跟前，立即嚇得什麼都招了，石妃拿藥給她，請她伺機而動，皇帝如今也不常去她宮中，什麼時候去，什麼時候才好動作，這些統統都算不到，只讓她見機行事，兩婆媳只定了個大概時間，九月初之前……」

昌貴妃王氏被一腳蹬翻在地，渾身止不住的抖，她耳朵被堵住，只能看見蔣明英的嘴巴在動，又看見行昭點頭，驚惶失措地轉身撲向行昭，涕泗橫流。

她聽不見自己的話，說出來便會跟著變了腔調。「阿嫵……阿嫵！救救我……救救我！

妳是與老二一同長大的吧……不看僧面看佛面，老二待妳、待老六如何，妳是知道的，妳一直是知道的！剃度、入寺還是被打入冷宮，我都認了，只要能保住這一條命……」

老二……對了……她還有個兒子啊！

「你們不能殺我！二皇子不許你們殺我……老六死在了江南，老七還沒長大，國不可一日無君，到時候老二黃袍加身，我就是太后！王太后！你們誰敢殺我啊！」昌貴妃扯開嗓門嚎道。

昌貴妃眼睛亮極了，歪著頭癱在地上，手垂在裙裾上，歪著身子坐在自個兒腿上，眼神直視前方，她分明是在笑，笑著還輕聲呢喃著叫人聽不懂的語句，大抵是「太后」、「皇帝」之類的詞。

行昭蹙緊眉頭看向蔣明英。

蔣明英手一抬，小宮人隨即將王氏一把架起，王氏腳拖在地上，有一下沒一下地嚎。

「她怕是瘋了。」方皇后終於出聲，好似帶了惋惜地輕聲喟嘆。「熬了這麼些年，總算是瘋了，總算是正常了……」

這宮裡的人瘋了，才算正常。

方皇后幾乎在一瞬間就收拾好了情緒，面容照舊憔悴，可聲音卻變得很冷靜。「宮裡頭是我撐著，皇帝不上早朝、不見大臣已久，兩句不露面屬常有之事，只要小顧氏不說話，別人平日也見不到皇帝，任何謠言都不可能從宮中傳出。過會兒妳出宮，給閔氏和老二帶信，想要王氏活命，就讓他給老六寄封信去。」

當了幾十年的皇家人，方皇后只相信握在手上的籌碼與同等的利益交換。

老皇帝身亡，這是一個沒有預料到的變數。

因為這個變數，要立刻調整策略，現在要做的事是把握時間，只要陳顯一日不知皇帝身亡，行事間便會有猶豫，趁此機會，著緊布置轉變，才好從容迎戰。

要瞞住陳顯，可是又要讓六皇子知道皇帝已過世，由二皇子遞出消息是最好的選擇。行昭的信、皇后的信，乃至歡宜、淑妃的信，都有可能被攔截，被人事先洞察。

只有二皇子的信箋，陳顯不會著意留查。一則陳顯在明面上捧的便是二皇子，二則二皇子的信箋確實無刻意留查的必要。老二其人，耿直義氣，從未親自被牽扯進鬥爭之中，被人捧了這麼三、四年，這才有意識。

方皇后屬意用王氏作要脅，此乃很正統的皇家人思維走向。

可二皇子卻不是正統的皇家人。

行昭搖搖頭，輕聲道：「二哥是順毛驢，若拿王氏性命加以要脅，二哥必不能就範。二哥仗義俠氣，吃軟不吃硬，被您如此一激，什麼事都做得出來，甚至……」行昭緩緩抬頭。「甚至可能會瞞不住，將此事捅破。」

當務之急是瞞和拖時間。

老二是個愣頭青，可好歹明是非曲直。

方皇后默了默，眼神加深。「妳欲何為？」

「我去求二哥。」行昭話很輕。「王氏已經瘋了，讓她就這樣狼狽活著也好，打入冷宮也好，她活著比她死了更讓她難受。更何況，她的命，我們是沒資格要的。」

就如王氏所說，方皇后是拿軟刀子磨，她更急功近利一些，大家的目的都是要皇帝死，她們有什麼資格站在制高點讓王氏償命？

只有歲月與亡魂能夠站在制高點俯瞰眾人。

行昭話將一出口，歡宜突兀打斷。「不行！妳去豫王府，無異於自投羅網！二哥是什麼樣的人，我們都知道；可是這是他的母親，是他的生母將父皇逼向絕路，難保二哥不會做出傻事，妳的決定太過冒險！」

是脅迫，還是說服。

其實兩個辦法都冒險，可還有什麼辦法不著痕跡地通知到老六呢？

行昭沒有回應歡宜，靜靜地看著方皇后。

方皇后目光愈深，也不知隔了有多久，終究輕輕點了點頭，扭頭吩咐蔣明英。「無論她真瘋假瘋，都好好地照料她，只一條，不許她尋死。」

方皇后向來喜歡留後手，也是給行昭此舉留下護身符。如果勸服不得，那就只好用強、脅迫，她賭老二不可能拿王氏的性命開玩笑。

行昭長舒一口氣，時間不等人，一出宮上了馬車，吩咐。「去豫王府。」

馬夫吆喝一聲，一揚馬鞭，「踢踢踏踏」向前行，毛百戶帶著兩列兵士跟在車廂外頭，小跑行進。

黃嬤嬤抱著阿舒坐在右側，馬車行得急，小阿舒卻是睡得很安穩。

將過東大街，毛百戶刻意壓低的聲音響在車廂外。「王妃，後頭有眼睛。」

自然有人跟著他們。

陳顯沒派人盯著才不正常。

行昭纖指輕挑開車簾，語聲凝肅，言簡意賅。「找個僻靜地方，挑斷他們所有人的腳筋手筋，趁夜裡扔到陳府門口。」

毛百戶眼神一亮，一個躬身向後退去，晃眼之間，便再不見人影。

車夫是斥候出身，想在東大街繞上兩圈，以防有漏網之魚跟在身後，行昭只讓他直接到豫王府門口去。

「我們現在要做的是讓陳顯猜不透，猜不透宮裡頭有沒有發生事情，更猜不準我們想做什麼。對手的示威和反擊，只會讓陳顯這樣自以為迂迴俱全，實則著跡的人，丈二和尚摸不著頭腦。」

黃嬤嬤聽不懂，車夫卻深以為然。

豫王府靜謐一片，僕婦將行昭帶到正堂，閔寄柔向行昭淺笑著頷首致意，一揮手便將正堂裡的婆子丫頭全打發了出去。

二皇子笑咪咪地執盞喝茶，見行昭已進來，隨即笑道：「妳也捨得過來啊，老六沒走，你們兩夫婦是個頂個的忙啊！」

行昭輕輕一仰首，眼眶發熱，忙斂目，輕語道：「求二哥救我與阿慎！」

行昭話一出口，閔寄柔反應頂快，立刻起身掩緊窗櫺，細碎小步過去伸手牽行昭，再抬眸看了眼手中端執紫砂壺，尚在狀況外的二皇子，沈聲吩咐道：「還愣著做什麼，去內廂。」

二皇子摸不著頭腦，一壁將茶壺趕緊放下，一壁跟在兩個女人身後往裡走。

內廂燃著沉水香，青煙似霧，繚繞直上。

閔寄柔手握著行昭的手落了坐，神情肅穆，輕聲問：「有什麼難處，妳只管說，豫王府能幫則幫，不能幫咱們也一塊兒擔，老六如今不在京裡，有人陪著，總好過妳一人焦灼。」

行昭輕抬了頭，心落回實處，長舒出一口氣，萬幸萬幸！二皇子與閔寄柔都沒有摻和在這一灘渾水中。

對任何人都要抱持著不信任感——這是方皇后教導她的生存之道。

方皇后未說出的懷疑，她都懂。

如果二皇子親身參與，那她此舉無異於自投羅網。

可她偏不信，一個連女人的眼淚都抵不過的男人，如何能狠下心來對自己的親生父親下手？

前世今生幾十載，足夠認清一個人了。

「父皇駕崩了。」

行昭陡然出聲，語氣輕得就像那縷沉水香。

一語之後，猶如鏡面投石，兩人目瞪口呆地愣在原地。

閔寄柔陡覺脊背上似有涼意由下往上慢慢攀升，老皇帝過身了？今上歿了，乃朝中頭等大事，可事情尚未傳出，是誰想將這件事壓下？為什麼壓下？

閔寄柔心下混亂，全貌分散成雜亂無章的碎片，怎麼抓也抓不住。

二皇子率先打破沈默，衝口而出。「不可能，絕無可能！」二皇子眼睛瞪得老大，向後一退，眼神在青磚地上亂掃，口中呢喃。「絕無可能……上個月我見父皇的時候，父皇雖是精神不濟，可卻也未顯頹態……父皇今年才四十九歲，是預備要大辦的，怎麼能說沒就沒了呢？」猛然提高聲量。「事關國體，阿嫵千萬慎言！」

行昭仰臉直視二皇子。皇帝過世，這三個兒子裡，大約只有老二真傷心。

若二皇子沒有生在皇家，那定是一番父慈子孝，得享天年的光景。

「二哥，你明知阿嫵絕無可能拿此事玩笑。」行昭緩緩起身。「昨日辰時三刻，宮中喪報，父皇過世。」

「這樣大的事，為何消息沒傳出來？」

「因為——」行昭話一頓，輕輕合上雙眸，再睜眼時，面微戚容。「因為是昌貴妃勾結陳閣老，在父皇吃食裡下了過量的五石散……」

前猶鏡面投石，現如風雲突變。

二皇子猶如晴天霹靂，登時立在原地！

閔寄柔猛地攥緊手中的絲帕，絲帕一縐，來龍去脈、原委走向，她全都明白了！

陳顯……陳顯把王氏和整個豫王府都當成了他的替罪羊！

昌貴妃王氏毒殺皇上，生母鑄下大錯，膝下子嗣如何還能得承大業？

行昭話未停。

「前日傍晚，昌貴妃邀父皇共進晚膳，將五石散撒在父皇的冷酒裡，晨間張院判奔往昌貴妃宮裡，父皇已撒手人寰。而後皇后娘娘下令搜宮，在昌貴妃宮裡尋到大量的五石散，今日阿嫵入宮，昌貴妃未曾矢口否認，甚至供出五石散原是石妃進宮請安時，藏在簪子裡帶入的，而石妃的五石散卻是由陳顯給的。」

行昭揚聲一語。「二哥！陳顯以權位為餌，誘昌貴妃上鈎。若將皇上已然駕崩宣揚出去，陳顯必在定京掀起腥風血雨！到時候昌貴妃、你、閔姊姊、我，還有老六全都活不了——」

「我不信！」二皇子猛地打斷，梗直脖子，滿面通紅。「母妃雖是有僭越之心，可做不出此等逆事！我不信！」

「進宮一探究竟是最穩妥的方法，搜石妃廂房順藤摸瓜向下挖下去亦是個好辦法，可時間不等人，這件事老六一定要比陳顯先知道，只有這樣才能有轉圜餘地！阿嫵、老六還有二哥一起長大，阿嫵何時騙過你？端王府何時算計過你？毒殺聖上這樣大的一盆污水，阿嫵如何敢貿貿然潑到昌貴妃身上！二哥，求您好生想一想！」

行昭手蜷成拳，身形向前一探，手撐在木案之上，斬釘截鐵道：「二哥，阿嫵求您救救老六，也救救自己！」

二皇子雙眼通紅地同行昭怒目而視，他不想信，他是從來就想不通這些事情，可他現在卻很明白，陳顯借刀殺人，如果現在父皇身故的消息流傳出去，定京必然大變！

身在江南的老六被困，他與老四根本連還手之力都沒有。

他一輩子沒想明白過什麼事，可他現在寧願自己什麼也不知道。

行昭嘴角抿得死死的，她能清晰地看見二皇子眼睛裡有淚光，心頭猛地一酸，眼圈陡然一紅，無端軟下聲調。「二哥……你是相信陳顯，還是相信你的親弟弟啊……」

二皇子渾身一震。

大約是香要燃盡的緣故，青煙斷斷續續地裊繞而上，誰也沒有再出聲，豫王府的一草一木都是閔寄柔著手打理的，內廂一水兒的紫檀木雕花家具，安靜沈穩，讓人莫名心安。

隔了良久，閔寄柔輕聲出言。「母妃……還在她的宮裡？」

她其實是想問，王氏還活著嗎？

行昭輕點頭。「今日我見到了昌貴妃，皇后娘娘封了昌貴妃的宮，更派了幾個身強力壯的內侍守衛……」她斟酌了用詞。「大約是嚇怕了，貴妃偶爾魔怔，滿口話裡全是『太后』、『皇帝』……只是封了宮，皇后娘娘什麼也沒做。」

話到最後，行昭意有所指。

王氏還活著，就證明他們隨時可以進宮對質，更證明方皇后問心無愧，呵，更證明行昭所言起碼泰半屬實。

閔寄柔冷靜地扭身往回看了眼二皇子，再轉過頭來，溫聲地直截了當問行昭。「妳要豫王府做什麼？」

二皇子一直沈默著。

「給老六帶一封信，以二哥的名義。」

「陳顯不放心任何人，就算阿恪的信也可能被暗中拆開，皇上已去的消息極難在瞞住陳顯的情形下帶到江南。」

這個自然。

只要和宮裡頭、權貴們有關係的信箋，陳顯自然會著重關注。二皇子的信箋他不會攔，可路途遙遙，封住信箋的紅泥什麼時候會落，誰都不知道。

這一點，行昭一早便想到了。

二皇子始終沒有說話，行昭轉向二皇子。「二哥，阿嫵只想以你的名義寫一封信，蓋上你的私章……內容阿嫵自己寫。」

閔寄柔恍然大悟！

行昭的筆跡，老六熟悉得不能再熟悉，而在二皇子的信封下藏了封行昭親筆所書的信箋，此事本就不尋常，老六為人機敏，怕是會當機立斷，選擇回京！

陳顯拆開信封，看到的都是信中的內容，先不提二皇子一向不喜歡舞文弄墨，幾乎從不上摺子，陳顯不甚熟悉二皇子的筆跡。定京城裡每日信箋往來成百上千，陳顯如今是箭在弦上，不得不發，他要著意監控內容，會自己親手拆信封看？自然是吩咐下頭人將內容大意看一遍，若無特殊，便許可通行吧！

如果內容沒有任何特殊，只是字跡暗藏機巧，陳顯又如何得知！

明修棧道，暗渡陳倉……

此舉完全可行！

二皇子腦子裡拐得沒有閔寄柔快，他腦子還在生母尚且還有一條命的消息上，一抬頭，正好看見行昭目光放得很坦蕩也有些哀求的一雙眼睛。

母妃造下這樣大的孽，他……他該怎麼還啊？

二皇子眼波如湖面，輕聲呢語。「父皇……真的過世了嗎？」

他不需要別人的答案。

二皇子艱難地重新抬起頭來，伸手指了指矮几上那只黑漆梨木小匣子，吞嚥下一口唾沫，輕言：「私章在那兒，阿嫵快寫，正好老四要帶給老六的信也在我這處，我明日讓人八百里加急一塊兒發出去，兩封一起，也好混淆注意。」

筆墨紙硯都是備好了的，行昭咬了咬牙，捲起袖子，飛快地看了閔寄柔一眼，沾了如鏡面亮堂的墨，埋頭奮筆疾書。

她的字像男人，大約是活了兩世的緣故，無論何時也寫不出小女兒心性了，一撇一捺寫得很剛硬，鵝頭勾非得頓了一頓，等墨暈成一團極好看的天鵝頸脖模樣，才使力一勾一提。

「比我寫字還使勁，怪不得手腕會痠。」

老六不止一次地這樣說過。

阿彌陀佛！心有靈犀一點通，老六一定能看懂……

信上寫了鄭國公家裡的小妾又哭鬧不休，也寫了城東黃御史的大姑娘連生四個女兒險些被婆家退回家，還寫了中寧長公主的小女兒臉上長了個痦子嫁不出去，全都是二皇子喜歡聽的、看的、說的，相識這麼些年，一詞一句都是二皇子用慣了的。

只在信中最後寫道：「前日阿柔去瞧阿舒，阿舒還是不會說話，只怕等你回來了，這小子也笨得沒學會。」

薄薄兩頁，行昭對折起來，對著沉水香熏了熏，再裝進信封裡，雙手交給二皇子，一字一頓。「二哥，拜託了。」

二皇子單手接過，嘴角一勾，像哭又像笑。

閔寄柔將行昭送出門。

行昭和她靠得很近，走過二門，才道：「亭姊兒現在動不得。」

亭姊兒是橋梁，一頭連王氏，一頭連陳顯，她一有異動，陳顯立馬能見微知著，猜到幾分。

「不動她，怎麼穩住陳顯？」閔寄柔很沈穩地開口。「她想要什麼我清楚得很，她懼怕什麼我也清楚得很，想要控制她，容易，想要毀掉她，也容易。亭姊兒那邊交給我來安排，妳只管放心，她和什麼人勾上話，她給什麼人傳了信，甚至她回娘家，我有的是辦法對付她。下藥也好，威脅也罷，如今顧不了那麼多了，妳只需要知道她說出口的，一定是我們想聽的。」

以陳顯埋下的棋子，反將他一軍。

閔寄柔是這樣想的吧？

只要能拖過十五天，不，二十天，送信八百里加急五天，從江浙一路順風順水回來，十五天，只要能拖得過二十天。

而在這二十天裡，她們必須硬氣起來，給陳顯造成足夠大的錯覺，讓他遲疑和猶豫。

天已入暮，照影帶霧。

天際處像被星火燎過，帶著一串接著一串的昏黃與火紅。

閔寄柔撩開簾子，便撞進了一個熟悉的懷抱裡，是二皇子的聲音，他在哭，語帶哽咽，悶聲地哭，好像要將她的肩頭都哭濕。

「我爹……死了……被他最信重的大臣和他寵了幾十年的女人害死了……」

是啊，背叛比死亡更可怕。

閔寄柔站得筆直，像一棵蔥郁茂密的柏樹，約是過了一會兒，身形慢慢軟了下來，手帶了些遲疑地緩緩抬起。

一點一點地向上抬，終究是輕撫上了二皇子孤寂的後背。

第一百一十章

仲夏清晨，天漸漸亮得晚了。

東郊霧濛濛且黑黝黝的一片，街巷拐角尚有打更人打著呵欠敲打梆子的聲音，打五更的天，一快四慢。

「咚——咚！咚！咚！咚！」

皇帝不上早朝，可臣子不能不出現。

五更一過，陳家府邸由外而內，油燈一盞連著一盞地點亮，門房老陳頭肩披外衫，一手提燈籠，一手將門閂拿下將大門向外推開。

朱門重而陳舊，「嘎吱嘎吱」腐舊而陳鈍的輕聲慢慢響起，靜夜被打破，緊隨而後，便是燈籠「砰」地一下砸在青磚地，油燈火一下子竄得老高，再猛然熄弱。

「啊——」

「你說什麼？」陳顯伸手示意陳夫人接著替他整理朝服。

老陳頭手抖得厲害，說話哆哆嗦嗦不連貫。「咱們府前有四、五個……有四、五個壯漢……渾身都是血……躺在咱們大門口……」

陳夫人手一抖，陳顯朝服上的補子就被繫歪了。

「到底是四個還是五個？」陳顯語氣很沈穩。

老陳頭腳下一軟，猛地搖搖頭。

「那他們是生是死？」

老陳頭一雙腳站得站不住了，語帶哭腔。「奴才……奴才……奴才嚇得站都站不住了，哪兒還敢湊攏看啊！渾身是血……大概已經都死了吧……」

「有幾個人，人是生是死都不知道，也敢往我面前報，要你何用？」

陳顯仰了仰頭，總管知機，埋首將老陳頭往外一帶，腳下不敢放鬆，從二門往府前小跑過去。

人一走，陳顯眼神順勢向下一瞥，溫下聲調，輕聲道：「妳莫慌，人一慌便什麼也做不成。」

陳夫人心頭頓生五味雜陳。

以前，這個人也這樣說過吧？

叫她莫慌，什麼都會有的，米糧、放之入學塾的束脩、錦繡綢緞，什麼都會有的。

那個時候，家還在皖州，陳家嫡系死絕了，阿顯是嫡支剩下的最後一個兒郎，旁系的叔伯把持著本家的公中田糧，每月只給嫡支一貫銅錢，二十斤米糧，五斤豬肉，多的再沒有了，更別提支撐阿顯赴京趕考的路錢和打點銀兩。

阿顯要拚一把，執意進京趕考，她便連夜挑燈繡畫屏，一方做工精細的大畫屏能賣上四錢銀兩，小的兩錢。油燈貴，兩人點一盞，她在左案引線穿針，阿顯便在右案謄書用功，兩個人的影子投在小木案上，漸漸重疊為一個。

說出去，怕誰也不會信，皖州陳氏的嫡系少時過的是這樣的日子。她記得在阿顯入閣以後，她不經意問過皖州老宅那些叔伯如今的日子。

阿顯輕描淡寫地說：「過得還算不錯，每月一貫銅錢，二十斤米糧，五斤豬肉，咱們都能過，他們憑什麼過不了？」

成王敗寇，這個道理是阿顯一生都推崇的。

陳夫人猛地鼻頭一酸，險些落下淚來。

現在什麼都有了，雲絲錦、黃花梨木，金玉滿堂，可為什麼她卻覺得那時候比現在更快樂呢？

陳夫人深吸一口氣，伸手將陳顯的補子三下兩下重新繫好，這是她做了這麼幾十年，早就做慣了的事。

總管一來一往，不過一刻鐘，陳夫人避到花間。

「全都是咱們派去監視端王府的人手，五個都是活人！半夜被扔到了府邸門口，只是被人挑斷了手筋腳筋，疼得暈了一夜，奴才讓人拿涼水將他們澆醒了，說沒看清楚是誰下的手，但是手段俐落毒辣，這五個人怕是廢了。」

「是活的？」陳顯緊蹙眉頭重複一遍。「賀氏竟然還讓他們活著……」

賀氏身邊全是方祈的舊部，強將手下無弱兵，其軍中諸人，警覺性高、手段毒，這幾個探路石被他們發覺很正常。

只是他未承想到賀氏竟然敢貿然破壞平衡。

陳顯眼睛瞇成一條縫。「是示威嗎？她在逼我動作？可為什麼還要留活口下來？」

這些話，總管不敢答，將頭埋得低低的，只聽陳顯後言。

「昨日賀氏往哪處去了？」

「聽那幾個人的回稟，他們是在東大街被發現的，照那條路走下去，端王妃出了宮怕是往豫王府去了。」

「去見老二了?!」

這是出乎陳顯意料的答案。

賀氏既然已經察覺到了這幾個人，何不將他們全部絞殺，好將自己的行蹤隱藏起來？

賀氏讓人廢了這五個人，又將這五個人送到了陳家門口，沒有封口，也沒有後續動作，還放他們回來告訴陳家，她去了哪裡……

賀氏到底想做什麼？

進宮出宮，再去豫王府，昨日賀氏這一番動作究竟有沒有蹊蹺？

如果宮中事成，皇帝已駕崩，那麼賀氏進宮便已知曉此事。王氏愚鈍，事成之後一定暴露，賀氏膽子再大也不可能直接往豫王府去……別忘了老二是誰的兒子！她就不怕是老二和王氏母子連心，反手將她扣下?!

怕東窗事發，當務之急就是將這件事瞞下來。賀氏反而大張旗鼓地將探子廢了功夫，卻留下活口送回陳家示威。

反常極為妖，此事必不尋常！

陳顯陷入了僵局，局破不開，只有死路一條……

等等！

如果反過頭來想，皇帝其實並沒有過世，王氏還沒來得及行動呢？老六下江南，賀氏一介女流之輩要故作姿態，才能得以自保，將人挑斷手筋腳筋送回陳家是示威，也是震懾，入宮出宮大張旗鼓的一番動作，只是讓那些沈不住氣的人早些跳出來，趁老皇帝還在，順理成章地一網打盡。

這就是兵行詭道，賀氏要詐他一詐了！

陳顯眼睛緩緩張開，是虛是實，往往在一念之間。

「派人去安國公府與石大人搭上話，和宮中的眼線搭上關係，是虛是實都要有一個說法！」陳顯話頭一頓。「把那五個人埋了！」

總管膝蓋一軟，應聲而去。

陳夫人從花間走出來，珠簾被手撒下，「叮鈴叮鈴」的聲響急促而清脆，像琵琶弦被人一下一下急切而熱忱的撩動。

陳夫人蹙眉輕問：「為什麼不讓人上奏要求面聖？」

這是最有效的方法，眼見為實，耳聽為虛，老皇帝是生是死，只需要一眼就可以塵埃落定。

陳顯雙手撐於膝上，沈吟半晌，手一抬，便拍在了身側的木案上。

陳夫人想張口再問，再看陳顯面色陰鬱，囁嚅嘴唇，終是未再往下說。

「他不敢。」

行昭手中執一把纏了銅絲的竹剪子，「哢嚓」一聲，便將一朵碗口大的花剪了下來，輕擱在瓷盤裡頭，告訴蓮玉——

「陳顯不敢去儀元殿一驗真假，他只是慫包一個，餓死膽小的、撐死膽子大的，他一怕，就錯過了一辨真假的機會了。」

花一擱下，蓮玉便灑了幾滴清水在花瓣上以當保鮮。

「宮門一閉，皇宮裡等著陳大人的是什麼，誰也不知道。」蓮玉笑吟吟地接道。

別家丫頭關心的是當通房、成姨娘，以及爬上男主人的床；別家夫人奶奶關心的是子嗣、妯娌以及婆母的刁難。

有句話怎麼說來著？

哦，人無遠慮，必有近憂。

其實也不太對，放在自家姑娘身上是人無近憂，必有遠慮。雖說子嗣是整個皇家頭一份，一個妯娌是手帕交，一個連可爭之力都沒有，婆母就像親娘……

可這憂的則是闔府上下的生死性命。

老天爺多公平啊，給你這樣，一定要拿走那樣。

行昭又剪下兩朵花，蓮玉奉了方帕子，行昭一邊擦手，一邊接著蓮玉的話往後說。「過了順真門，文官下轎，武官下馬，一進皇城，生死不由你。姨母經營宮中幾十年，視為禁臠，陳顯要拿王氏打咱們一個措手不及，姨母一腔暗火和怨懟正愁沒地發。」

如果陳顯敢不管不顧地貿貿然進宮去，行昭反而佩服他。

可惜，他不敢啊！

瓷盤青釉，三朵碗口大的正紅花火豔豔。

這世間啊，最好看的就是衝突和反差。

「把花拿下去吧，妳、蓮蓉還有其婉一人一朵拿來簪髮。」

話音將落，行昭頓了頓，止住蓮玉的動作。「算了，在外頭是不得不著紅穿綠，自個兒在屋裡能樸素些還是樸素些吧。」

蓮玉面色斂了斂，輕聲應了是。

老六一向重情重義，面上不顯露，心裡怕還是記掛著的，算是替他守了孝道吧。

行昭長嘆一口氣，回頭看了眼更漏，再一轉眼，李公公正好撩簾入內，語氣明顯有雀躍。

「成了！豫王殿下與綏王殿下的兩封信過了關卡，已經出了定京城了，是豫王府的隨從策馬去送的。八百里加急，如無意外，五日內便可送到！」

李公公渾身都在抖，不是因為怕，是因為激動。

「豫王妃讓奴才給王妃帶話，今兒個要與豫王殿下帶著石妃一道進宮，豫王妃的原話是『去給父皇和昌貴妃問個安。若今兒個晌午或明兒個，安國公石家的人要來見女兒，那讓他們見就是，犯不著攔』。」

行昭眯了眯眼睛，言簡意賅問話。「可曾見到了豫王殿下？」

李公公點頭。「見著了！豫王殿下就在豫王妃的身邊，豫王妃說什麼便點頭稱是，神情有些蔫蔫的，但奴才要走的時候，豫王殿下說了一句話——『謝過你家王妃力保昌貴妃的恩情，豫王府永生不忘』。」

閔寄柔多聰明一個人啊，不可能不知道方皇后第一反應是要拿王氏威嚇豫王府，可昨日行昭半分脅迫之話都未曾說起，閔寄柔不可能猜不出是行昭在從中斡旋。

行昭緊抿唇角，手不自覺地在抖。猛地攥緊成拳，隔了良久，緩緩舒開。

謝了，寄柔。

謝了，二哥。

亭姊兒如今必須穩住，亭姊兒穩住了，安國公府才會安心，安國公府安心了，陳顯才有可能在短時間內維持平靜。

閔寄柔要出手，亭姊兒的段數還不夠她塞牙縫。要讓亭姊兒給陳顯說他們想聽的話，是威逼還是利誘，正如閔寄柔昨日所說——「容易得很」，只要二皇子不犯糊塗護亭姊兒，安國公一家很好掌握。

要想徹底瞞住一條消息，從源頭截斷是最保險的做法，如果源頭沒有辦法截斷，那就從中間截住，而在中間往往是經口口相傳，才將消息傳到想知道的人耳朵裡去。

要想從中間攔住，就不能讓知道此事的人說話，而什麼人不會說話？

死人。

可死了一個人會引人懷疑，反倒得不償失……

行昭腦子裡轉得極快，不能坐以待斃，不能將所有的希望都寄託在陳顯會隨著她的思路想歪的僥倖上。

如果陳顯要放手一搏，不等老六從江南趕回來，他們該怎麼辦？

「其婉，拿筆墨！」

其婉隔著竹簾高高應了一聲。

行昭勾勾畫畫了良久。老六臨行去江南的時候曾說過紅圈是他的人，黑圈裡是陳顯的人，九城營衛司近十八萬人馬，分布在定京各個大營衛所裡，定京城外城郊荒地一向是駐兵紮營的地方，如果陳顯要逼宮，他應當會先封鎖外城，再起兵攻破皇城，而這時候能動的便只有內城近五萬兵馬，而這五萬兵馬中，六皇子只有不到兩萬的人手。

定京城裡除卻九城營衛司的人手兵馬，就只剩兵部手中還握著近三萬的機動兵馬了，而這三萬兵馬中，兩萬掌在周平甯的手上，還剩一萬，誰有兵符聽誰的。

皇城內的兵馬差不多還有一萬人手，添添減減算下來，如果陳顯要奮力一拚，他們面臨的處境很微妙，六萬對十五萬……

行昭擱下筆，長吁出一口氣，動了動手腕，發現自己手心微涼。

看了看紙上一連串的數字，不禁苦笑，她是完全不懂排兵布陣的，連看輿圖都很勉強，可她也知道，歷史上以弱勝強、以少克多的戰役也不是沒有，官渡之戰、長勺之戰、赤壁之戰……可仔細數數能有多少？

人多，就意味著力量大，不易輸。

澄心堂紙浸墨浸得快，行昭直勾勾地看著紙上，腦子裡轉得飛快，她沒辦法排兵布陣，可有人有辦法，可別忘了雨花巷裡還住著一個身經百戰的前將軍，現任都督，方祈！

「把這張紙拿下去燒了。」行昭穩了聲調。「蓮玉，妳讓毛百戶去雨花巷走一趟，舅舅在京裡多年了，怎麼可能現在還無根基！再告訴舅舅，兵部那三萬人手只能是咱們的。周平甯已經反了陳顯的水了，那三萬人可以當作在背後捅陳顯的那把刀。」

六皇子既然敢在臨行之前，將所有東西都告知周平甯，行昭有什麼理由不相信他的判斷！

陳顯會敗在猶豫不決上，行昭絕對不會容忍端王府敗在多疑反覆中！

毛百戶腳程快，走一趟回來得快，沒讓人傳話，直接進了內廂來將方祈的話複述了一遍。

「知道了。」

方祈只說了三個字。

閔寄柔算無遺漏，豫王府一家子將從宮裡頭出來的第二日早晨，安國公石太夫人親手拎著四色禮盒要見自家石妃，閔寄柔大手一揮，半分猶豫都沒有，騰出了一個僻靜的小苑讓婆孫兩人共敘天倫。

外間婆孫倆嘀嘀咕咕良久，閔寄柔便這樣站在窗欞前靜靜看著。

亭姊兒不可能講實話的。

不講她有可能死，講了卻一定是個死。

「愚蠢。」

閔寄柔這樣告訴行昭。

無論陳顯信還是沒信，反正安國公府的准信是一句不差地帶到了，朝堂之上風平浪靜了五天，皇帝照例沒上朝，百官照例以陳顯馬首是瞻。

後宮中照例是顧婕妤一如既往的受寵——皇帝甚至親自下令，在聖旨上蓋了玉璽寶印，升了小顧氏位分，一躍到了四妃之一，人稱顧賢妃。

這五天，行昭是一天一天地數著過的。

五天能做什麼？阿舒嘴裡的小米粒能再冒出一截來，種下的月桂樹會抽出短短小小的嫩芽，阿舒總算是清晰地「啊哦、啊哦」亂叫了。

還有，五天裡能跑死兩匹馬，從定京城出發，連夜趕到，在第六日清晨抵達江南。

送信的是二皇子親信，撐著力氣尋摸到驛館，將信遞給六皇子後，便厥倒在地。

六皇子覆手一摸封泥，印在信封口的紅泥與上頭的泥印不符合，有人拆開過，眼神從癱在地上、面容已有些浮腫的豫王府親衛臉上掃過，蹙了眉頭。「杜原默，把他抬到內廂去，灌碗紅糖水。」

二哥的信被人拆開過，證明信箋內容很正常，平常的一封信，二哥怎麼可能讓親衛險些跑掉一條命？

不遠處即是陳放之。

六皇子默了默，「唰」地一下，果斷撕開信封。

陳放之聽見動靜回身來瞧，只見六皇子從中拿出輕飄飄的兩張紙，上頭滿滿都是字，陳放之湊過身去，眉梢一抬。「豫王殿下的字寫得倒是很剛硬，你看這鵝頭勾頓得多用力啊。」

陽光灑在信箋之上，信箋泛了白光，字一片炭黑。

「前日阿柔去瞧阿舒，阿舒還是不會說話，只怕等你回來了，這小子也笨得沒學會……」

六皇子眼睛瞇了又睜開，抬眸看了眼陳放之。

陳放之下意識地往後一縮，想了想又將胸膛挺起來，嘿！還奇了怪了，二十出頭的毛頭小子，眼神怎麼能利得跟他爹似的！

五日之後，又五日，打破定京城風平浪靜的那顆石子是來自江南的一封信箋，江南總督蔡沛親手所書，加蓋私章。

「端王殿下河堤巡視不慎落水，浪捲風急，殿下再失行蹤。與此同時，十三道監察御史小陳大人與之一同落水，微臣已安排五百軍力嚴查搜尋，微臣蔡沛愧為總督一職，特此求去，以正嚴明！」

真亦假來，假亦真。

他們封鎖定京城裡的消息，江南結黨營私幾十年，要封鎖從江南傳出來的消息，容易得很。

行昭能聽見的、看見的，也只有這則請罪書上的那些字。

「究竟是金蟬脫殼，還是強龍壓不過地頭蛇，阿慎一個不留神著了蔡沛的道了？」

歡宜緊緊抱著阿照，泫然欲泣。「我聽阿桓說，阿慎和陳放之是在錢塘口落的水，蔡沛既然敢這樣上書，那就證明阿慎著實落到了水裡去。錢塘口一年要捲死了多少弄潮兒？若當真為金蟬脫殼之計，未免也太過冒險了！哦，何況還拖了個陳放之！」

娘親克制著哭，阿照小兒卻沒法子克制，「嗷」的一聲嚎出來。

阿舒被這麼一嚇，本是坐在炕上來著，猛地一抬頭，兩顆圓溜溜的眼珠子轉來轉去，最後定在了阿照的身上，看著弟弟哭，阿舒顯得有些好奇，手指指了指阿照，出人意料地「格格格」笑起來。

還好沒哭。

行昭彎腰抱起兒子，輕拍了拍，心頭嘆了口長氣。

歡宜摸不準，她也摸不準。

信送到了沒？中途被人截胡了沒？老六看懂了沒？甚至……老六這一跌，究竟是真跌還是假跌？

她統統沒有把握。

在她認識的女人中，歡宜怕是最和樂幸福的人，一個最正統規矩的賢淑女子，既然歡宜已經惴惴不安了，行昭只好強迫自己靜下來，倘若她也慌了，怕是什麼也聽不進去了。

行昭篤定所有的線索都會藏在不易察覺的地方。

從定京送信到江南要五日，那麼從江南送信回京也要五日，如果老六是表面落進了蔡沛埋下的坑裡，而實際上使了一齣金蟬脫殼的招數，那麼是誰在接應他？

錢塘口風捲浪急。別人不知道，行昭卻清楚得很，自從頭一回老六從江南死裡逃生回來，常常半夜三更悶著一口氣到太液池學鳧水，甚至成親之後搬到端王府，每日除了在後苑練力氣，也去湖裡游那麼兩圈。

周慎其人，不會讓人有以己之長攻彼之短的機會，他發現短板，然後將短板變長，目的明確，主次分明。

錢塘口順水流會流至外海，六皇子身邊還帶著陳放之，就算是為了陳放之，蔡沛也會在各個江畔下放人手營救，如果兩個人都還活著，那營救的就是陳放之，如果陳放之死了，那營救的人馬會一級一級地向上稟告——兩個人都沒活成。

如果有人接應，不會在內陸江畔，只會在外海。

在外海接應……難不成……是擅於盤踞在外海小島上的海寇？

行昭覺得自個兒的想法莫名其妙，簡直是魔怔了……

行昭思考的時候通常都很專注，瞇著眼睛將眼神定在不遠處的海棠花上，海棠花豔得很，白底紅印，像極了一方印章。

小郎君的哭聲震天響，行昭一個激靈，扭頭看歡宜。

歡宜正紅著眼圈在脫阿照的衣裳，阿照掙不開，一雙大眼望著行昭哭得涕泗橫流。

「長姊，妳做什麼呢?!」

「舒哥兒只比阿照大幾個月分而已，血脈親，長得像。若是阿慎沒這個運氣聽舒哥兒喚他爹了，我是長姊，我總要保住我幼弟唯一的骨血！」

歡宜想把阿舒和阿照調包！

行昭鼻頭一酸，眼淚猛地湧上來，伸手攥住歡宜的手腕，語氣很堅決。「長姊！事情遠沒到那個程度！」

是啊，現在還遠不到那個程度。

行昭想活下去，也想要阿舒活下去，人活一世不過百年，誰不想盛世安穩地過日子？可讓阿照換阿舒這種事，行昭做不出來。

歡宜執拗，行昭更執拗，兩個女人眼眶都紅透了，阿照仍在嚎啕大哭，行昭懷裡的阿舒嘴一癟也跟著「哇」的一聲哭了出來，兩個小郎君中氣足，哭起來此起彼伏。

孩子想哭便哭，想笑便笑，無所顧忌——讓人羨慕。

「長姊……妳聽我的……」行昭口中發苦，艱難出言。「帶著阿照，哪裡也不要去，照顧好阿照，咱們安安分分地等老六回來，什麼也不要多想。」

「如果回不來呢？」

「會回來的。」

行昭嘴角輕挑，窗櫺外時辰正好，夕陽西下，血色殘陽，染紅半邊天。

「如果回不來，咱們也得活著，阿照、阿舒、妳、我都要活著，誰讓老六失了性命，咱們就要讓誰扒皮抽筋地生不如死。」

恨，往往比愛更激勵人心。

而往往人心才是最不可測的。

什麼時候會到行昭口中所言的那個時刻，行昭寫寫算算，得出的結論，只能讓自己感到安心罷了。

第一百一十一章

夜鐘難鳴，東郊小巷，有駿馬疾馳，燈火搖曳下，有壯士翻身下馬，長短各三聲，叩響陳府大門，門房將門虛掩開一條縫，一隻眼睛湊在縫中，摸摸索索乘微光向外看，哪知門口那人單手持刀，渾身是血，滿臉橫肉，不由聲音發顫輕聲問：「府裡的老爺們都睡了，深夜造訪，敢問壯士有何貴幹？」

那人握拳行揖，聲如洪鐘。「微臣江南府駐塘口五品統領，吳凡志，有要事求見陳首閣！」

門房心下一驚，趕緊啟開大門。

陳府內宅幽深，不一會兒便燈火通明。

陳顯身披薄衫，覆掌於案上。「你說什麼！八月下旬東南海戰，揚名伯賀行景敗於海寇，如今重傷臥床不起?!」

「不只如此，賀家軍全軍覆沒，東南海域三日前一片血紅！海寇北上，四日前至江浙，兩江水軍不敵，死傷千人，微臣率兵拚死頑抗，保住內陸，卻已無海上阻截之力！蔡總督遣微臣返京來報，望陳大人早做安頓，山東、河北沿岸未雨綢繆，若海寇登陸，百姓必當陷入慌亂，死傷不可估量！」

吳統領泣聲高昂，一語言畢，「砰」地一聲埋首於地，前襟口被矛挑開的大洞隨之一抖，當下便破了痂，血透過外衫染出，不一會兒便暈染了一片。

陳顯一直未曾說話。

燭影搖曳，光照在梁壁之上，那團黑影便愈加放大。

連老天都在幫他嗎?!

「陳大人！」吳統領涕泗橫流。「此次海寇來勢洶洶，從倭島搶來的大船大約有三十餘艘，粗略估算近兩萬餘人。揚名伯率川貴軍與西北軍精英都不敵，據回報，東南外海漂著的全都是穿軍裝、戰死海上的烈士們，能打撈上來的將士們尚且能入土為安，那些沈在海底的烈士們便再無得見天日的時候了！陳大人，戰事不幸，四日之前海寇船隊已至江浙，如今怕是已到山東！陳大人，望您早做準備，否則東南將士們的命便白送了！」

「是蔡沛讓你來的？」陳顯突兀發問。

吳統領愣了一愣，才回。「是！蔡總督讓微臣先告知陳大人，再請陳大人遞上摺子覲見皇上！」

陳顯眉梢舒開，好個蔡沛，識情識趣，既懂明哲保身，又知審時度勢。

海寇北上，無非是想討個好價錢，做樁好買賣。

兩萬來人能做什麼？還能顛覆朝堂不成？

賀行景手上不過三、四萬兵馬，還有兩萬是從西北、川貴調過來的騎兵，騎兵坐上船去海戰？

別開玩笑了！

賀行景奈何不了海寇，不代表他奈何不了，海寇要打家劫舍也好，劫富濟貧也罷；要在海上掀起腥風血雨也好，要耀武揚威地逼近定京也罷，只要後頭沒跟著賀行景那幾萬兵馬，他都隨那些上不得檯面的海寇攪和，成大事者不拘小節，只要牢牢守住京城，還怕奪權之後沒這個能耐騰出手收拾他們？

要說性命，難不成誰的性命就比誰值錢？

一將功成萬骨枯。

老天爺親手把水攪渾了，他不乘亂發難，都對不起老天爺拚命幫他的一番好意！

陳顯手一展，讓人先將吳統領扶下去。

「陳大人！」吳統領半身撐在青磚地上，撕心裂肺地要求一個承諾。

陳顯眉間一蹙，加重力度擺擺手，管事一左一右將人拉扯起來，拖到內廂外。

屏風上襯出一抹剪影，陳顯眉梢一抬，溫聲笑起來。「妳怎麼起來了？如今是非常時行非常事。妳信我，再過幾日，便再無此種憂心之事煩擾妳我了……」

「你為什麼不答應他？」陳夫人語聲輕緩。「東南將士全軍覆沒，命抵命地戰死沙場。江南總督蔡沛瞞下此事，獨與你通稟，你卻大手一揮，不管不顧，你要權勢無非是清君側，你覺得自己比那些人做得更好，你卻放任海寇橫行霸道，不顧天下蒼生……」

「攘外必先安內。」陳顯「唰」地一下站起身來。「朝堂局勢未定，貿然出兵是削弱我們的勢力！」話到最後，語氣不悅。「謀劃這樣久，阿媛、阿婼還有放之全都墜進深淵。一將功成萬骨枯，老天爺要幫我把水攪渾，我不能敬酒不吃吃罰酒；婦人之仁，最是要不得！」

屏風之上，那抹剪影輕輕一顫。

「今夜我去書房！」陳顯拂袖而去。

撩簾而出，有尚在留頭的小丫鬟哆哆嗦嗦站在門口，陳顯腳下一頓，立在原處輕聲一嘆，終究低聲交代那丫鬟。「進去燃上一炷沉水香，夫人怕是今晚睡不好了。」

一語言罷，拂袖向外院走。

陳府的外院，一夜亮光，天剛濛濛亮，陳府外院的光熄了，緊接著皇城之中順真門內的那盞油燈打了火摺子，「噗」地一聲竄出了火苗。

光一晃，麻布簾帳內睡熟的李兵頭一個激靈，半睜開眼，眨巴兩下，總算是徹底清醒過來，伸了個懶腰，三下兩下穿好衣裳，將放在床頭的佩刀繫在腰間，撩簾趿鞋，一邊穿鞋一邊笑著喚對床的同伴——

「張大柱，張大柱！趕緊起來，可甭賴床，今兒一早外宮要練早……」

話頭戛然而止，李兵頭瞳仁猛然放大。

對床的麻布簾帳下罹殷紅一片，還有幾滴血順著下沿緩慢地往下墜。

李兵頭赤著腳猛地起身，一把將那罩得嚴嚴實實的簾帳掀開，直直撞進眼簾的是張大柱死不瞑目的雙眼。

李兵頭急喘了口大氣，突聽門外有小兵在叫。「李兵頭、張兵頭該出操了！」

李兵頭反手將簾帳攏嚴實，再深吸一口氣，朗聲回。「你們先去列隊，小兔崽子們不許偷懶，誰偷懶打誰軍棍！」

小兵嘻嘻哈哈地應了聲是，便跳著折身向外走。

李兵頭眸色一沈，再將簾帳掀開，細一瞧，張大柱是被人一把抹了脖子，探身去將他翻了身，如願在屍體下看見了一封封得極為嚴實的信。

信還是溫的，也不知是張大柱的體溫還是來人的體溫。

李兵頭四下看了看，手腳極為麻利地拆開信封，上頭只有兩個字——

拔刀

他不由渾身一緊，下意識地緊握住佩在腰間的那柄刀。

是張大柱撞見了來送信的人，才會遭到殺身之禍吧？

陳家是文臣世家，清貴的讀書人，可折磨人的手法慣常地一著接一著，該動手見血的時候根本不會考慮其他，先殺再說，行事暴戾直接，這些旁人不知道，知情人卻很清楚。

別人說陳顯暴戾，可在他李兵頭眼中的陳顯，卻是個極其溫和知禮的名家大儒。

「你可是餓了？餓了便吃，窩頭、肉，陳府都有，管飽管暖，你再不用挨餓受凍。」

這是陳顯對他說的第一句話。

誰能想得到堂堂朝中大員會彎下腰來，笑咪咪地同一個在街巷拐角討生活，已經快要死了的骯髒少年這樣親切地說話？

他至今還記得，他仰著頭看陳顯大人的時候，陳顯大人的眼睛好像在發光，連帶著天都晴了。

磚是冷的，可窩頭是暖的，窩頭吃在嘴裡……

他這麼十幾年，被陳顯安插在宮中最普通的侍衛，一步一步往上爬，帶刀侍衛、衛長、總長，再到如今鎮守皇城順真門關卡的李兵頭。

他是為大人活著的。

陳顯大人的話，就是他的信念和方向。

李兵頭不知道自己在這兒站了多久，手腳已經麻了，手上還捏著那一張薄薄的信紙，李兵頭頭往下一埋，張大柱眼睛睜得大大的，裡面好似有水光，水光映在血泊之中，相互輝映。

拔刀？

李兵頭一把將腰間的佩刀抽出，刀「咻」地一下從刀鞘中出來，刀鋒銳利，刀尖泛著白光。

既然陳顯大人要他拔刀，那就拔吧！

既然陳顯大人要他殺人，那就殺吧！

血流成河，亦不在乎。

霧氣漸漸散去，皇城之內各司其職，有條不紊。

「砰砰砰！」

門上鼓三嚴，午門城樓上的鼓敲響。

百官一文一武肅靜而快速地排成兩列，埋首安靜地過順真門右闕向南，往儀元殿而去，陳顯著真紅仙鶴補服，步履沈穩地昂首走於最前，將過順真門，陳顯步子一停，向御道看去，身後長長的一列官員一個趔趄。

「該過金水橋了……」

百官之列中，有人小聲提醒。

陳顯餘光向後一掃，那人聲音戛然而止，泯然於風聲之中，陳顯緩緩回過頭來，眼神從緊閉的順真門正闕朱門上掃過。

朱漆金泥，漢磚白玉，五張蓋，四團扇，步步生蓮——正闕規制為御道所有。

這便是天家富貴。

陳顯嘴角一彎。

大殿之中向公公手執拂塵，扯開聲音。「有事啟奏，無事退朝！」

陳顯跨步上前，越眾而出。「微臣啟奏，求見皇上！」

「皇上今日龍體微恙，陳大人可先遞奏摺，待御筆朱批……」

「向公公，你在敷衍本官嗎？」

陳顯陡提聲量，截斷向公公後話。「皇上龍體微恙已有近十日，太醫院未曾給出明細診療，皇上身染何病、如今可好，滿朝文武皆一問三不知，今日怕是該給百官群臣一個交代了！」

陳顯擲地有聲，詰問殿上。

而百官肅立如泥胎木偶。
「交代？陳大人想要個什麼交代?!」
女聲昂然，聲如洪鐘，中氣十足。
群臣忙往回一望，卻見是方皇后大紅九鳳歸儀朝服，挺立於儀元殿外，初光傾灑，方皇后朝服加身，瞿帽肅正，寶冠流蘇直直墜下，瞧不清面容，卻獨身傲然而立，顯得無比端莊。
眾臣譁然，有小聲議論紛紛，亦有大愕失態。有反應快的，趕緊垂首屈膝，正欲行叩首大禮，卻被旁人一把扯起，湊耳輕語。「陳閣老與皇后娘娘正打擂臺，你去添什麼亂！」
陳顯不發話，百官之中無人敢言。
「早朝端肅，皇后娘娘一介女流貿然驚擾儀元殿此等規矩嚴明之地，怕是有擾亂朝綱之嫌！」陳顯擺袖於後，側身而居，先發制人。
「倘若本宮再不露面，陳大人豈非是要撞進內宮，在暖榻上尋皇上了！為人臣子僭越罔上，而無人可束，本宮雖為一介女流，可尚為母儀天下，維護君上亦乃義不容辭之任！君君臣臣，父父子子，陳大人為難皇上貼身內侍，詰語厲聲於朝堂之上，敢問陳大人又將天家威嚴置於何地，放於何處！」
「自然是放在心上！」
「陳大人若當真牽憂君上，緣何自皇上龍體微恙之日，內務府中卻未曾接到陳大人一封請安摺子？世間話說出口很容易，做起來卻全憑一顆心罷了！陳大人想說什麼儘管直言，皇上雅量，天家亦非不能容人之地！」

眾臣將此聲驚呼含在口中，儀元殿寶閣大殿之內，鴉雀無聲。

陳顯無非是懷疑皇帝早已駕鶴歸西，卻沒有辦法直言明說，方皇后卻果決地將蒙上一層澄心堂紙的窗櫺拿錐子一把挑破，其中究竟是金玉還是敗絮，眾人皆不得而知。

陳顯話頭一滯。

趁此空隙，方皇后乘勝追擊。「陳大人若真心想面聖，本宮當下便開了內宮，讓你進去，給臥在病榻上的皇上磕三個響頭，以示忠心、孝心！」一面朗聲出言，一面半側身形，示意給陳顯讓出一條道來。

沈默。

百官的沈默，亦是陳顯的沈默。

沈默之後是孤注一擲地冒險，還是迂迴反轉的妥協？

旁人摸不清楚，方皇后既然敢孤身闖進儀元殿，心頭便已有了答案。

果不其然，陳顯默然片刻，輕抬了下頷，清冷出言。「皇上既是龍體染恙，微臣怎好貿然打擾。皇后娘娘賢德，且言之鑿鑿，倒顯班氏、長孫之風，兩廂比較，高低立下，反倒顯得微臣咄咄逼人。」

方皇后交手於前，輕哼一聲，形容倨傲。

出乎意料，陳顯一個撩袍，叩拜於地，補全了將才未行之禮，聲音似乎帶著尊崇與油然而生的敬畏，朗聲問禮。「微臣見過皇后娘娘，願皇后娘娘長樂未央，萬福綿延——」

聲音拖得很長，好似高廟之中信徒熾熱誠懇的祈誦。

此事傳到行昭耳朵時，已過晌午，卻讓她心頭猛地一揪，還未說話，蓮玉手捧托盤掀簾而進，笑道：「將才皇后娘娘賞了四筐髮菜，瞧起來是東南的好貨。」

方皇后喜歡給端王府賜吃食，大夥兒都知道。

四筐髮菜……

事發……

行昭猛然起身，沈聲出言。「趕緊讓毛百戶去雨花巷告知舅舅做好準備，封鎖街巷，肅清鄰里，備好熱油明火，將士們穿上盔甲拿起長矛！若毛百戶一路過去有攔路之人，則遇神殺神，遇佛殺佛，無須顧忌！」

聲音很沈，語速很快，交代得有條不紊，很是清晰。

氣氛漸漸凝重起來，帳幔隨風，窗櫺微啟，蓮玉不知不覺地立起身形，屏氣凝神，一一記下。

「端王府不許留人，城中有親眷的去尋親眷，無親眷的就縮在罩樓裡不許出來！」

「那您……」蓮玉若是此時都不知行昭想做什麼，就辜負了這些年頭生死相隨了。「端王府若無守衛，便如空城，門一破，什麼都守不住了啊！您與舒哥兒當如何？」

行昭深吸一口氣，陳顯朝堂逼問皇帝下落閒話家常很正常，按捺不住在朝堂上逼問皇帝生死也很正常，最後在方皇后威勢之下示弱規避符合其一貫作風，也很正常，可三個正常加攏在一起，就是不正常！

反常即為妖，陳顯必定在今夜或明早動手逼宮！

定京城裡世家大族的家僕守衛就這麼一點，方祈若要全力抵抗，收攏所有勢力，根本顧及不到端王府，與其分散勢力，還不如將攻勢歸一！

除卻皇城，陳顯首要目標必定在端王府，擊殺十個公侯也沒有誅殺一個端王妃與端王長子來得便宜！

「進宮！」

行昭腦子轉得飛快，順真門一開，通向外殿，而進內宮尚有三道門檻，其中有近八千輕騎，方皇后手插不到外宮之地，可內宮卻是打理得如銅牆鐵壁一般。

陳顯突然發難，老六、行景尚未歸京，端王府不能成為方祈的累贅和負擔！

蓮玉將一聲驚呼壓抑極低。

「備馬進宮！」

行昭一語言畢，屏風那頭響起阿舒小兒的嚎啕大哭，行昭身形猛地一顫，幾個快步繞過屏風將兒子抱在懷裡，阿舒哭得滿臉脹紅，馨馥奶香縈繞鼻尖，行昭的心漸漸平復下來。

阿舒啊阿舒，爹與娘親豁出性命，也會保護著你。

定京城裡不安全的地方太多，雨花巷絕不能走，她的兒子必須跟著她，她誰也不放心！

蓮玉一咬牙，提起裙裾小跑步往外跑去。

行昭緊緊摟著兒子，坐在馬車上，遞摺子過順真門，下馬車換輦轎，一路暢行無阻地往鳳儀殿去。

方皇后緊攏披風，就站在廊口等著她。

行昭越俎代庖，先喚進蔣明英，再喚林公公，最後再見向公公。天色漸暗，暮影夕照之時，皇城之外陡然喧鬧起來，人聲尚且未傳到鳳儀殿內，行昭抱著阿舒站在鳳儀殿高閣之上，眼下盡是定京城裡星星點點的火光，人愈漸多，火光便連成一條線，再連成一團突兀竄起的明火。

「九城營衛司逼宮了！」

林公公小跑進鳳儀殿內，嗓音喑啞，一張臉脹得通紅。

終於起兵逼宮了。

徒勞的疲憊之後，噴湧而上的便是揪緊的心，和一刻也沒有辦法停止的思維。

晚來風急，火光繚亂，內宮之中聽不見喧鬧吵鬧，更看不見禁衛抽刀凶煞的模樣。

這樣也好。

看不見也好。

阿舒迷迷瞪瞪地靠在行昭肩上，張嘴小打了個呵欠，再咂巴了幾下小嘴，天一黑，小孩子便有些撐不住了，行昭攏了攏兒子，眼下一垂，不想再看，折身回到大殿之內。

「是逼宮，還是打著清君側的旗號？」

方皇后斜靠在暖榻之上，強打起精神，神色卻顯得很疲憊。方皇后早已過不惑之年，如今到底是要五十歲的人了，自從皇帝去後，一向保養得當的方皇后突然頽了下來，仔細看，鬢邊已染霜，變得愈加寡言，似乎像是一個人攢足了氣力出拳，對手卻提前倒下，徒留她一人掙扎地活在這世間。

人一老，動腦筋便慢了，久不用的刀生了鏽，還能快得了嗎？

「是逼宮！」林公公從內門急匆匆小跑至鳳儀殿，幾個大喘氣還沒完全平復。「是逼宮！近一萬兵馬圍住皇城，順真門已破，今日輪值的李兵頭已不知去向，怕是……怕是已經反了！」

「是誰率的兵？」行昭抱著阿舒進來，黃嬤嬤伸手過來接，行昭輕擺了擺手。

「天黑，瞧不仔細……看衣著是營衛，領兵的應當是史統領！」

九城營衛司打頭填坑，周平甯麾下兩萬兵馬與陳府死士存留實力墊後——陳顯其人自私多疑，打的一定是這個主意！

定京城內有方祈帶兵，她們只需要死守皇城。

「營衛動了嗎？」

「絲毫未動，連雲梯都還沒搭。城牆上的兵士們早已披甲戎裝，燒好熱油，點足木棒，砸了鍋碗，端的是背水一戰！」

先定內城，再集結兵馬死攻皇城，到時候順真門一關，內宮之中的八千將士就是甕中之鱉，拖也能被拖死！

如若內城不定，營衛司要做的也僅僅是圍住皇城罷了，絲毫不敢輕舉妄動。

陳顯篤定此時出兵，占盡天時地利人和，只要圍困方祈，定京城的勛貴文臣哪個還敢多說一句！九城營衛司四萬兵馬還掌不住一個定京城了？笑話！

行昭卻篤定，內城一役，尚在人為，成敗天定！

「千人輪值，讓將士們歇息妥帖，切忌疲勞迎戰。」行昭沈聲交代。

林公公下意識地去看暖榻之上的方皇后，方皇后揮揮手。「全都照端王妃的吩咐辦，不需要再來求我首肯。」

通知端王府東窗事發，已是方皇后強撐精神的最後謀策。

是端王妃，不是阿嫵……

行昭折身回望，正好看見燭光搖曳之下，方皇后半合眼睛，鼻息平穩，可仍見老態。

「母獅子老了，小獅子就長大了。」

方皇后笑一笑，似有無盡感慨。

人都要長大。

行昭卻花了兩輩子的辰光，慢慢成長，沒能挽救的母親，漏洞百出的謀劃，對陳婼自以為是的判斷，她花了這樣長的時光，她受了這樣多的教訓，才慢慢地成長為一個她想要成為的人。

紅牆之外，是刀光劍影，生死相搏。

紅牆之內，是兩個女人耗盡一生的交接。

行昭讓方皇后先睡下，方皇后不妥協，行昭沒法子。阿舒趴在她的肩頭睡得正香，任誰來接，行昭都不給。

「把阿舒送到淑妃那裡去。」方皇后一錘定音。「她估摸著正寢食難安，把阿舒送過去，既是安她的心，也讓小孩子好好睡一覺。」

淑妃是親祖母，尚有漫漫長夜要熬，行昭想了想，終究點了頭，把哥兒交給黃嬤嬤，黃嬤嬤抱著舒哥兒拉開大門，行昭耳朵尖正好聽見外廂有尖利高亢的女聲——

「皇城都要破了！還不請皇上露面，皇后娘娘究竟是何居心！」

「皇后娘娘，您行行好，放咱們出去吧……」

「皇后娘娘是要把咱們困在宮裡……好狠的心……好狠的心哪！」

行昭偏頭問蔣明英。「門外是誰在哭嚎？」

「是惠妃和幾位才人。」

黑影幢幢，世間之事往往如此，人未亂，心先亂！

正殿十六架槅扇門大大打開，兩個小宮人搬出一張太師椅放在正殿當中，行昭端坐其上，靜聽半晌，未見其聲，陡然開腔，提高聲量，冷冷道：「幾位才人犯口舌之出，又無視宮規，扒去錦衣，打入浣衣巷。都拖下去！」

殿外有女聲高亢驚呼，尖利到頂峰，又如折線風箏直直落下，之後戛然無聲。

行昭聲量緊接其上。「若有再犯者，其罪當誅！惠妃娘娘請回吧，母后如今不見客！」

外殿之內陡然安靜下來，安靜之中若有若無摻雜著女人隱忍著嗚咽的哭聲，鳳儀殿靜悄悄的，皇城內宮也靜悄悄的，行昭卻很清楚，順真門口飛濺的血怕是能將兩隻鎮宅吉獸全部染紅。

行昭輕輕合了眼眸。王朝幾百年，順真門外的那對獅子飲的血、吃的肉，卻永不嫌多。

第一百一十二章

定京城城門緊閉，燈火通明，百人為隊，手執明火小跑步在巷間拐角穿行，盔甲沈重，沈鐵撞擊在一起，正好與腳下小踏步的節奏相和。

定京城的夜空，今夜亮如白晝。

「先去端王府，再封雨花巷！八寶胡同、雙福大街，下重力鎮守！百人為一隊，分散行動！」

暗夜之下，頭盔一掀開，眾軍譁然，統領內城兵馬的分明是應當鎮守順真門的李兵頭！

「還沒聽明白我的話嗎！」李兵頭扯大嗓門，意圖壓過滿定京女人的哭喊、男人的詛咒聲。「聽明白了就列隊出發！」

有兵士來報──

「端王府沒人！」

李兵頭咧嘴一聲冷笑。「大人料事如神！端王妃果然帶著兒子進宮了……哼，自投羅網罷了。」微頓之後，提高聲量。「集結兵馬，封鎖雨花巷，生擒方祈者加官晉爵，誅殺方祈，大人重賞！」

「是！」

軍戶人家活得不易，拚了條性命，就為了那點錢糧。

士氣瞬間高昂，李兵頭率隊在前，後頭緊跟十隊人馬，共計千人，掃平雨花巷綽綽有餘。

青巷廊間高掛兩只大紅燈籠，紅光微弱，之後便是綿延直入且黑黝黝的巷道。

李兵頭手向後一擋，列隊停下。

兵將腳步將停，雨花巷兩、三人高的牆之上，陡然「咻」地一聲竄出一長列弩箭。

「擺盾架勢！方祈有埋——」

前方斥候一語未畢，陡然瞳仁放大，胸前已中一箭。

李兵頭大驚，眼神飛快向城牆上掃過，粗略一算，竟有足足百來架弩箭！

方祈早已交出兵權，一個被扣押於京的空頭侯爺，上哪裡去搞來如此之多的弓弩？

來不及細想，李兵頭雙手向上一揚，高聲安排。「所有人後退至東市集！」

千人劃一，齊齊舉盾向後退。

李兵頭斷後，弩箭如落雨帶花，從城牆之上拋出，空中接二連三地劃出無數道精準的弧度，兵士此起彼伏的呼痛聲比弓弩外射之聲還響亮，李兵頭沈吟揚聲——

「退至牆腳根下！暫等這一波攻勢過去，趁府內重上弩箭之時，再撞門強攻！」

弩箭一發之後，便再無響動。

李兵頭心頭默數三聲。「衝！」

六名營衛衝鋒在前，三左三右扛起粗壯木樁一下一下極有規律地撞門，不過兩、三下，方府大門便被攻得大敞開來。

營衛盾牌於前，五人並行，形成人肉屏障，一步接一步緩慢前行。

方府大宅照舊是黑黝黝一片，人大多都對黑暗中的事物懷揣著莫名的恐懼，李兵頭如今衝鋒在前，以鼓足士氣！

「嘩——」

有白粉揚天飛。

「是石灰粉！是石灰粉！捂住眼睛、鼻子！」李兵頭勃然大怒，向地上狠啐一口。「方祈！我敬你是條漢子，殊不知平西名將竟要這般下作手段！」

漆黑之中，陡見光亮，原是高閣之上點起一排燈籠。

「哈哈哈！」

是方祈那下三濫的笑聲！

「老子沒拿辣椒熱油潑死你幾個龜兒子都算好了，亂臣賊子還敢口出狂言！要想生擒老子，加官晉爵的儘管上來，就怕你們沒這個本事，反倒成了老子桌上一盤好菜！」

李兵頭血性被激上頭，抹了把臉，弓弩之陣，將士折損已三中有一，石灰粉一下，又有泰半折損！

雨花巷只百餘人鎮守，他手上這點人手夠了！

李兵頭抽刀揚聲吶喊。「衝啊，方祈這是在詐咱們！府中無人鎮守，更再無弓弩！」

「嘎吱」一聲，方府大門應聲闔上。

方祈亦一把將刀抽出刀鞘。「看老子關門打狗！」

話音一落，靜夜暗黑之中，燈影幢動，不知從哪突兀竄出幾列盔甲著身的兵士，兩廂混戰。

百人對百人，營衛懈怠已久，李兵頭毫無勝算。

刀鋒頂過頸脖，寒光一閃，李兵頭猛然瞳孔睜大，頸項之上有淡淡涼意，瞳仁收緊，他在高閣暗影之中看見了一個熟悉的身影。

「周平甯已反……」

李兵頭嘴巴微張之時，話尚未出口，「砰」的一聲，頭顱滾地，沾滿沙塵！

「你說什麼？」

陳家內宅，燈火通明，亮如白晝，陳顯穩坐於太師椅上，緊握成拳的手卻暗藏於陰影之中。「你說周平甯帶兵部兩萬兵馬已反，李兵頭被方祈當場斬殺於雨花巷?!」

陳顯語氣越穩健，堂下之人心頭如懸空籃。

「是……」來人回得毫無士氣。

陳顯未接話，冷哼一聲。

堂下來人身形一抖，連忙高聲重新回話。「回大人！甯二爺將兩萬兵馬如數交予方祈排兵布陣，如今已然化整為零，埋伏於定京城中，李兵頭交代的八寶胡同、雙福大街、長公主府等地全部都有方祈伏兵，連豫王府與綏王府都分有輕騎鎮守。營衛百人為組，千人為隊，出行之兵幾乎全軍覆沒，如今已折損近萬人！」

方祈……

周平甯……

「啪——」

陳顯勃然大怒，拍案而起。周平甯沒帶過兵，便將兵馬交到方祈手上。他怕什麼？他怕的便是方祈手上有兵馬！

方祈行事從不按常理出牌，領兵者善行詭道，讀書人難以望其項背！他的短板是布陣埋伏，他在布局之時便避開這個短板，處心積慮讓秦伯齡將西北軍扼制於平西關內，處心積慮地把方祈困在定京城中，巧婦難為無米之炊，沒有一兵一卒的方祈上哪兒去逆轉局面?!

明明是一樁穩贏不輸的局啊！

周平甯……只多了周平甯這個變數！

孽障！

陳顯怒火燒心，再一個巴掌拍在桌上。事已犯下，再怨天尤人怕會一錯再錯。掌心發麻，聲音低沈。「折損一萬兵馬，內城尚餘四萬。周平甯手上只有兩萬人手，他們只敢設埋伏，絕不敢硬碰硬！」眸光極亮。「方祈鬼心眼多，化整為零，單打獨鬥一定不是他對手……馬上整頓內城兵馬，集中圍住護城河支援史統領，留一萬人手拖住方祈，再派人手把消息遞到定京城外城去，外城十四萬人馬以大勢壓城，先顧皇城，再平外土！」

堂下之人刀鞘向上，斬釘截鐵應道：「是！」折身飛快地隱於夜幕之中。

陳顯沈吟半晌，闔合四扇窗櫺，從藏在暗處的小木匣中拿出一卷明黃緞綢藏於懷襟之內，來回踱步良久，終是撩袍向外走。

「大人！」

陳顯回頭，卻見老妻淚盈於睫。「大人，你去哪裡？」

「去順真門。」

陳顯一隻腳在屋內，一隻腳在屋外，在屋內的那一半身形很亮，在屋外的那一半卻很暗。「妳先睡下……我……天亮便回來。」

陳夫人張嘴還想再留，陳顯已然決絕踏步而去。

「圍魏救趙，聲東擊西……」

鳳儀殿的夜很靜，行昭聲音浮在夜空之中。「捨內城，攻皇城，保外城。若是一開始陳顯便將籌碼都放到順真門外，一個攻、一個守，憑周平甯那兩萬兵馬，縱然加上舅舅的調令指揮，結局如何倒也尚無定論。」行昭嗤笑一聲。「偏偏他要先將舅舅殺之而後快，一著不慎，便失了先機，只好步步延滯。」

無人與行昭答話。

靜默良久，陡聽有急促沈重的腳步聲，林公公這一夜來來回回無數趟，看起來精神頭卻十足。

「圍內宮的人手愈漸多了，城門下已有叫嚷，宮門被拍得砰砰直響，亂軍怕是要動了！」

該動了！

行昭扶著蓮玉起身，親手執過大紅燈籠。「煩勞林公公領路，咱們上城樓！」

林公公怔愣，下意識擋在行昭身前。「王妃！三思而行！刀箭不長眼，若您有萬一，皇后娘娘還要不要活了！」

「亂軍逼宮迫在眉睫，皇上已駕鶴西去，母后精神不濟，闔宮上下再無主事之人，我賀行昭雖一介女流，長於天家，嫁入宗室，眼看忠勇壯士為周家抛頭顱、灑熱血，豈能作壁上觀，相安無事？」

紅燈籠，青磚地，少年人。

林公公啞口無言。

行昭步履堅定，轉首回望紅牆琉璃綠瓦的鳳儀殿，是啊，母獅子老了，小獅子就長大了，她受他們庇護已久，如今該換成她來庇護他們了！

走近內宮城牆，才能親耳聽聞內宮之外喧嚷嘈雜的男人們的聲音，登上內宮城樓才可親眼看見城樓牆根之下擠滿了著盔甲的軍人們。

或許這個時候叫他們軍人，不合理。

他們如今幹的是竊國篡朝的勾當，做的是為虎作倀的孽業。

是亂臣賊子。

林公公虛扶行昭，城樓之上已準備妥當，燒得滾燙的熱油，細長的尖利長矛，還有神色凝肅的禁衛將士們。

見有華服女人親至，將士們連忙斂目低首。

城牆之下聲音越發急了，似是按捺不住。

行昭手攥成拳，強壓下心頭的惶恐與不安，朗聲只說一句短話。「將士們辛苦了！」話頭一頓，抬高聲量，斬釘截鐵。「城樓在，我在；城樓破，我亡！今日我與將士們共存亡！」

林公公身上一抖，稍一抬眸，便能看見半扇火光之下，鎮定自若的行昭的側臉與雙目。

「樓在我在，樓破我亡！」

禁衛士氣大增，深宮女眷都敢豁出命來，何況我等八尺兒郎！

與之同時，牆根下亦躁動起來，男人扯開喉嚨也不知在吼些什麼，幾乎是在一瞬之間，城樓之下雲梯弓弩已然布置妥當，前仆後繼的亂軍一個疊著一個，攀在城牆上往上攻，意圖將雲梯搭在城樓之間。

宮門厚重，近三尺硬木之中摻和水泥鐵筋，非火石攻勢必不能破；於內，行昭早已讓人累堆百噸巨石，陳顯若想攻城，只有一條道——犧牲兵力，強攻上城樓！

行昭挺立站於西北角，冷眼向下觀。

城牆足有三層樓高，居高臨下向下看，如看螻蟻蜉蝣，亂軍一個接一個向上爬，城樓之上便將熱油滋啦啦地一鍋接一鍋向下倒，熱油澆淋在皮肉上，再是滋啦啦地響，緊接著就是鬼哭狼嚎。

有爬得快的，疊著人在城牆上露出個頭來，上頭便狠狠地拿長矛戳下去，亂軍吃痛，下盤不穩，「撲通」幾聲一連帶累好幾個人倒下去。

「唰唰唰！」

投石車發動，巨石劃破長空，投出一道弧度往城牆上擲去，禁衛埋頭躲開，還沒來得及起身，便又是一輪攻勢。

趁此時機，已有幾個亂軍在城牆上冒頭了，領兵咬牙起身避開從天而降的巨石，單手執長矛戳穿來人胸膛，那人勇悍，趴在城牆上不撒手，一個反手將長矛從前襟折斷。隨即悶哼一聲，領兵就著已被折斷的長矛咬牙再刺，那亂軍終究被捅下城樓！

「王妃，您快進去！」林公公臉色慘白，上牙嗑下牙，快哭出聲，拿血肉之軀擋在行昭跟前。「老奴求求您嘞！快回內宮去吧！您若有好歹……您若有個好歹……」

林公公已嚇得說不出囫圇話了。

蓮玉也怕，卻撩起袖子，揹上柴火去幫忙燒熱油，熱油青煙直上，逐漸瀰漫天際。

行昭一把推開林公公，抬高下頷，揚聲高昂。「禁衛的名冊皇后娘娘一向有數！砍死一個亂臣賊子，賞一百兩白銀，砍死百個，封百戶，砍死一千個，封千戶！大亂之後必有大賞，拚了這條命，我端王妃賀氏敢以皇室之名擔保，熬過這一遭，人人皆是我大周得用之良才，個個都是天家之心腹！」

如今缺的就是一口勁、一口氣！

她一走，好不容易攢下的那口氣就洩了！

「得嘞，微臣先謝過王妃娘娘！」領兵率先大吼一聲。「上火石弓弩，瞄準投石車！投石車一毀，亂軍沒遠攻械備，只能貼身近攻！到時候再倒火盆，咱們老少爺兒們也得燒紅今兒個京城裡的半邊天！」

內宮備弓弩不多，西北東南角各安置二十把，弓箭換得勤，點上焦油拿火摺子一熏，竄得老高的火苗，禁衛手腳麻利，先從城樓上擲下近百袋秸稈，再傾灑下焦油，領兵一聲令下，箭頭帶火的弓箭如流星墜地，一遇焦油與秸稈，便「騰」地一聲燒了起來。

天乾物燥，又起北風，火被風一撩，沿著內宮牆根，沒一會兒便圍燒起了一圈。

火燎到皮肉上，頓生焦味，亂軍四下逃竄，後有兵士潑水救火卻只是徒勞。

城下萬人，樓上八千，一攻一守，僵持不下。

陳顯端坐於帳中，聽探子來報。「端王妃在城樓之上，怕是來坐鎮的！」

一個女人膽量如此之大！

陳顯沈吟半晌，他們要拖時間，他就陪他們拖時間，等外城十四萬兵馬壓城欲摧之時，誰勝誰負，可不是靠膽量來論英雄的！

陳顯撩袍出帳，眾將士讓出一條寬道，陳顯氣凝丹田，大聲說道。「端王妃——」

行昭一挑眉，一揚手，領兵領會其意，單手揚起小紅旗。

陳顯輕笑一聲，笑聲斷斷續續悶在口裡，緊接著便慢條斯理地道：「有人說我陳顯今夜是在逼宮，我道不然，我陳顯當不起這等罪孽！我一個讀書人，既手無縛雞之力，又一片肝膽丹青，說我陳顯逼宮？這罪名可就重了！」

行昭單手掌倚背，微不可見地緊抿唇角。

領兵探首輕聲問行昭。「要不要讓微臣和他說幾句？」

行昭擺手制止。「聽他說，樓上攻勢不要停，怕他藉故拖延時機，以候援兵。」

領兵連忙點頭。

「我陳顯和史統領集結兵馬，揮刀皇城腳下，求的是一個道理。」陳顯緩聲緩氣中帶了些嗤笑和嘲諷。「皇上已不出早朝多日，我手上握著皇上玉璽親章印下的那方聖旨卻沒辦法呈上去。誰都知道方氏是個怎樣的女人，既無為國之大體綿延子嗣之功，又無賢婦好德之質，實在難當大任！我只好出此下策，好讓那方聖旨得見天日，以慰帝心！」

當了婊子還想立牌坊！

陳顯到底脫不出讀書人那股子酸腐勁的框！

「奉天承運，皇帝詔曰，建立儲嗣，崇嚴國本，所以承祧守器，所以繼文統業，欽若前訓，時惟典常，越我祖宗，克享天祿，奄宅九有，貽慶億齡，肆予一人，序承丕構。纂武烈祖，延洪本支，受無疆之休，亦無疆惟恤，負荷斯重，祗勤若厲，永懷嗣訓，當副君臨。咨爾皇七子，體乾降靈，襲聖生德……是用冊爾為皇太子……」

原來如此！

陳顯想要名聲，也想要江山，更想要後世史書的美譽讚揚。打著扶持幼主的旗號謀劃逼宮，總比陳橋兵變、黃袍加身要來得溫和有德一些。

他要在陣前給自己正名！

行昭莫名地笑起來，伸手喚領兵。「擺弓弩，射陳顯。」

領兵目丈距離有些為難。「怕是射不到那樣遠。」

「那就朝著他的方向射，能射多遠射多遠。」

領兵領命而去，箭矢不長眼，直衝衝地衝破天際，「唰」地一聲定在了陳顯陣前！

陳顯後話被打斷，勃然大怒，再將那方明黃折疊三折往前襟一藏，手指高掛宮燈的城牆之上。「再攻！加大力度！援兵就在後面！拖也要把內宮裡的禁衛拖死！」

話音將落，後帳便有斥候來報，氣喘吁吁。「定京城門……定京城門打開了……」

「是外城人馬進城了嗎？」

不該這樣快！

他將外城人馬放在內陸以警戒從西北殺過來的方家軍，自接到軍令到今，他們至少得花足足三個時辰才能進京入城啊！

探子扶在帳幔之上，死命搖頭。「不是……不是營衛！不知道是誰的兵馬，浩浩蕩蕩一群……全是騎兵，黑黝黝的盔甲瞧不出來是哪裡的，也不是從內陸過來的，看輿圖應當是從天津沿海而來，行軍極快！」

全是騎兵！

陳顯手握成拳陡然一緊。

天際盡處，霧氣蒙著一層微光的薄紗，好似有暖陽初昇。

黎明了呢。

行昭靜靜地看著，笑了笑。

無論前夜故事如何，今日太陽照常昇起。

暖陽之下，城牆斑駁，定京內城一片蕭索，斷壁殘垣還說不上，可街角末尾的紅磚灰牆燒得焦黑，斷磚落在地上，砸碎成一連串的渣滓。

由定京城門行軍至順真門，需兩個時辰，從皇城背後的驪山再退至定京外城，則需三個時辰……

如果來的不是營衛，那……來的是誰？

陳顯身形猛地一抽，穩住身形再問探子。「來人約莫有多少人馬？」

「一行五十人，從城門至東郊，見不著頭亦看不見尾！」

探子沈聲道：「大致估算有近兩萬兵馬！」

「兩萬輕騎兵……」

騎兵與步兵是沒有辦法相較而言的，一隊訓練有素的騎兵在變換陣型中就可以全殲步兵，馬蹄無情、刀箭無眼，一個居高臨下砍殺，一個立在地面倉皇逃竄。

兩萬裝備齊全的輕騎兵幹掉如今這四萬人手，綽綽有餘。

這兩萬輕騎兵到底是誰的人?!

天津、河北等距京近的地方，他早已撤下他們總督手下的人馬，從天津外海上陸……到底是誰？江南總督蔡沛親派人手前來遞信，賀行景麾下的人馬已經全軍覆沒，永沈水底了。

難道是……蔡沛反了？

不可能！

蔡家是從他手中拿到的總督位置，蔡沛是靠他的照拂與力挺才在江南穩住腳跟的，蔡沛不可能反水坑他，這無異於自毀長城。

帳外喊打喊殺，刀光劍影，血流成河。

「大人……大人……」探子連聲喚道。「內城之中的並不是我們的人馬？可守城門的總兵毫不猶豫地放了行啊！」

陳顯面容陡變猙獰，他以為他是設局之人，哪知事到如今，他才是被困在這局中之人。

偏偏他到現在才看透了這個局。

簾帳被風吹起，陳顯的眼神不由自主地移向搭著雲梯向上攀的將士們，他該怎麼辦？是趁這兩個時辰將皇城強攻下，只要鼓足一口氣，把賀氏和方皇后拿在手中，論他幾萬兵馬，照舊俯首稱臣。

還是收拾兵馬退回外城，重振旗鼓，鼓足士氣重來一次？

帳中氣氛沈凝，幾位將領連大氣也不敢喘。

隔了良久，又像隔一瞬，終聽陳顯咬牙切齒地斬釘截鐵出聲。「讓史統領留五千兵馬做最後強攻，再派一萬人馬往內城去拖住那隊人馬，剩餘兵力繞過皇城向驪山西側前行，探子策馬命外城十四萬兵馬接應。咱們暫且盤踞驪山，來日再戰！別忘了咱們手上還有十四萬人馬，留得青山在，不愁沒柴燒。只要籌碼還在，咱們就沒輸！」

這是要撤啊！

拿一萬名步兵去拖住兩萬名氣勢洶洶的騎兵。

聽傳令兵來報，史統領心在絞痛，這些都是他的兵，都是他手把手、一個一個選進九城營衛司的軍戶，有的才十八歲，有的才娶親，有的還未生子……

現在全部都要變成填坑的炮灰。

精挑細選出來的五萬人馬，如今剩下不到三萬，陳顯仍舊還要讓那一萬五千個人、一萬五千個兵拿命去鋪平他們後撤的路。

傳令兵眼眶也燙得很，挺直脊梁，朗聲連喚兩聲。「統領……統領！咱們要不要聽陳大人的話，要弟兄們明晃晃地去送死……俺……俺看不下去！」

「要！」史統領雙眼紅得厲害，吼道：「事已至此，只能成，不能敗！一敗，不僅這一萬名兵士的命沒了，連咱們、連城外那十四萬弟兄的命也保不住！」

傳令兵猛地抽泣，只聽史統領扯開喉嚨嚷道：「前頭頂上，後面的跟我來！」

盔甲上沾著血，史統領揚刀而起，振臂一揮，戰局之後的一眾兵士高喝一聲，緊跟其後。

史統領是要和那些將士們一起直抗騎兵，一起戰死沙場。

傳令兵一瞬之間，淚如雨下。

城牆上頓時放鬆下來，留下的亂軍寡不敵眾，天一亮，攻城者更難行動，一舉一動皆被城樓上的人看在眼裡，縱然史統領激起了亂軍最後一擊的士氣，卻仍舊敗得一塌糊塗，連城牆的邊都沒摸上。

領兵執劍挺立於城樓之上，咧開嘴，再拿蒲扇大的手掌抹了把臉，臉上黑黝黝一片，也不知是哭還是笑，不敢直視行昭，語氣落得極輕。「他們撤了……」男兒漢猛地提高聲量。「他們撤了，今日我們保住皇城了！」

太陽緩緩昇在半空。

行昭胸中酸澀，腳下一軟，蓮玉趕忙扶住，一開口卻發現嗓音嘶啞得說不出話來，扭頭看城牆之下，一片狼藉。

蓮玉眼神極尖，望向遠方，瞳孔猛然放大，手心發涼推了推行昭。「王妃……王妃……他們又殺回來了！」

行昭一個挺身，轉身扶在牆沿探頭看。

遠方有馬蹄踢踏之聲，眼下有涼光漸顯的盔甲冷色，行昭手心攥緊，領兵再抹一把臉，心裡罵了聲娘的，這個老狗賊還敢動用騎兵，反應極快地轉身交代。「再架熱鍋，他娘的，我倒要看看他們還有什麼後手！」

行伍愈近，聲響愈大。

誰能想像得到，這樣龐大冗雜的軍隊，聲音卻是整齊劃一，披一色銅編鎧甲，大約是因為染了血，血色一沈，鎧甲變為墨黑。列隊騎駿馬，負手背長槍，頭盔蓋頂，卻仍能遙看軍士目光堅定地直視正前，除佩劍撞擊盔甲時的悶聲，再聽不見其餘聲響。

行昭緊緊捏住蓮玉，蓮玉吃痛。

「喝！」

城下一聲高喝，輕騎讓出一條窄道，兩匹棗紅駿馬快步而出，後一匹卻始終落後前人三步，前匹馬上之人頭頂重盔，單手執長刀，脊背挺拔，立刀於地，那人迎光仰臉，露出一張長滿落腮鬍的古銅色正臉。

「阿嫵，我回來了。」

空氣沈默半晌，城樓之上陡然喧囂起來。

「端王殿下與揚名伯回來了！」

「他們回來了！」

蓮玉如死裡逃生般喜極而泣，林公公抱住領兵老淚縱橫。

行昭也很想哭，手扶在冰涼沁人的城牆磚瓦之上，面容冷靜，朗聲道：「陳顯矯詔逼宮，現已往皇城之後的驪山逃竄，殿下快帶兵去堵截！」

第一百一十三章

六皇子手一抬，兩列小隊應聲出列，一夾馬腹，整齊劃一地繞過城牆，策馬向驪山奔去，怕是先讓精良的斥候去探路。

領兵也不知自己在歡喜些什麼，一張臉黑黝黝地衝下城樓。「嘎吱」一聲響，門閂大開，六皇子先行一步，行景稍慢三步，後面跟隨近十幾名將領，餘下的兵馬分三隊，自西南北分向而行，紮營休憩。

行昭向前邁出一步，卻發現腿軟得已經走不動了。

蓮玉哭得泣不成聲，扶在一側。

城樓階梯一步一步地下，還剩最後三兩步時，行昭一手扶著牆沿，一手輕撚裙裾，一抬頭便見老六已然下馬，挺立於厚重的朱漆大門之側，離她不過三、五步。

落腮鬍擋住了面容，只能看見一雙眼，亮若星辰。

行昭鼻頭猛地一酸，腳下踏空。

六皇子連忙伸手去扶，朗聲笑道：「我的鬍子擋住臉了，長兄不許我剃，說妳喜歡。」

熬過一夜，再見老六與行景，行昭終於覺得身上一點氣力也提不起，一手撐在六皇子胳膊上，半個身子都靠在城牆，聽罷六皇子這句不合時宜的話，頓時忍不下了，眼眶裡攢了一夜的眼淚，唰地一下噴湧而出。

行昭越哭，六皇子越笑，笑著笑著亦紅了眼眶。

沒有什麼比生死之後的相逢更賺人眼淚。

行昭哭得泣不成聲，淚眼矇矓中伸手去摸六皇子那張臉，哭著哭著又笑了。「哥哥在哄你耍……醜死了……等回去就給我剃了……」

這兩口子，這都在說些什麼啊！

行景笑起來，內宮宮門大敞，趕忙讓領兵先將宮門闔上。「不論他醜的乖的，都先將門給關上，怕是明兒個端王夫婦的笑話就傳出去了！」

領兵有些呆愣，木衝衝地問行景。「那順真門的宮門呢？還有這輕騎兵就在皇城內駐紮了？不出去了？」領兵是個實在人，拚命在行，腦子拐彎實在是有些難，回望行昭，有些為難。「王妃……這兒是內宮呢……」

「這些人手暫且駐紮順真門內，離內宮遠一些就好，非常時行非常事，軍隊暫時駐紮外宮也並無不妥。」

六皇子手扶著行昭，語氣沈穩。「連日連夜趕了五天的行程，鐵打的人都禁不住，讓膳房幫每個營帳熬幾大鍋雞湯，再下蕎麥麵給將士們送過去，吃好喝好之後就攢足勁地睡覺，誰也不准把眼睛睜開。守城門的八千名禁衛也先去歇著。順真門外有平西侯帶兵鎮守，斥候先去驪山打探消息，等陳顯的消息傳過來，咱們再從長計議。」

連日連夜趕了五天。

傳信官一人一馬八百里加急，五天之內走陸路駕馬從江浙趕回定京，孤身通報，沒有拖累，這可行。

可六皇子和行景帶的是兩萬兵馬啊！

兩萬人走到哪裡都是大動靜！

行昭仰臉去看六皇子，近看細看才發覺男人眼睛裡全是血絲，嘴唇乾得已皸裂，回首再看，生死相搏鬆懈之後，人的反應力常常會跟著鬆緩下來。

領兵大人如今就是這種呆傻狀態——呆了呆，從內城想到外城，好像六皇子已經全都安頓妥當了吧？

兩萬騎兵先休養生息，平西侯方祈率兵鎮守順真門，等斥候來報，休養也休養得差不多了，元氣上來了，就算再來一場大戰，也有可拚之力。

領兵點點頭。

行景埋首想了想，不怕一萬就怕萬一，有些不放心。「我去順真門和平西侯會合。」再看向行昭，語氣放得很柔。「見到姨母告訴她，我和阿羅都還活著，請她甭掛心。」

行昭伸手握了握長兄的大掌，輕點了點頭。

六個士兵吃力推門，宮門大闔。

兩口子來不及多說話，腳步匆忙一路往鳳儀殿去，六皇子將這一路的行程不疾不徐地歸納完畢。

「落水前夜，蔡沛深夜造訪邀我與陳放之一道去巡視河堤，我嘴上答應，私下便讓杜原默去河口處送信，河堤在錢塘之上，如蔡沛要炮製舊事讓我落水，那我便稱了他的心意，死拽住陳放之，口上憋氣順流下去，在百尺之外便已安排人手接應，我未往陸上去，與陳放之一起藏在已備好的商船下艙，出河口至外海，再換大船。」

這是金蟬脫殼之計。

主要目的行昭是理解了，可仍舊聽得雲裡霧裡，過程尚未言及之處亦有漏洞，哪裡來的人接應？老六一到江南，行景便退回福建一帶了，老六上哪兒搞到大船在外海等他？甚至商船要出河口至外海，其中關卡嚴密，老六又是怎麼一路過五關斬六將順利出海的？

行昭一抬首，便看見了鳳儀殿的紅牆琉璃瓦，來不及問了，索性在方皇后跟前一併講清楚。

將拐過長廊，便聽見隔窗裡有女人悶聲悶氣的輕語暱言，行昭撩開簾子，果不其然看見淑妃坐在方皇后下首，兩個眼眶紅紅的，一見行昭進來便迫切地探身往行昭身後看，老六的身影一入眼簾，淑妃「哇」地一聲哭了出來。

「你這孩子怎麼就這麼不讓人省心！明明自個兒留著後手不能給別人講，還不能給自家媳婦講了嗎？害人窮擔心！昨兒個阿嫵把舒哥兒送過來，我就急得不得了，半夜實在坐不住，一打聽才知道阿嫵上城牆了，要是你一回來，阿嫵又有個三長兩短，我看你怎麼辦！」

淑妃難得失態，狠踹了六皇子兩腳，又抱著兒子再哭了兩聲，抽抽噎噎地止了哭，哽咽。「好歹活著回來了！這關都闖過去了，下回不許衝了，好好籌謀……」一大家子就指著你這個男人了！」說完就要回東邊。「行了行了，快去洗把臉，舒哥兒怕是要醒了。你們甭掛心舒哥兒那頭……」

行昭紅著眼去送，淑妃不讓。「好好看著他，別叫他犯渾！」
六皇子癱在暖榻上，連臉都不想紅了。
淑妃一走，大殿之內氣氛陡然端凝起來，蔣明英上了一盞參茶來。
六皇子單手執盞一口飲畢，合了合眼，面色很疲憊，行昭心疼得很，也顧不得方皇后還在，站在老六身後幫老六輕輕揉腦門。
六皇子把行昭手一把抓住，一抬下頷示意她也坐下，一開口便直奔主題。
「海寇是大哥的人馬。從大哥第一次向定京求援，請求調任兵馬的時候，海寇就變成了大哥的人馬。『海寇眾。朝廷兵馬寡，以寡敵眾，朝廷落敗』。這是大哥那次上書定京的摺子，他說戰事落了敗，才有可能讓定京重新調任兵馬增援東南……」六皇子話頭一頓，繼而言道：「才有可能把所謂的『落敗身亡』的兵將們換到海寇駐紮的外島上去，李代桃僵，海上的屍首才是真正落了敗的、已被全殲的海寇們的。」
一通百通！
這一次的落敗只怕也是李代桃僵。
看準了陳顯必定先解決定京一切事宜後，再著手解決海寇逼京一事，如何才能讓兵將一路暢通無阻地從江浙遷移至定京？自然是要讓陳顯放鬆戒備，他們才好乘虛而入。
「那戰馬呢？」
船上容下一萬餘兵士已屬艱難，再加上輕騎的戰馬，目標太大，仔細惹人眼目。這根本就沒有辦法實現！

「我與行景在天津上岸，是天津總督早已備下的戰馬。」

陳顯控制京畿沿府的兵力與軍戶人數，防來防去，卻沒想到防備人家不招人了，人家改換成買馬了。

方皇后斜靠在軟緞上，沈吟之後輕問：「你墜河之後，誰去接應的？你又如何順利與行景會師海上？」

這恰好也是行昭想問的。

「吳統領。」

六皇子下意識地去捋落腮鬍，被行昭一瞪，手抬到一半極其自然地去端茶盅。「吳統領與蔡沛不睦已久，如無內應，載著我與陳放之的商船根本無法順利出海，我更沒有辦法在百尺之外就被撈出水。商船出海之後，大哥在離開江南時留下的那一萬兵馬充作海寇，盤踞於江浙外島上，他們在河口接應的我。那一萬兵馬本是留作我保命所用，可接到阿嫵來信之後，便迅速改變了謀劃，從保命到進攻。」

方皇后輕輕點頭，眼神看向行昭。

行昭一愣，方皇后想讓她說什麼？

方皇后有些恨鐵不成鋼。老六不回來，行昭竟衝到最前頭去擋著，這腦筋一天不轉，一天不安生，風聲鶴唳的警覺性高得不行；這老六一回來，行昭是恨不得一點腦袋都別動了，長個頭就是為了顯得高。

方皇后嘆了口氣，反過來想一想，這其實是女人的福分和運道。

「現在準備怎麼辦？」既然行昭沒答話，方皇后接其後話，沈吟道：「定京城外陳顯還有兵馬，退到驪山，既有天然山勢遮掩又能直觀皇城動靜，是個潛伏的好去處。」

話至此處，方皇后見六皇子面色如常，分毫未改，抿嘴一笑，轉口道：「你還有後手？」

「慎從不做無用之事。」六皇子答得也很快。「他要硬拚，我們未必拚不過，可是沒這個必要。身邊的人多了就雜了，我將進定京便聽探子來報，史統領已經戰死於宮門之前，史統領帶了營衛多久？稍一撩撥，兵將輕則離心，重則……」

兵變！

行昭眼睛一瞇，陡然發問。「陳放之呢？」

六皇子雖神情疲憊，可雙眼卻亮極了。

陳放之現在在哪兒？

陳放之正口塞布條、眼蒙黑布，赤條條地掛在皇城南側的城樓上。

而皇城南側，正好與驪山相對而立。

自驪山山腰向外看，鬱鬱蔥蔥，青隴直下，薄霧清淺。

山腰之上有大片空地，由西向東走勢，山勢平坦且寬闊，其間有軍帳紮營，來往皆是面色疲憊、神態肅靜的九城營衛兵士，前方探子眼神尖，遠遠望過去，正好能看見包圍皇城的高聳灰牆之上好像是吊著一個人。

探子身形向前一探，撩開擋在眼前的枝葉，輕眯眼睛，迷迷濛濛中能看清個大概，探子瞳仁猛地放大，腳下一個趔趄，趕緊向內帳高聲通稟。

「陳放之被吊在城牆上了？瞧清楚了？會不會是老六耍詐？」

六皇子以雷霆之勢回京，他並不意外和老六一同落水的陳放之會變成六皇子威脅他的一張牌。

可惜這張牌變不成王牌。

陳家一敗，他一敗，就算他為陳放之妥協了，陳家也會亡——朝堂之上的傾軋沒有君子，更沒有一諾千金，只有真小人與偽君子才能立得下足，根基站得穩。

「應當是小陳大人……全身赤條條的……」探子斟酌了語氣，小心翼翼道：「大人，您先莫慌，這若當真是端王設的套，貿然鑽進去，咱們恐怕是得不償失。」

陳顯點點頭，他尚有心思輕笑一聲，笑過之後喚人入帳，張開嘴又合上，欲言又止，如此反覆幾遍，嘴角尚還帶笑，語氣卻輕得不能再輕。「讓軍營調令一組弓弩手潛行靠近皇城……」

探子想得很周全，衝口而出截斷陳顯後話。「若要營救小陳大人，恐怕一組弓弩手不夠，掩護、前鋒、強攻。咱們只需要調派千人就能把小陳大人順利營救出來！」

陳顯眼風向上一瞟，看不清情緒，可探子脊背從下至上陡升寒意。

「一千人？」陳顯仍在笑。「我們現在不能損失一兵一卒，一千人太多了，拿一千人去換一個不知是真是假的陳放之，不划算。」

探子心尖一顫。「那大人的意思……」

「讓弓弩手向前潛行，在最遠範圍內，射殺吊在城牆上的那個人。」一番長話，陳顯自始至終語調都放得很平。「老六以為這是他手裡頭攥著的一張好牌，他要拿這張牌來威脅我，我反其道而行之，必能激他一時間方寸大亂。在落荒而逃後，我們缺的是一種氣勢。史統領戰死沙場後，我們缺的是一個點，能讓十四萬將士重振旗鼓，激起血性的那個點。」

他不需要和一個探子說這樣多。

與其說他是在和探子解釋，不如說他是在和自己解釋。

是啊，離得太遠，他沒有辦法確認那人是不是放之。縱然是又能怎麼樣？事已至此，若派兵救援，是救兵兵臨城下的動作快，還是城樓上將放之拎上去的手腳快？

放之被吊在城牆上，無非是老六妄圖攪亂他的心緒，人的心一慌啊，做任何事都像浮在水面，一不留神就墜進深淵。他不能心慌，他必須保持冷靜的思緒，他已然搖搖欲墜，不能再多拖累。

他救不了放之。

這個世間沒有誰能救得了誰，物競天擇，弱肉強食，只能自救，僅此而已。

陳顯心下一狠，似是呢喃自語，又像是在艱難交代。

「調遣精英吧，一箭封喉，再無苦痛。」

探子身形一抖，在原地愣了半晌，陳顯也未曾說話，帳子裡靜悄悄的，外帳陡聞一陣窸窸窣窣的聲響，陳顯猛然抬頭，似是回過神來，見探子還在，隨即大手一揮。
探子迷惘之後迅速反應過來佝身而去，將出帳子，便瞅見陳夫人扶著侍女呆在原地，雙眼直勾勾地看著迎風飄搖的簾帳，眸光黯淡無神。
探子頭一埋，腳下加快步子往前行。
有句話怎麼說來著？
仗義每多屠狗輩，負心皆是讀書人。
陳大人太有用了，連兒子的命都能親自下手殺，虎毒尚且不食子，陳大人果真狠，太狠了，狠得讓人不知道該說什麼好。
探子小心翼翼地回頭瞅了瞅，正好瞥見陳夫人揚起的裙裾消失在搭下的簾帳裡。
說陳大人狠吧，他偏偏對陳夫人情深意重，帶著幾千人馬倉皇逃竄至驪山時，陳大人一路皆是一言不發，只在策馬前奔之時陡然停住，說了一句話，是吩咐心腹的。「你先帶著人馬過驪山，我回陳府將夫人帶出來，到時候再會合碰頭！」一語言罷，毫不留戀地轉首向回奔去。
無論是誰，在心裡總有看得比自己更重的事、物與人。
人哪，怎叫人能輕易看透？
探子輕嘆口氣，搖搖頭，再看這兵戎金戈，趕緊收拾無謂感嘆，加快腳程。
「妳在外帳站多久了？」陳顯問陳夫人。
「沒多久，我將進來，就看見那兵士撩帳出來。怎麼了？」

陳夫人親手給陳顯斟上一盞熱茶。「可是事情不好辦？咱們現在還能逃，逃到皖州去，咱們就住在以前的那個家；二十斤米糧、五斤肉的日子咱們都過出來了，隱姓埋名，藏匿在深山田間，又為何不行？」話漸漸落輕。

「妳信我，我從未騙過妳。」

陳顯頭微低，恰好避開陳夫人的眼神，沈吟道：「妳靜下心來等我，放之恐怕凶多吉少，等大局已定，咱們就把阿婼的兒子過繼到放之膝下，血脈親緣不重要，只要他從小就姓陳，他就是放之的兒子，不叫妳我百年之後，放之再無香火供奉。」

陳夫人深深地看向陳顯，突然哈哈笑起來，笑得站都站不住了，扶在案桌之上，笑呀笑，笑得眼淚都出來了。淚眼矇矓中看共患難同富貴的那個男人，邊笑邊說：「我等……我等……等我們百年之後，到下面去見放之的時候，我們一家人又可以團聚了……又可以團聚了……」

所謂情深，如此可笑。

漸至夜深，兩方皆按兵不動。

趁夜色，有一身著夜行衣、後背弓弩之人埋首佝腰竄入陳顯帳中，拱手作揖後，言簡意賅地說：「大人，已一箭封喉，那人中箭之後掙扎兩下便不再動彈了，城樓之上有人拽住繩子將他拖拉上去。」

「可有兵士追趕你們？」

那人搖頭。「沒有，我們尋到一高地，俯視皇城，可見城樓之上兵士的一舉一動。可惜那地狹長道窄，如若大量兵士再去，怕是很難通過。若要從此地偷襲，倒還尚存一絲成功之機。」

陳顯輕抬下頜，那人便躬身退下。

簾帳被掩下，內裡靜黑無聲，人一走，陳顯挺直的腰板終究猛地頹了下來，雙手俯撐於木案之上，睜著眼是黑暗，閉上眼還是黑暗。隔了良久，內帳之中有極輕極瑣碎的嗚咽哀鳴之聲，好像是悔不當初，又好像是自欺欺人。

「死透了？」

鳳儀殿花間之中，難得見內宮禁衛佩刀而入，六皇子梳洗之後刮掉滿臉的落腮鬍，換了身長衫，端坐於正首輕聲問：「讓張院判驗過了？瞞天過海之計，不是只有我們會用。」

禁衛不敢抬頭，語氣篤定。「是，一箭封喉，當場斃命。死者為大，將士們亦不敢在屍體上再添兩刀，將他拉扯上來蒙上白布之後，停放在城樓之前的空地上。」

六皇子半晌未答話，行昭一手抱著阿舒，一手掏出絹帕來給兒子擦嘴，眼神向下一斂，心頭堵得慌，阿舒咿咿呀呀地死乞白賴伸手往老六身上撲，行昭隨兒子去，神情有些恍惚，她是知道陳顯心狠，捨長女只為踩方家，放棄長子一次又一次——如今親口下令射殺，陳顯當時的心緒究竟有沒有波瀾？事後，又會不會後悔？

六皇子伸手接過兒子，心不在焉地吩咐禁衛。「尋摸一副櫸木棺材出來吧，別草草拖到亂葬崗就算了事了。」

禁衛領命而去。

人一走，花間內只剩了一家三口，行昭長嘆一口氣，明明心裡頭憋了很多話，可就是一句也說不出來。

六皇子也默下來，隔了半晌，才莫名其妙地說：「在江南的時候，陳放之就住在我旁邊，他倒是想要我命要了很多次，可惜人不聰明，連下藥都能被人發現。」

行昭抬起頭望六皇子，還未來得及開口說話，長廊之外便有急促地小跑聲，沒一會兒，便有禁衛推門而入，語聲急切。

「驪山……驪山著火了！我們在九城營衛司安插下的人手通來消息，說是陳顯與陳家夫人的內帳起的火，約是被人澆了焦油，火勢從一開始就燒得極旺，越澆水越燒，裡頭的人怕是活不成了！」

六皇子兀地起身。「陳顯和陳夫人在裡面?!」

禁衛點頭。「是！眼瞧著進去的！軍帳不比庭院，只有前門沒有後門，要想出來，只能走前頭，火勢漸大，裡面人逃不出來，恐怕現在已經燒成灰了！」

陳顯死了？

行昭扭身去看六皇子。是他下的手？

六皇子擰緊眉頭後退半步，腦子轉得飛快。「還沒拿到矯詔，我的人現在不會有動作。」六皇子雙眼微瞇，再吩咐那禁衛。「讓人再探！究竟是不是死了，活要見人，死要見屍，沒看見燒焦的屍體，便事無絕對！」

禁衛連禮都未行，匆忙又向外去。

驪山北構西折，山腰處濃煙如暮，在淺夜星辰中有黑霧直上，火勢漫天，極中心的軍帳裡有女人安靜臥於榻上，在濃霧中摸索，伸手去搆同樣安靜地躺在身側喝過迷藥還未醒來的丈夫。

十指相扣，雙手相連。

讓他們一起死吧。

陳夫人輕輕合上眼。

一起死了，在黃泉之下再見長子時，終究不會再有更多的愧疚了。

第一百一十四章

陳顯真的死了？

就這樣……死了？

沒有生靈塗炭，也沒有兩兵相接，連駐紮在順真門內的輕騎脫下擦洗的盔甲都還沒乾……

陳顯就死了？

那晚暮色如輕霧，驪山山腰起的那把大火受北風一吹，黑煙裊裊地直衝雲霄。

行昭輕偎在六皇子左側，兩人站在鳳儀殿前殿，憑闌遙觀，靜看遠方山間黑霧滾滾襲捲開來，兩人皆未曾出聲，只靜靜地看著，好像看著所謂的權勢與執念在名為慾望的烈火中消耗殆盡，終於被燒爛了，燒出了原形，直到變為灰燼與一地渣滓。

行昭扭過頭靜靜瞧了瞧老六。老六面色如常，眼色平靜，只是緊緊攬住行昭的肩頭，將妻子圈在懷中。

一日之後，營衛裡一早埋下的內應隨杜原默秘密進宮，從前襟貼身處掏出一只黑木匣，雙手呈到六皇子眼前，六皇子單手接過，沒打開先遞給行昭，一抬下頷，來人隨即佝頭朗聲回稟。

「昨日火滅之後，將士衝入營帳之中，火尚未燒至內帳，還能依稀辨明死的便是陳顯與其夫人，兩人並排躺於暖榻之上，看面色恐怕是煙霧窒息而亡。」

六皇子擰緊眉心。「人沒燒爛？還看得清楚臉和身形？」

來人很篤定。「是，人在內帳，一點沒燒著，是陳顯夫婦，絕無金蟬脫殼之可能。」

六皇子眉間終於舒展開來，又交代來人幾句。

「陳顯與史統領一死，十四萬營衛群龍無首，只能如鳥獸散，已不足為懼。軍心已然不穩，談何動搖？只要軍中無人再起波瀾，這十四萬營衛不足為懼。晾著他們，他們不動，輕騎亦不動。仔細算來，定不過一個月，無糧餉補給，無首將調令，這十四萬人成不了大氣候，等分崩瓦解之後，就更無可忌憚了。」

「稟殿下，如有人要渾水摸魚，再起波瀾又該當如何？」

六皇子言簡意賅，神色平靜道：「那就斬草除根，永絕後患。」

來人領命佝身而去。

人一走，六皇子長舒一口氣，渾身都鬆了下來，後背靠在軟緞之上，回首看行昭，卻見其若有所思，笑問：「怎麼不打開看看？」

行昭低頭去瞧那方黑漆小木匣，上面紋路分明，九龍盤踞於金柱之上，四角刻有神獸鎮寶，再有金線鑲邊，看上去極為正統。

能是什麼？

無非是那一旨矯詔。

男人們行事從來重結果，從內應處確認死的便是陳顯之後，六皇子整個人都鬆弛了下來，行昭想事容易想偏，想著想著就歪到別處去了。

「陳顯和陳夫人並排躺著窒息而亡。」

行昭輕聲呢喃，聲音悶在嗓子眼裡，腦子裡的一個念頭過得飛快，堪堪抓住又覺荒謬，人是不可能等死的，要平平靜靜地並排赴死，只能是已然心存死志，慨然求死。照陳顯的個性就算被逼到懸崖邊上，也要拖一個人下去和他一起死才算划得來……他不可能學那楚霸王自刎而死。

是陳夫人想拖著陳顯一起死吧？

陳顯活這麼一生，苦過也權勢烜赫過，身為權臣心為梟雄，距那巔峰只有一步之遙，九十九步都走過去了，就差那麼一步。

有誰想到過，他的死法竟然是這樣？

無聲無息地去了，再無苦痛掙扎，活過的一生跌宕起伏，死時卻波瀾不起，陳顯他自己可曾想過嗎？他怕是會覺得死在腥風血雨之中才算是死得其所，浩然於世吧！

可人世間，誰也沒有辦法斷其生死……

就像誰也沒有辦法謀算人心一樣。

「阿嫵，阿嫵……」

她又在發呆。

六皇子輕歪了歪頭，靜靜地看行昭在暖光之下的模樣，「嗤」的一聲輕笑出聲，明明就不算太聰明，偏偏遇事喜歡多想，想過來想過去，把自己想得繞了進去，山路十八彎之後又能讓自己豁達地走出來——這大抵就是她頂大的一項優點了。

打小便這樣，如今都是孩子娘了，也改不過來。

六皇子手執一盞暖茶靠了過去，從行昭手裡拿出那方黑漆木匣子，指腹向前一推，木匣被打開了一道細縫，光向下一灑，一團蹙著金絲的明黃色映在眼下。

是那方聖旨。

薄絹展於宮燈之下，在駢文末尾之處，赫然是一方大篆陽刻的皇帝玉璽大印！

陳顯於陣前朗聲唸出皇帝立老七為儲第二日，方皇后便將向公公拘了起來，儀元殿內的那方皇帝素來常用的玉璽尚在寶盒之內，也就是說那方詔書確確實實是皇帝親手將玉璽蓋下去的！是誰寫的，是誰的主意，這點誰也不敢打包票，可若只看結果，這方詔書並不算是矯詔。

陳顯竟然把皇帝哄得連玉璽都敢交予他。

果不其然，人的心都是被縱大的，若無皇帝糊塗，陳顯何敢率兵逼宮！

行昭大愕，再看向六皇子，只見六皇子驚愕一瞬之後，迅速平靜下來，輕聲問她。「這是在兩軍陣前，陳顯高聲唸出來的那方詔書？」

行昭點頭。

六皇子手頭攥緊，再緩緩放鬆下來，哭笑不得，他的父親年老糊塗，被寵妃重臣哄掉了性命後，還留下這樣一個爛攤子等著後人收拾。

聖旨薄薄一層，光從其中透過。

六皇子深吸一口氣，單手一掐便將那方詔諭捏縐，另一手牽住行昭的手，攏住貼到側臉。嬌妻手心溫軟，自有一股馨香在，語氣粗聽含渾不明，可行昭卻聽出了幾分蕭索無奈之意。

「我這輩子都不會再去江南了。」

六皇子像是在賭氣。「頭一次險些喪命尚屬意料之外，這一次卻是踮腳在刀尖上走，一不小心就全軍覆沒。二哥是兒子，長子長孫，血脈相連，可我難道就不是兒子了嗎？陳顯說一是一，他全信，卻對我防備疏遠。」

當確定皇帝身死後，老六第一反應是悲哀，之後才是一步一步地慢慢打算。

六皇子從未將對皇帝的情感外露過，可哪裡會有不難受的？都是一樣的兒子，皇帝偏愛長子一些，人之常情，都是手足弟兄，何必爭這一夕之長短？

可皇帝寧願盲目信重別有用心的外人，也要疏遠自己的兒子，挖下這樣大一個坑，手一撒他倒是活夠了，後人小輩們要收拾這盤亂棋卻收拾得艱難了。

老六素來不是怨天尤人之人，可如今話中的低落卻清晰可聞。

這種感情，恰好行昭更懂。

六皇子才剃了鬍子，下巴光生生的，一層皮下頭全是骨頭，他是瘦了，行昭長嘆一口氣，輕聲道：「你準備怎麼辦？陳顯的罪好定，糾集兵馬逼宮已是滅頂死罪。一個謀逆之人拿出來的詔書就算是真的，也能顛倒是非，旁人不會信的。」

六皇子半晌未語。

木案之上有紅泥焙新茶，六皇子手撐於小案之上，親手拿起小紫砂茶壺，下頭的小火苗低低地向上竄，將薄絹朝那火上一晃，火苗順勢纏上明黃，沒一會兒就燒到了頂端。

「宮裡準備準備吧。」六皇子眼神直勾勾地望著那團火，胸腔長吁出一口氣。「端王府要主持父皇的大奠了。」

行昭胸口兀地一抖，下意識伸手去握住六皇子的手。

生於世家，長在皇家，聽話聽音，大家都是一把好手。

放在民間，族長過世，誰去祠堂主持大局？自然是長房嫡子嫡孫，只有名正言順、堂堂正正的繼承人才有這個資格去打理主持。

老六已經下定決心了嗎？

是要改朝換代了嗎？

行昭安靜地看向六皇子。

六皇子也回看她，他知道她在怕些什麼，前事太多反覆，太多舊例可循，帝王天家無真言，可身在低處連言都不能言，生死由人不由己，事到如今，誰應當去坐那個位置？

二皇子，還是四皇子？

難道當真要推七皇子上位？

老七心智不全，是，前朝舊事裡心智不全的皇帝多得是，世間世事就有這麼好笑，身有殘疾不行，可腦、心有殘疾卻沒人敢說。若老七被推上位，仍舊是他掌權，然後呢？

老七漸漸長成，總要娶妻生子，他的兒子若是正常的呢？待他兒子長大成人，端王府又該怎麼辦？乖乖交出權柄，然後任人宰殺——誰會容得了掌事已久的叔伯?!

到時候只怕又是一場惡戰。

他不在乎那個名頭，只要手中握著權柄，就能說上話，別人就不敢輕視，他一早便說過，他希望能得到那個位置，可他又不想履行隨之而來的義務。

行昭緊抿嘴唇，眼向下一望，眸光閃爍。

她不知道該怎麼說，更不知道應當怎麼想。

這一生，面對老六，她遲疑之後終究鼓足了勇氣，最好的結果，大抵是安享浮生，最差……最差便是一起死了。

她連死都不怕，事到如今，又有什麼好怕的？

想，自然是這樣想。

方皇后的前例、長門薄倖的故事，尚響在耳畔，他們沒有地方退，陳顯離那個位置只有一步之遙，那他們離那個位置便只剩下半步了。

而這半步，全憑各自的心意與毅力。

薄情人囊中無閒錢尚能拈花惹草，專情人手握百餘冰卻能潔身自好。

世間百態，說不準的吧？

誰又能想到，自私如陳顯尚且能夠全心全意地信任結髮老妻呢？

行昭回握住六皇子，目光與其對視，十分鄭重地道了一句。

「好。」

宮裡頭要準備大奠的禮數，雖是瞞得死死的，可在六皇子默許之下，仍舊隱隱約約放出了些許風聲，定京城裡的勛貴們不敢問，亦不太敢多開腔，生怕觸到逆鱗。

就算聽見了風聲，但宮裡頭還未傳出正式的訃告，誰也不敢亂動——哪一次王朝更迭不是血流成河？沒那金剛鑽就甭攬那瓷器活兒，家裡頭沒那底氣就別亂蹦躂。

順真門的輕騎被行景帶領著向外城走，輕騎一走，端王夫婦便從鳳儀殿搬回了端王府，行昭以為自個兒會收到很多拜訪帖子，哪曉得一回去一張帖子都沒有，連歡宜和欣榮的帖子都沒接到，行昭摟著阿舒笑，蓮玉也跟著笑。

「歡宜公主與欣榮長公主是避諱，旁人更是避諱。沒親近過的人家不敢來是怕遭人說閒話，一向親近的人家不必來，大夥兒都明白王妃是個怎麼樣的人，原來燒熱灶的害怕來，誰都避之不及，您這處倒成了冷清地方，雨花巷卻熱鬧得很，連帶著欣榮長公主與王三奶奶處也熱鬧得不行。」

也是，旁人不敢來直接尋她，只好拐個彎去尋邢氏或者歡宜，甚至將枝頭拋到了行明和欣榮那處去，而這些平日裡素來親近的人沒有一個來給她遞過帖子。

行昭仰了仰頭，彎頭親了親阿舒，心裡卻是大慰。

定京城門一關，端王府不發話，休養生息，沒有人再敢亂竄。

六皇子趁此機會內請方皇后嚴肅宮闈，外安天津衛、山東府等距定京城較近之地，守衛封鎖海岸，調任蔣僉事自平西關內向川貴一帶平移，以壓制秦伯齡之師。

令。

內外相得益彰，萬事俱備，只欠東風，這東風便是皇帝大奠之日重新蓋上玉璽印章的詔令。

行昭問六皇子急慌不急慌？

六皇子一回京，雷打不動每日必抱著阿舒，搬了個貴妃榻擺在小松樹苗下頭，悠悠閒閒地捧著三字經唸給阿舒聽。聽行昭小聲問他，便笑咪咪地合上書頁，認真看向行昭。「妳明擺著知道答案，還來問我，可是只為了找個由頭同我搭上話？阿嫵何必這樣麻煩，妳說什麼，我都是會接的嘛。」

行昭嘴角一抽，堅決不再問下去。

東風未來，只因有高山聳立，擋風截水。六皇子未曾忘記盤踞驪山之外已無首領的那十四萬原任九城營衛司的營衛們——現任亂臣賊子們。

陳顯一死，群龍無首，十四萬九城營衛司兵馬雖尚未如鳥獸散，但無人統領，加之有六皇子安插進營衛的內應暗地裡煽風點火，一時間軍心動盪。各大營內都有自個兒的盤算，十四萬兵馬幾乎在頃刻之間便已然分崩離析，不乘亂咬上一塊肉，都對不起這渾了的一池春水。

幾個野心大的副統領，帶著麾下人手想闖出驪山向遼東、甚至更北的地方去自立山頭，六皇子當然不可能讓此番情形上演，有一個陳顯要顛覆朝堂已經夠了，幾個手上握著兵的將領要在疆域之上分散開來，這根本就是放任螞蟻在自己那塊餅上橫行。

也有幾位眼界靈、腦袋轉得快的，跟著史統領走了條不歸路，兩個頭兒撞了南牆出師未捷身先死，下頭人沒這個必要在一條死路上一路狂奔……拿步兵去力撼輕騎，無異以卵擊石，自尋死路。

兵馬多、人多那又怎麼樣，上戰場又不是打群架，仗著人多一哄而上，然後就死在了鐵騎之下了。

既然沒必要一路狂奔、拚了老命非得分出個勝負來，那便索性回頭吧，戰場上還有不殺俘虜的規定呢，上頭人讓怎麼做，下頭人是受了命令和威逼，算起罪業來，不算小可也不算大，終究這樣多條命，他們才不信新皇上位之時不會以仁德寬和治天下，反而大開殺戒，終究還有退路。

三兩個副統領帶著人馬深夜潛行，避到山林深處，派出探子來。這個事太大了，定京城裡的熟人親友避之不及，探子心一橫，直接守到端王府門口，門房眼睛不太好，瞅來瞅去，陡覺今兒個縮在犄角旮旯裡頭的那叫花子昨天……前天……甚至大前天……都是這個叫花子吧？

這叫花子膽子大，還敢守著王府要剩飯？

門房眼睛雖不太好，心眼卻是活的，心裡頭默記下，背過身就告訴了杜原默。

杜原默眼神一黯，手一抬，門口兩個兵士便將那叫花子架進王府門房裡來扒光衣裳，提起褲腿來一瞅，果不其然，九城營衛司素來重排場，練兵也要求好看，營衛裡頭的兵一進軍營兩膝蓋就得夾筷子，故而兩隻腿腳都得是筆挺筆挺的，這樣走起路來才氣派好看。

一瞅全明白了，杜原默親自領著人去書齋見六皇子，從晌午到暮黑，人從書齋一出來，換了身行頭，淚流滿面地又被杜原默領到小廚房去下了碗雞湯麵吃。

第二日內庭就傳出詔令——

「十四萬兵馬，仍承陳顯其舊志叛逆者定斬不饒，罪及九族；歸降者念其迷途知返，死罪可免。」

沒說活罪是什麼，可看者卻無不道一聲天家仁愛。

詔令貼在定京城城牆上，那叫花子梳洗了行裝之後，一大早就出了定京城直奔驪山，晌午將過，浩浩蕩蕩一隊衣衫襤褸的人馬就從驪山下來了，沒待多久，端王府就發出諭令，行景親帶輕騎出城扣押敗兵至東郊口。

這些人馬是不敢再用了，可既已歸降，放在何處、如何懲治又是一樁大事。

照六皇子的意思全都發配邊疆，遼東發點兵馬，西北再發配點，再不然東南也發配點，大周疆域這樣大，難不成還能被這麼點人給憋死？

行昭倒是想了想，笑著出主意。「要不然大手一揮，把人都送到江南去，反正江南良田連綿，富庶悠閒，又正逢大事，江南總督蔡沛還留不留了？他一頽，他的手下、蔡家牽連著的姻親、下屬、勾結的鹽商、布商會不會亂作一團？牽一髮而動全身。江南大亂之後該怎麼建設，怎麼將江南商政平穩維持下去，不正需要人手？」

一提江南，六皇子咬牙切齒，再提蔡沛，眼冒紅光。

行昭看得笑起來，這是真真正正的生仇死恨啊！

「也好，把定京作亂的大老爺們放到江南去，看兩班人馬鬥，誰輸誰贏，誰死誰生，咱們都是漁翁。等他們攪和渾了，咱們再下手也好。」
六皇子平復下來點點頭，將諭令緊跟著就頒布下去了。
這諭令一下，驪山上緊跟著就下來一串接一串的人，眼睛一閉全往江南送，流放泰半都是發配至寒苦之地，這送到江浙一帶，吳儂軟語、金陵秦淮的，還是大周朝建朝以來頭一遭，滿朝上下議論紛紛。
「我說老六是心軟，到底十四萬條人命，填坑都能填幾天，阿桓卻笑我看不懂，我哪裡看不懂了？我只要能看懂咱們還活著，還能活得好好的不就成了？」
歡宜懷裡頭抱著阿照，小阿謹那天晚上調皮搗蛋，一隻眼睛湊在窗戶縫裡往外瞧，瞧見了滿地的血之後就陡然安靜下來了，規規矩矩地挨著歡宜坐下。
歡宜再看了長女一眼，有些掛憂，湊頭來同行昭嘮兒女經。「阿謹太皮我擔憂，這受了激我更擔憂，想去定國寺請定雲師太來唸唸經，又怕婆婆、母后和母妃說我……」
方皇后是不信佛的，更不樂意將檀香往小孩子身邊點。
淑妃怕是嫌歡宜折騰阿謹吧？
行昭笑起來，樂得清閒，問她。「表哥讓妳怎麼辦？」
「阿桓讓我把阿謹送到輕騎裡去住三兩天。」歡宜臉都快僵了，加重了語氣。「重點是公公也連連稱是，直說這是個好主意。」
照這法子養了個天不怕地不怕的瀟娘來，這活生生地是想將小阿謹也照這樣養下去，讓小阿謹堅強起來嗎？

行昭哈哈地朗聲笑開，好容易笑完，只聽歡宜問她——

「宮裡頭……老六準備怎麼辦？」

是在問皇帝的訃告什麼時候發吧？

行昭笑顏斂了斂，再看歡宜，卻見歡宜神情平靜，眉宇間卻有些悲憫。

「等西北軍完全壓制住秦伯齡之後，也等定京局勢稍維穩之後，亦等長嫂坐船回京之後。」行昭輕聲開口。「短則五日，長則十日，先揭示皇上已駕崩，再請令易縣公與羅閣老一起將立儲詔書拿出來，大奠在登基之前，皇上的遺體一直封在冰窖之中，我出宮的時候還捻了三炷香在冰窖外拜了拜。」

歡宜嘆了口氣，將阿謹攬在懷裡摸了摸長女的後腦勺，幽幽再嘆一聲。「總是父親……」

是啊，總是父親。

行昭面色微僵，眼神一晃，正好瞥到戴在阿舒頸脖上的那方老坑翡翠如意項圈上。這項圈是她小時候戴過的，聽門衛說，營衛起兵的那晚上，八寶胡同臨安侯府還派了近百個身強力壯的莊戶漢子來守端王府，一聽端王府是空的，留下了這麼個項圈。

定京城裡的人眼睛亮著呢，誰會冒頭、誰一輩子都出不了頭，都看得真真的。

饒是如此，陳顯一死，臨安侯府也沒派人過端王府來串親戚。

行昭也跟著歡宜嘆了嘆，腦子裡亂得很，兀地想起什麼來，問她。「明兒個長嫂乘船回京，妳要同我一道去接她嗎？」

羅氏是跟在行伍後面的，動作稍慢，就等在了天津衛裡，待定京城平定之後，行景這才差人去接女眷入京。

行昭一定要去接的，於公於私都得去。

大局已定，方祈、行景眾人的走向卻還未確定。

第一百一十五章

羅氏回京那日，深秋十月，萬里無雲，一碧如洗。

行昭與歡宜相約至定京城門去接，各有兩隊禁衛打前鋒和墊後，兩人將至城門口，便聽有一眾馬蹄踢踏之聲漸近。

多年未見羅氏，豐腴許多，大約是一路疾行，眉梢眼角盡顯疲憊，可仍舊能看出少時極利的眼角緩和了許多。

羅氏一下馬車，沒想到行昭與歡宜相攜來迎，騰地一下紅了眼眶，趕緊回身伸手去抱長子。「我死命攔著阿景，不許他同你們說。這北上一路凶險，萬一事有好歹，你們若不知道，自然也不會更傷心。」

行昭眼神當即落在了那襁褓之中，小兒尚幼，看起來連半歲也未過，瞇著眼，紅彤彤一張臉藏在紅彤彤的襁褓中，瞧起來是個極健康的嬰孩。

歡宜驚呼一聲，趕忙雙手接過，連聲讚個沒完了。

行昭亦紅了眼去挽羅氏。「呸呸呸！事到如今還說什麼不吉利的話啊！」趕忙吩咐人將羅氏的車馬和跟在身後的兩列兵馬帶下去安置。「好好讓軍爺們休息！哥哥把輕騎拉到西山大營操練，今兒個託我來接嫂嫂，先回端王府歇個腳。怕是趕了許久的路吧？」後一句是在問羅氏。

羅氏點點頭，寒暄間，三人已同上了馬車。

「我本是跟在妳哥哥後頭走的，又在天津歇了兩日，一點也不累。」羅氏將進京看成一場大戰，馬車將行，身形向後一靠，嘴上不停，也不顧歡宜尚在馬車內，直截了當地說：「妳哥哥還回不回福建去了?端王是幾個意思?」

狡兔死，走狗烹，羅氏一路走來，不怕兵敗，只怕被人彈盡弓藏。

行昭突然想起來那日行景一直慢六皇子三步路。

親幫羅氏斟了盞暖茶，笑吟吟地遞過去。「不回了，可也不在京裡，至於去哪兒，等大局定下，得再問問哥哥的意思。」

羅氏接過茶淺抿一口，緊接著便聽行昭後話。

「老六不是先皇，阿嫵亦不是姨母，哥哥更不會是舅舅。一朝天子一朝臣，新人上位，局勢動蕩，哥哥不可能被拘在京中，更何況還有我在呢，你們且萬千放心。」

承諾都很好聽，羅氏卻很清楚地明白君若已為君，臣自然要有個臣的樣子。

前朝的皇帝昏聵平庸，偏聽偏信，那臣子自然要打起旗幟來清君側、正朝綱。

可怎麼看，皇六子端王也將會是個手腕高竿、耳聰目明的帝王，李代桃僵假扮海寇、引軍北上威嚇蔡沛、與平陽王次子周平甯暗渡陳倉策反京畿一帶，再金蟬脫殼詐死錢塘。全是六皇子一手策劃，一齣接一齣，環環相扣，自家那口子行軍打仗在行，論起這些陽謀策略，遠遜於將來的新帝。

更何況六皇子其人，以天潢貴胄之尊都敢狠狠跌進錢塘江裡頭，拿性命去搏一搏，更敢孤身一人跟著行景和一船人馬北上，心智、勇氣和闖勁沒一樣是少了的。

帝王強勢，臣子自然要避其鋒芒，恪守本分。

等大局已定，論功行賞之日，無論怎麼算，行景都是頭一份的功臣，既是外戚又是權臣，再封就封到頭了。

她出身官宦世家，這種事情聽多了，才會直截了當地問出來。

行昭的意思說得很明白了。

只要不在京裡便好，外放幾年，再慢慢交出兵權，趁君臣相宜之時，漸漸地轉變作風與收起稜角，到時候君悅臣服，正好成全一段佳話。

羅氏點點頭，身形一鬆，笑靠在軟緞之上。「妳哥哥是個不著譜的，哪兒由他的性子來？端王一向算無遺漏，連帶著阿秋全都聽王爺的安排，王爺指哪兒，妳哥哥就去哪兒，我幫忙壓著，絕不許他挑三揀四的。」

羅氏也在表明態度。

行昭笑了笑，將話頭轉向了小阿秋，賀家長房嫡孫賀長修上。這些話，行景未曾問過她，是怕她為難，亦是信任老六。羅氏一向精明強幹，想的自然就多，非得從行昭口中明明白白問出來老六之後的打算這才放下心。

這和疏離、輕信無關，這是人在自保的心理下會做的十分正常且理性的事。

行景在定京不久住，跟著輕騎在西山大營賃下個三進三出的院落，行昭親將羅氏送過去，大興記送了桌席面來，陪著羅氏用了晚膳，便折返回府，一進內院，其婉就迎了過來。

「王爺將回來，一回來便在尋您。」

行昭只好抽身去書齋，將一撩簾，六皇子端坐在書桌之後，手上拿著一封信，聽有響動抬頭，見是行昭便笑道：「秦伯齡被山匪所傷，可惜傷勢過重，不治而亡。」

六皇子遲遲未動，怕的便是這一支川貴軍異動，形成螳螂捕蟬、黃雀在後之勢。

行昭突然想起來很多年前，蔣僉事亦是遭「山匪」所傷，險些遇難。

「川貴軍副統領認為山匪已向西北逃竄，派人馬去追，可惜沒追到，逃竄進平西關的山匪又潛入了賀督軍府邸，賀督軍遇難身死，賀督軍遺孀現已帶著賀三爺的骨骸進京了。」

這比秦伯齡身死的消息，更讓行昭感到愕然。

賀家三爺賀現，行昭是想留著慢慢收拾的。世間諸事無非有恩報恩，有怨報怨，方福之死，賀老三居功甚偉。行昭一五一十都曾告訴過老六，她還沒動手，老六卻先下了手。

如今本沒必要擊殺賀現的，至少也應當等到蔣僉事完全收回西北財權之後再動他，可老六卻仍舊動了手。

行昭伸手握了握六皇子，六皇子反握住妻子，輕聲道：「時辰已到，先皇已逝的訃告可以昭告天下了。」

天色一黑，恍如巨石投湖，與先皇訃告一起昭告天下的是，先皇臨終立儲之遺囑，與擺在遺囑旁側的那一卷長長的詔令，共有一百三十條，條條皆直指陳顯，藏污納垢、欺下瞞上、勾結黨羽，最後一條，起兵謀逆，指罪書長書捲起，蓋上御寶大章，表明此乃先皇之意願，與新帝毫無干係。

廟堂玩的就是自欺欺人。

別人樂意信，自己也樂意信，便萬事皆宜。

白絹素縞早有準備，連夜撤下大紅燈籠，掛上素絹白布。天已然很黑了，可端王府闔府上下皆難以入眠，下頭人的喜氣遮都遮不住，走路踮著腳尖走，來往之間說話皆是掐住嗓門，時而低呼時而高亢。

預料得到是一碼事，可塵埃落定又是一碼事。

一個長夜，行昭強迫自己睡下，睜眼一看卻發現六皇子也睜著一雙眼睛靜看雲絲罩，夫妻兩人皆未說話，迷迷糊糊中也不知自個兒是睡下了還是一點兒沒睡。

本以為第二日一張臉會疲憊得沒法子看，哪曉得換過麻衣，一進宮門才發覺來哭喪的皇親貴冑、勛貴權臣中沒人是精神的，皆是眼下一片烏青。

行昭一進來，原本喧喧嚷嚷的內堂頓時變得鴉雀無聲。

很多年之後，行昭回想起來仍舊覺得這一天算是她在這兩輩子的辰光中，頂坐立難安的一天。

外命婦、內命婦們望著她的目光，敬畏、諂媚、驚惶……什麼都有，怯生生地在她的四周圍成一個圈，卻無人敢靠近。

她的妯娌們、她的親眷們、她的敵人們的臉晃在眼前，千篇一律，好像分也分不開。

六皇子執掌大奠，將立儲詔令與長罪書在眾卿之前又朗聲唸了一遍，羅閣老與令易縣公上前再唸一遍，以示正統。

皇二子豫王、皇四子綏王，還有年歲最小的皇七子，同時也是新封的秦王，以此挨個排在六皇子身後，面容悲戚地看著父親的棺木起了又降。

方皇后跪在命婦最前列，行昭次之。

殿內哭聲震天，或哀鳴或低泣，哭得很傷心，可行昭淚眼朦朧之中，卻能看見方皇后陡然佝僂的脊背低俯於地，全身都在顫慄，眾人皆哭嚎出聲，生怕哭聲不夠響，只有方皇后一處如死寂一般的沈默。

哭喪持續三日。

這三日之中，端王夫婦仍舊每日皆回端王府住，三日一過，便有朝臣上奏摺，國不可一日無君，請新帝早日入住儀元殿，以正大周國體。

從端王府搬到皇宮，意味潛底臥龍時光的結束，是新皇登基的預兆，是改朝換代的開始。

立儲詔令已下，乃先皇遺旨，加蓋了天子寶印，更有宗室長輩與股肱之臣相佐，可謂是名正言順。

既然是名正言順，又何必再做姿態假意推辭？

待銀杏樹葉已然深黃，宮中修繕維護一事也已大功告成。

行昭將諸多事宜交代下去，書齋裡的那個大木桌，她的梳妝檯，還有栽種在庭院正中的、阿舒的那株小松樹全都打包帶進宮裡頭去，國喪未過，端王府素絹白縞高掛牆頭，可來往僕從管事之間無不喜氣洋洋，行事說話喜笑顏開。

那個位置啊！

自家主子坐上了那個位置了啊！

再不需要看旁人臉色，更不用忌憚任何人，陰謀、陽謀全都不足掛齒。

一人得道，尚且雞犬升天。

自個兒家主子當了皇帝，他們這些潛龍時便伴其左右的老奴良才就是從龍之功啊！

一朝天子一朝臣，老皇帝去了帶走一批老臣，作亂的、謀逆的又是一批人，這些人屁股下頭留下來的空位誰來坐？

還不是他們！

下頭人洋洋得意，行昭冷眼旁觀了三兩日，蓮玉終究尋摸了個錯處，重重發落了管小庫房的一個嬤嬤，直接打發到通州莊子上。人家升天，妳被下放，殺雞儆猴！

兩世百態告訴行昭，穩操勝券該不該高興？該，可不能得意忘形。

人一旦忘形，跟著就是忘心。

欽天監算出來的吉時是十一月初九搬宅入宮頂好，前兩、三日，行昭包袱也來不及收拾，抱著阿舒趕忙進宮去瞧方皇后。先皇大奠之後，方皇后操持完後宮諸事便一夜白頭，徹底頹了下來，纏綿病榻數日。

太醫也說不出個所以然來，含含糊糊一言蔽之。

「氣血虧空，好好養著便是。」

可今晨聽蔣明英帶出來的話，方皇后好像病又重了。方皇后多穩重的人，這節骨眼上，嚷著要行昭抱著阿舒進宮瞧她。

行昭心急火燎進了宮，鳳儀殿門簾大開，心裡急得很，怪怨。「娘娘身子骨不舒暢，將門這樣大打開，灌進去了風又得遭……」

如今誰也不敢叫她皇后娘娘，同理誰也不敢叫方皇后太后娘娘，全都模模糊糊統稱娘娘。

話還沒完，就聽見方皇后在裡頭喚她。

「阿嫵、阿嫵……」方皇后連聲地喚。

行昭高聲回了是，將拐過屏風，卻見方皇后容光爍爍，見行昭進來，便將手頭上的書卷放下，笑著招手。「來了？阿舒呢？前些時日見著行景的幼子，長得像他娘，很精神，我當時就在和蔣明英說，那時候我要死磕羅家準沒錯，妳瞅瞅現在妳哥和妳嫂子兩人過得多舒爽。」

雖是燃著沉水香安神，可方皇后哪有一點像個病人啊！

合著就想將她騙進宮啊。

行昭長舒了口氣，把阿舒抱給方皇后，向裡移了移，將就坐在方皇后腳邊。

「蔣明英說您不舒坦，快把我急死了！」

方皇后樂呵呵地接過阿舒，笑道：「是不舒坦啊，昨兒個吹了風，今早又咳嗽了兩聲，蔣明英不也沒說錯？」

這是在耍賴。

阿舒現在說話還說不清楚，咿咿呀呀地去揪方皇后的高髻。

行昭趕忙把兒子往回攬過，嗔怪。「您說說您……」話到一半，終是笑著止住了，轉口道：「初九老六與我就搬進來了，您要想阿舒，我只管讓他跟著您睡，日日夜夜都跟著您，反正您是甭想撒手了。」

阿舒格格笑，方皇后也跟著笑，笑著笑著，面容卻慢慢淡下來。

行昭也跟著端起身子。

沒過多久，便聽方皇后道：「昨兒個德妃帶著她的內姪女到鳳儀殿來，十三、四的年歲，花骨朵一樣，濃眉大眼的又能說能笑，再擱三年，提親的人怕是要踏破小娘子家的門檻。」

行昭輕「嗯」了一聲，沒把話接下去。

「當我看到皇帝死在我面前的時候，我是不信的。我伸手去摸他的手，卻發現怎麼焐也焐不暖了，這才恍然大悟，他原來真的是死了，和我過了幾十年，折磨了我幾十年，心狠了幾十年的枕邊人總算是死了，放鬆之後竟然是想都想不到的大慟，什麼也不想做，什麼也不想想，因為做的、想的，一切的一切都沒了意義。愛人也好，敵人也好，都不在了。徒留我這麼一個人，肩上擔著兩個人的愛恨糾葛活下去，太累了。」

方皇后聲音漸漸沈下去，阿舒大約是一路過來累著了，臥在方皇后膝頭有一搭沒一搭的打呵欠，蔣明英伸手去接，方皇后好像回過神來似的，擺擺手。「就讓他這樣睡吧，裡間在收拾箱籠，到處都是浮塵，小心嗆著孩子。」

行昭接手鳳儀殿，方皇后便遷至慈和宮。

一代一代，新陳代謝，大抵如此。

一語言畢，方皇后又扭過頭來瞧行昭，神色陡然暖起來，像在看稀世珍寶又像在遙隔遠方的他人。「德妃的心思，我哪裡會看不懂？年紀正好，家世正好，相貌正好，正正好能在國喪之後，入選宮中常伴君側。先把人帶到我眼前看一看，無非是想過個明路，等時候到了，再想推辭也就難了，這是常有的事，合情合理，至少德妃還沒明說，還算是做得體面。」

行昭突然覺得氣都喘不上來了，胸腔好像被一團東西塞住。

三年國喪，不許婚嫁。

這就是行昭一直很平靜的緣故，再有心思鑽營，也得等三年之後，若是給她三年，她還沒本事將宮裡頭治得和端王府一樣嚴實，這個皇后她趁早別當了。

可饒是如此，還是有人眼神動也不動地瞅著後宮這麼大塊肉。

「不可能，讓德妃絕了這條心。」行昭說得很輕，可是斬釘截鐵。「臥榻之側豈容他人鼾睡？說我善妒也好，說我執拗也罷，吃糠嚥菜無所謂，住茅屋草房也無妨，就這麼一條，男人是我的，別的女人休想碰。」

「妳的男人是皇帝。」方皇后大嘆一聲。「這就是我今日心急火燎將妳叫進宮的緣故。妳自小便看似寬和卻最是執拗，看準了絕不撒手。若老六是閒散宗室，妳仗著自小情分與淑妃的偏袒，自然可以求仁得仁。可如今老六已然上位，他是皇帝！阿嫵，妳身在世家、長在皇家，如何總看不透？女人算什麼？不過是玩意兒，是男人制衡撒歡的東西，我初嫁入宮時，先皇身邊已有王氏，我個性烈不烈？卻也只能硬生生地忍下來。」

「有一就有二。姨母，當日您本就不該退讓。」

這是行昭兩世加在一塊兒，頭一回反駁方皇后。

「制衡？身分？憑什麼要用女人來制衡廟堂高樓？納一個出身清流的女人為妃就能拉攏清流了嗎？抬一個出身武家的女人當嬪就可能手握兵權了嗎？或許會有影響，但是影響絕對不會是一錘定音的。先皇母族不顯，出身懦弱，自然要依仗妻族外家勢力，可老六手段硬，個性強，七手八腳往他內宅塞女人……先甭說我許不許，老六自個兒都覺得憋屈！」

方皇后愣了一愣，一時語塞。

這是底線，同時也是掙扎。行昭深知這一點。

老六的默許、行景的退讓，或許可以讓這對共經生死的君臣選擇平和的方式進行交接，這不是悲劇，是真實，可有時候卻忘記，真實往往就是悲劇。

君臣相宜之後，夫妻之間又該如何？

這一點，行昭沒想過，該如何便如何，以前如何就如何，何必更改？

如今方皇后卻將這個刻不容緩的變化放在她的面前，逼她正視。

行昭扭過頭去，她不，她不會正視這個問題，不是逃避亦不是心虛，只是覺得沒有必要。有這個必要嗎？她一生心愛的是一個名叫周慎，偶爾叫他六子的那個男人，無論他是鄉間耕農或市井屠夫，還是帳房先生，都不會改變她對他的態度。該罵的時候會吼，該自私的時候絕不大方，該敲大棒的時候絕不手軟，該餵甜棗的時候也不會害羞。

這就是她的堅持。

端王妃的堅持，也是賀皇后的堅持。

行昭的態度擺在了檯面上，方皇后深知多說無益，索性嘆口氣，將話頭轉向別處，說起平陽王，方皇后輕嗤了一聲。「算他福命大，老子站錯隊，兒子卻歪打正著，功過相抵，雖再無顯赫，可到底保住一條命。」

是了。論功行賞，行景居長，居次者定是陣前反水的平陽王次子周平甯。

老六要賞他，周平甯極其懇切地請老六收回成命。「禍不及出嫁女，謀逆造反雖誅九族，可陳家次女已冠以夫姓，我願以爵位功祿以換得老父與內子的性命。」

拿前程富貴換兩條人命。

老六想了想，終是點了頭。

行昭頷首於前襟，眼眶有淚，卻不知為何而哭，大約是在哭自己前生的無奈與可笑，又像是在哭這世上人性與情愛的反覆與出人意料。

方皇后絮絮叨叨很長半天，無非是教導一個皇后應當如何行事，話到最後，語帶哽咽，輕輕摟了摟行昭，終究泣不成聲，淚眼矇矓地笑。「當年那樣小的小娘子，如今也要當皇后了。」

行昭反手回抱，心裡酸酸軟軟的。

回到端王府，一五一十給六皇子講了陳德妃行事，行昭本沒在意，只習慣性扎了六皇子兩針。「往前怎麼過，往後還得怎麼過，你仔細將我逼急了，抱著你兒子避到母妃宮裡頭去，什麼也不問，整日就看著你又和哪個死妖精好了，我不同你生氣也不同你鬧，反正就不理你，看你難受不難受。」

六皇子朗聲笑起來，親了口兒子，再親了口媳婦。

行昭本以為此事算是揭過，哪曉得第二日，蓮玉笑得隱晦進來，小聲告訴行昭。「王爺把陳德妃的幼弟放到了南疆邊境，說是得舉家搬遷。」

這都能算是流放了吧！

行昭不由自主地勾起一抹笑。

以為日子會過得很慢，可過著過著，初九就到了。

馬車從端王府出來，途經雙福大街、東市集，再進皇城，長長一段路，頭一輛馬車進宮了，最後一輛還沒出府，照欣榮的話來說——「這哪兒是搬家呀，跟遷城似的。」

六皇子抱著阿舒，一步一步走上印刻著九龍銜珠白玉石鑄成的御道，至儀元殿前堂正殿，憑欄而立，面向暮光蒼茫中的神州之地，金碧朱簷，暮色浮光之間陡顯山川大河，自西向北綿延而去，驪山北構，蔥郁蒼翠之中若有若無間好似是絳河玉帶，纏綿南流。

「阿舒，這便是你以後的江山天下，到那時，一定比如今更好，更強，更大。」

頭一次聽見六皇子宣之於口的雄心。

暖光傾灑在六皇子日漸堅毅的側面，行昭輕斂裙裾與之並肩而立。

「我唯一遺憾的是，為什麼上輩子錯過了你。」行昭輕聲道。

六皇子彎眉垂首，亦輕聲回之。「我唯一期望的只有，下輩子妳我仍是夫妻。」

空氣中有微風拂動，樹葉簌簌作響。

恰似那樂章終止的新聲。

——全書完

番外　方禮

夜已深，仲秋的草叢中有蟬鳴風拂之聲，白縞素絹高掛於堂前，有風將至，拖得老長的素絹向上飛揚，覆在幽光照人的油皮燈籠之上，似是在瞬間又像是隔了良久，堂內更暗了。

誰又能想到白日人聲鼎沸，哭嚎悲戚像潮水般一波接著一波響徹天際的靈堂，到了夜裡卻只有三兩個手拿拂塵、打著瞌睡的小宮人？

你最喜歡的長子呢？

你最憐惜的昌貴妃呢？

你最信重的首閣呢？

哦……

都快忘了。

皇長子豫王沒這個資格來守靈，而有這個資格守靈的皇六子端王如今人貴事忙，白日盡了孝心，夜裡總要好生休養之後，才有精力打理這社稷江山——你千般萬般不願意交予他的山河大地。

昌貴妃王氏瘋了，蓬頭垢面，閔寄柔出面，代表豫王府將其秘密接到宮外，宮中之人只知道先帝生前張揚跋扈的昌貴妃王氏如今已經自盡暴斃，哦，不對，已經不是昌貴妃王氏了，是罪妃庶人王氏，阿嫵說她已經被豫王連夜送到遼東邊境的莊子上，瘋得只會逢人便嚷——「我的兒子要當皇帝了……我要去慈和宮住了……」

這樣一個瘋女人，又怎麼能闖進先皇靈堂這樣端肅嚴明的地方呢？

陳大人，哦，不對，陳罪人，也沒有辦法進來了呢，他的血肉如今怕是已經融入進了驪山的土灰大地之中，他的子嗣被他一箭射殺在城牆之上。

或許陳顯的亡靈會來吧。

來瞧一瞧，他那糊塗的、對他一點防備之心都沒有的帝王。

他能料到最後是她哭得泣不成聲地守在靈堂，守在他的棺木旁，在這沁骨的寒冷與心傷中，陪他走完最後這一段可得見天日的時光嗎？

小宮人沒經過生死，自然無所畏懼，靠在門框前耷拉著眼睡得不省人事。

方禮的腳步聲很輕，還沒有這夜中「呼呼」吹過的風響亮。

蔣明英彎腰拍拍睡得正酣的小宮人的臉。「怎麼值的夜？還能睡著了，皇后娘娘過來守靈了。」聲音壓得很低，像是吞噬在喉頭的低吟。

大奠禮繁冗複雜，小宮人已經好久沒有睡個好覺了，蔣明英的拍打並未讓她清醒。

蔣明英又想去喚，方禮擺了擺手。「別叫醒她了，讓她睡吧。裡頭的人睡著了，外頭的人又怎麼能清醒呢？」

老皇帝過世之後，方皇后常常說些讓人聽不明白的話。

蔣明英心頭嘆了口氣，終是收了手。

蟬鳴越發纏綿，有輕微低弱的聲音，將這夜襯得更靜。

好靜，靜得像荒嶺之中的墳場，好像極為尋常的「咚咚」一聲便能驚起無辜的夜行人。

方禮僵硬地勾起唇角，似有嘲諷之意。

她在胡扯亂想些什麼啊？

這本來就是墳場啊，金絲楠木的棺材裡躺著她的丈夫，她的丈夫面色鐵青，兩腮鼓鼓的，是因為口中含了一顆碩大無比、品質精良的夜明珠——這是他一早便為自己千方百計尋到的定棺珠，你說可笑不可笑？

他吸食五石散吸了這麼多年，腦子早就糊塗成一團漿糊了，攪都攪不動，這些年唯一清醒的只有讓人建皇陵、修繕地宮、找棺材木、定陪葬這碼子事。

「阿禮，妳我百年之後，還得葬在一塊兒，我的玉枕上雕九龍，妳的上頭雕瞿鳳……不對，妳喜歡梅花，我幫妳在玉枕旁邊雕一朵小巧精緻的五瓣梅，再把妳一向喜歡的那只小玉壺放在妳我玉枕的正中間，別人瞧也瞧不見，就只咱們倆知道，妳說可好？」

少年郎的聲音清洌動人，像從遠遠的山那頭傳過來的，帶著舊日歲月空洞而悶人的風與潮濕，還有酸臭的氣息。

「嗡嗡嗡——」

方禮扶在棺木之上，狠狠地搖了搖頭。

舊時光……

呵，舊時光，不就是拿來遺忘的嗎？

為什麼她卻總願意陷在這透著腐朽陳暮的舊時光裡，永遠也不要出來？

方禮不無悲哀地想，大概她也是軟弱的，就像她那懦弱嬌氣的幼妹。

「皇后娘娘……皇后娘娘……」蔣明英在旁輕聲喚道，無不擔心地瞅著方皇后眼下的烏青，皇后已經幾個晚上沒有睡好覺了，每夜皆從夢魘中驚醒，在睡榻之上輾轉反側，終夜難眠。

人都死了，皇后又何必執意要來看看呢？

「皇后娘娘，您再去上三炷香，咱們就回去了吧？皇后娘娘……皇后娘娘。」

方禮終究回過神來，眼神看向那一對白燭，壓低聲音。「我不是皇后了，以後不要叫我皇后。」

靈堂之內，火光搖曳，四周都放置冰塊，「滋滋」地冒著寒氣，方禮直勾勾地看著那冰塊上一縷一縷冒起的寒煙。

她不是皇后了。

她的丈夫已經死了，她還算哪門子的皇后？

這世道，女人就是為了男人活著的，周衡是太子的時候，她就是太子妃，周衡是皇帝的時候，她就是方皇后。

她一生為了這個位置而活，忍下的苦，嚥下的淚，承受的屈辱，全都煙消雲散了，隨著這個男人的死去煙消雲散了。

還有什麼意義？

她活著還有什麼意義？

方禮想不起來她已經多少年沒有哭過了，最近一次的哭泣應當也是在一個晚上吧？

在孫氏產下七皇子後，她扶著蔣明英一步一步走在陰森晦暗的內宮長廊中，她放聲大哭，憑什麼別人都有孩子？別人都能拚出一條命去護著自己的孩子，偏偏她沒有！只有她沒有！

再往前呢？

大概是十幾年前吧？

她年紀大了，記性和心力都不算太好了，可她仍舊記得那個晨間，刻骨銘心地記得，永生難忘。

草長鶯飛，三月懷初。

周衡黃袍加身，榮登位極已有三載，才人美人已有七、八個，高位除卻先帝作主納進來的陸氏和陳氏，再無他人。

宮裡頭很清靜，女人少自然就清靜，更何況皇帝要守國喪，三年間連內宮都極少入，要來內宮便直奔鳳儀殿。

王氏如樂坊之中最輕最柔的那首歌，無端端地便漾進了紅牆碧瓦的皇城之中，當王氏溫順和婉地提起湖色裙裾，盈盈跪叩在她和周衡的眼前時，她猶如五雷轟頂，眼前一片漆黑。

那時的王氏說話聲清泠泠的，官話還說得不順溜，尾音拖得長長的，眼神怯怯地低下，她居高臨下卻仍舊能看到王氏似乎含著兩潭春水的眼眸。

「妾身永壽宮王氏給皇后娘娘問安，願娘娘萬福金安，福壽……福壽……」

王氏眼神一眨，聲音便戛然而止了，臉色唰地一下變得通紅，眼睛又眨了眨，眼角微不可見地向上挑高一分，怯生生地瞥向方禮身邊的年輕皇帝，秀麗清新的小姑娘瞬間變得窘迫極了。

「福壽綿延！」

周衡龍顏大悅，顯然女人的求助讓他十分開心，一面挽起方禮的手，一面朗聲笑道：「昨兒晚上教她禮數，向德明苦口婆心得教了得有一個時辰，怎麼走，怎麼跪，怎麼說話怎麼笑，卻總也教不會。朕親自上陣教了兩把就會了，哪曉得今兒個還是將話給忘了一半！」

王氏面色愈嬌，仍規規矩矩地跪在青磚地上，可背卻彎了下去，微不可見地將重心全挪到了腿上，莫名其妙便多了幾分弱柳扶風的模樣。

周衡越發地笑起來，垂眸再多看王氏兩眼，笑著輕捏了捏方禮的手心，說道：「原在浣衣巷當差，後來調到了六司去，朕還是讓向德明摸了摸底才納的。是寒苦人家出身，家在餘杭，往上數三代都是貧農，家裡頭沒有大功績，可也沒犯忌諱的地方，入宮近十年，也沒犯過大錯，是個很穩當的人。」

她仍舊沒有回話，周衡便佝頭輕聲與她商量。「阿禮……妳看是封個娘子好一點呢？還是封個常在好？都是最低的品階，也不用想封號了，她身分低微，旁人喚個姓氏就成了。」

他在問她，娘子……還是常在？

她終於緩過神來了，他是認真的，他這次是認真的，不同於那些身居掖庭，永不見聖顏的才人美人不同，他是認真地和她在商量這個女人的歸宿。

同樣，這也是周衡頭一次將女人放到她的眼前，逼她給堂下這個女人一個名分。

這個女人究竟有什麼好？

模樣？

不不，她的模樣怎麼可能遜於這種小家子氣的婢女。

才學？

比這個好像更可笑，連「福壽綿延」這四個字都背不住的女人能有什麼才學？

身段？

方禮陡然一驚，她這是在做什麼?!

她在把自己和這個身分低微、以色侍人的女人比較，她有什麼資格與自己相較！

既然沒有資格，那就納吧，又有什麼不能接納的呢？

一個女人是女人，十個女人也是女人，她是正房，她是女主人，這些都是玩意兒，有什麼好用心的？

「娘子吧，都是七品，也沒有什麼好特意商榷的。等產下皇嗣，再晉就是。」

她說得若無其事，可旁人一去，她便抱著蔣明英哭得前襟都濕透了。

這是她嫁人之後，頭一重放下身段嚎啕大哭。

她想拿馬鞭去抽花那個女人的臉，她想拿銀剪子把那個女人的頭髮全都剪短，她想讓那個女人馬上去死！

可她不能。

她是皇后。

她甚至不能明白蔣明英勸慰她的那些話，憑什麼?!憑什麼?西北不是這樣的啊，父親守著母親守到母親身死，連續弦也不想要；哥哥娶了邢氏之後，身邊連隻母蚊子都沒有！李副將、張統領身邊只有老妻一個，再無他人。

她能忍下陸氏、陳氏與那些無足輕重的才人美人，可她沒有辦法容忍王氏。

可她們都這樣勸她——她才是內宮的女主人，那個女人只是個玩意兒！就像阿衡喜歡的那隻京巴小犬一樣，喜歡就摸一摸，逗弄逗弄，不喜歡便一腳踹開，還會有更多、更好、更逗人喜歡的京巴犬在後頭等著。

真的只是京巴嗎?真的只會是玩意兒嗎?

一葉障目自欺欺人之下，她終究選擇妥協和隱忍。

她的癲狂被她藏在偌大的鳳儀殿中，她的酸楚被她藏在了淺黛娥眉之下。

年少的方皇后，總算是一步一步地變成了闔宮聞名的，通情達理的一代賢后。

沒有一個女人是生來便通情達理的。

通情達理這四個字，常常與顧全大局劃上等號，成為男人禁錮女人的枷鎖，成為男人辜負真心的偽裝，成為世人理所當然壓抑女人的號角。

靈堂之中四扇窗櫺大開，風兀地凶烈起來，窗櫺被風吹得「嘎吱嘎吱」摧枯拉朽地響，光影四下，燭光躲閃不及，或投射在青磚地上，或映照在老皇帝面色烏青的那張死氣沈沈的臉上。

步。

蔣明英一晃眼，眼神落在老皇帝鐵青的臉色上，心頭一咯噔，不由自主地向後退了一步。

方禮恍若未見，繼續向前走。

方皇后不信鬼神，鳳儀殿的人自然也不信，要信也只信冤有頭、債有主，是王氏下的手，是陳顯動的念頭，和鳳儀殿有何干係？

這樣一想，蔣明英膽子大了些，向前跨步，擋在方皇后身前，輕聲道：「娘娘，再走近怕是不吉利，活人怎麼能沾死人的暮氣？再說僭越點，要是先皇沾染上了您的活氣帶進皇陵裡去怎麼辦？」

方禮顯得平靜極了，衝蔣明英擺擺手，繞過蔣明英直直走到棺木之前，將手搭在棺材之上，手覆上去，手板心冰涼一片。

方禮彎腰俯身，直勾勾地看向男人。

「這麼多年了，我終於知道我錯在何處了。」

當然無人回應。

方禮陡然提高聲量，笑了起來。

「我錯在自降身段將自己與那些女人相比！既然你更喜歡那些女人的柔順婉和，既然你更喜歡那些身分低賤、表面上以你為天的女人，既然你更喜歡受人仰望而非與人平視的感覺，你又何必將我拖進這個深淵裡來！你又何必將我放在你的心上，給我錯覺，讓我以為無論過盡千帆，我始終都是你最終的那個人！

「我如今才明瞭，你心中只有你自己。」

方禮放聲大笑。

靈堂之中的燭火左右躲閃，卻忽聞方皇后聲音放低，仍舊在笑，可始終像是提不上氣力來，蔣明英伸手去扶，讓方皇后靠在自己身側，小聲安撫。「他……太醫說吸食太多五石散，會出現難耐的眩暈與痛苦感，他到最後大概也是悔的吧……」

悔恨嗎？

方禮笑得很僵，他悔恨了嗎？有用嗎？

他的自卑決定了他的自大，他的防備決定了他的錯失，他的懦弱決定了他的喜好。

她明白他的喜好，可她卻沒有辦法。

她沒有辦法，像王氏那樣嬌嬌怯怯、風情萬種地癱在地上向他求救，她本應是翱翔於西北的鷹，又怎麼可能變成關在籠子裡鶯啼婉轉的家雀呢？

「後悔有用嗎？」方禮輕聲接過蔣明英後話。「他辜負了最應該執手相攜的人，錯過了應當是他膝下最健壯聰慧的兒郎，他欠我的孩子，他拿命還了，銀貨兩訖，從此互不相欠……」

蔣明英以為方皇后不會再言了，哪知隔了良久，終聽見方皇后後語——

「蔣明英，妳說他臨死之前究竟在想些什麼？」

蔣明英輕輕搖頭。

方禮重新展顏笑起來，輕輕合眼，好像眼前有西北蔚藍得像一疋天青色綢緞的天，還有天際下奔騰在草原上的馬匹與牛羊。

她正穿著一襲火紅的嫁衣，蒙上蓋頭，手中拿著一條烏金馬鞭，悶在狹小的轎子裡，轎子四下搖晃，可她卻滿心憧憬與一股說不清、道不明的歡喜。

老天爺呀，這大概便是她一生當中最美好的日子了吧！

——本篇完

番外　周衡

臨死之前，周衡在想些什麼呢？

他躺在軟軟薄薄的暖榻上，暖榻有些短，腳不出意外地懸垂在了空中，他耳朵旁邊「嗡嗡」的，努力將眼睛睜大，可仍舊分不清楚雕梁畫壁上雕的究竟是麒麟還是獅子，大約是麒麟吧，獅子又不會飛，怎麼能被畫到天上去。

人之將死，眼前盡是白光，同時形容模糊，腦子裡渾沌一片，好像想抽絲剝繭出些什麼，可任由疾馳而過的念頭在腦海中亂竄，卻什麼也抓不住。

等等，他叫什麼來著？

別人叫他皇帝，他姓黃？

不對不對，他好像姓周，大周疆域，他是這片大周疆域的主人，他是秉承天命的天子。

哦，他叫周衡，不叫皇帝，他的母親，也就是如今癱瘓在床的顧太后，往前常常跟在他身後，溫聲緩氣地叫他。「阿衡……阿衡，你可跑慢些！路上石子多，仔細磕著、碰著了！」

他的母親就是這樣一個女人。

貌美、渺小，做事情有些戰戰兢兢、唯唯諾諾，卻對他一向視若珍寶。將他當成她珠寶匣中最亮眼的那顆，尋常時候是不會拿出來戴上的，只有祭天祭祖、除夕家宴這樣重大的時候，他才能佩在他的母親衣襟、髮飾上，和那幾套品相其實不算太好的翡翠頭面、珍珠耳墜一起，都只是為了襯托母親的美麗而存在。

他的母親顧婕妤無疑是喜愛他的，因為如果沒有了他，顧婕妤好像從此便沒有辦法在這內宮之中立足了。

美麗重不重要？

重要，可只有美麗，又有什麼用呢？

宮中的女人就像一朵一朵開在四季裡的花，春天有迎春花、水仙、瑞香、金盞菊、文竹，夏天有碗蓮、碧荷、山茶、含笑，秋天有桂花、孔雀菊、福祿考，冬天有梅花、垂絲海棠、紅葉李……

喜歡大的小的，素的豔的，單瓣的重瓣的，應有盡有，任君採擷。

所以呀，宮裡頭，有了美貌，還得有一個好爹。

就像入京趕考的舉子有了滿腹經綸，卻無徽墨端硯一樣，不論你卷子答得再好，旁人也只會笑你拿兼毫淡墨濫竽充數罷了。

可惜啊，顧氏除了美豔的容貌，什麼也沒有了。

哦，不對，還有他，還有他這個兒子值得炫耀。

其實仔細想一想，也沒有什麼好宣揚的，他只是三子罷了，而且是庶出的、母族低微的三子。

皇三子，比元后之子還不起眼的皇三子。

人家除了記得一個為長為尊為貴者，還能記得誰？

可不巧了，壓在他前頭的那個長者，將尊者貴者也一肩挑了。

真論下來，旁人得面帶諂媚地說上一句。「太子頗有皇上少時之風，算無遺漏且待上尊崇，待下溫和，當真是我朝之大幸、大幸哉！」

再將眼移到太子下方，想一想。「三皇子倒是身體頗為健壯，這樣也好、也好。」

什麼叫也好、也好？

他除了身體強健，連一星半點的好處也誇不出來了？

他那時候還小，就這樣便已經很歡喜了。至少就這樣也硬生生地壓了太子一頭，大約是身上擔著的福祉太多，可有些人命數弱，沒這個命去享，那頭長了，自然這頭就短了下來。

太子一向身子骨不太硬朗，十天裡有七、八天都在喝藥，風寒的藥也喝，風熱的藥也喝，治咳嗽的藥喝，治發涼汗的藥也喝，走進太和宮，滿鼻子滿眼都是一股藥味，他年紀小，仰頭看那雕梁畫柱上好像都縈繞著一團深褐的，帶著三七、決明子、黨參味道的霧氣。

好像是一股子揮也揮不去的死氣。

他每回從太和宮回來時，母妃顧氏總要伸長脖子在他身上嗅一嗅，嗅出了藥味，就好像得償所願似地笑得很隱晦，每到這個時候便會伸手將他攬過去，將他抱在懷中，小心翼翼地貼著他的耳朵說話。「等他死了，就全是咱們娘倆的了，你想要什麼母妃都給你。他這個病癆鬼、病秧子，能有什麼大用處，閻王爺怎麼還沒把他接下去？不過也不急，咱們就慢慢地耗，一天不成等兩天，總算是能等到他腳一翹，跟著他那死鬼母親下去。」

一切都是他們的了？

太子桌上的那方和闐玉小篆印章也能成他的？

他將這個問題告訴母妃，母妃手捂帕子笑得很歡喜，眼眸如絲地嗔他。「個兒小沒眼力見的，一個印章也能這麼高興？不僅是印章，還有太和宮，整個內宮都是你的。」

現在想一想，母妃眼力見著實不太高，整個內宮都是他的？他要內宮來做什麼？母妃的眼睛從來就看不到天下，自然教導他的手段也被拘在了後宅陰私之中。

那時卻仍然很是興奮了許久，只為了那方印章。

他由衷地不喜歡這個兄長，儘管這位長兄從未對他有任何不好的地方，甚至還會告訴他先生是想讓他們先背哪一篇課文，可他就是不喜歡兄長，大約是因為他在太和宮長廊外聽見教習先生這樣對太子說話——

「你是太子，為長為兄，更是中宮嫡子，是要繼承山河大業的人。三皇子出身低微，又有一個不甚出挑的母妃，同你壓根兒就沒有辦法相較，沒這個必要壓制他，對他好一點就行了，不用太在意。」

他懵懵懂懂不明白其中涵義，可將話說給母妃聽後，母妃氣得當晚連飯都沒吃，淚流滿面地教導他。「他根本就沒把你放在眼裡！你在他眼裡就像是個可有可無的東西，比林公公、白管事都不如。」

母妃活了這麼久，最恨的不是欺負與打壓，而是可有可無。

你將別人看作是可以生死相搏的對手，可別人卻將你看成是無足輕重的物件。

他當時沒有辦法理解母妃的憤怒，可母妃的怒氣卻傳染給了他，對太子的恨意與莫名其妙的排斥也傳給了他，可他再不喜歡太子，也沒有狠到要太子的命。

可他的母親，他那一向謹小慎微、行事說話戰戰兢兢的母親，他那險些在產下幼弟時哭嚎著死去的母親，竟然敢下手在太子的枕頭裡下柳絮。

太子是在他眼前死的。

一張臉脹得通紅，一隻手卡在頸脖下面，一隻手在頭頂上揮舞，雙眼紅彤彤的，眼白瞳仁都是紅的，眼球裡有血絲。

「薄荷香囊……香囊……」

兄長這樣艱難地向他求救，眼神向下移，移到了三步之外的小木案上，上面有一只繡工精巧的杏色香囊。

這是一個晌午，太學齋裡除了留下溫書的兄弟二人，太子將身邊人全都打發出了外廂，再無他人。

他眼神從那只香囊上移開，若無其事地凝視了太子一眼，再十分鎮定地收拾書囊，將繡了「衡」字的所有屬於他的東西，一個不落地收拾起來，最後抬起頭來望著長兄，輕輕說了一句話。

「兄長自己拿吧，反正也不遠。」

一語言罷，便抽身而去。

然後太子就死了，然後先皇便徹底頹了下來，然後……然後他就成了太子，換上八爪龍紋常服搬進了太和宮。

然後，他一輩子活在了晦暗無光的夢魘中，從此再難得見光明。

就像現在這個夢魘一樣。

眼皮子有一下沒一下地耷拉下來，過往雲煙如皮影戲一般在眼前緩緩地再過一遍，一想到太子那雙發紅得似乎在流血的眼睛時，腦子卻好像在慢慢清醒過來了，沒那麼黏稠又磣人了，周衡動了動，脊背上全是汗，手心裡也全是汗，口乾舌燥，左胸卻「咚咚咚」地跳得飛快，他蜷不起拳頭了，一雙手只能僵硬地攤在暖榻之上。

不對……

不對！

有人要害他！

周衡艱難地張口，卻發現喉嚨裡發不出聲音，迷迷糊糊地努力睜大眼睛，眼前白光一片，用盡全身力氣死命眨了眨眼睛，再睜開時，白光總算是漸漸消散開來。

「啊……啊……啊——」

每一次張口，聲音都戛然而止，他沒有辦法出聲了，周衡陡生惶恐，張大嘴巴，聲音好像是從胸腔之中發出來的，帶著極為壓抑卻惶然的意味。

「啊……來……來……來人啊……」

一語言罷，周衡胸腔一抽，隨之而來的便是身體裡由下蔓延至上的絞痛，劇痛讓人清醒，周衡卻無端想起四個字——

迴光返照。

難道他真的要死了嗎?!

周衡急促地大口大口喘著粗氣，手撐在暖榻邊上，一用勁，整雙手連帶著胳膊、脖子、下巴與嘴唇都在發顫。

踏踏踏……

外廂有急促的腳步聲。

周衡心向下一放，「砰」地一聲，整個後背都砸在了暖榻之上，到底是老了，後背受了撞擊，連腦袋也重新開始暈暈沈沈的了，他狠狠地甩了甩頭，眼神迷濛中卻見有人撩簾緩緩而來，眼前好像蒙著白霧，側過頭眯著眼也瞧不清楚。

著連衫，戴釵環，應當是個女人。

人越走越近，周衡總算是看清楚了來人是誰。

「貴妃……」

他嗓子眼裡全是乾澀的，整個人燙得好像立馬要燒起來。「叫太醫……讓太醫過來……朕……朕不舒服……」

來人彎腰佝下身來，好像是在笑，可再一細看，嘴角卻抿得緊緊的，眉梢眼角也聳得很凝重。

周衡想再將話重複一遍，可一張嘴卻發現自己又發不出聲音來了。

他眼神向門框移過去，示意昌貴妃趕緊讓人去太醫院請太醫來。

有人要害他，有人在他碗裡下毒，有人要謀害皇帝！

他整個人都癱在床上，用盡全身力氣想坐起來，大聲將上面的話叫出來，可喉嚨裡像是一團浸過水的粗麻布卡在其中，聲音衝不出去，可也嚥不回來。

昌貴妃王氏柔聲問：「皇上渴了？」

周衡死死咬住嘴唇，拚命搖頭。

王氏再問：「皇上涼了？」

生死攸關，命懸一線，周衡總算被激起了凶性，雙手握拳，砰砰砰地一下緊接著一下敲在暖榻上。

昌貴妃好像是被嚇了一大跳，一個激靈向後退了一步。

「請……請……太醫……」

用盡氣力之後，周衡當即渾身絞痛，癱軟在榻上，他的眼神好像在冒火，可偏偏昌貴妃看不懂，伸手將他的手藏進被單裡，再看了眼，甚至搬了個小杌凳坐在暖榻左側有一搭沒一搭地同周衡說起閒話來。

「皇上可知豫王如今也已將近二十五歲了，膝下卻一子也無，您當初聽皇后娘娘的話選了信中侯閔家姑娘，卻忘了我其實是中意石家娘子的。閔家有什麼好啊？出身高的都傲氣，聽不得教訓，偏我又是個宮人出身，沒聽說過什麼大家貴族，更未曾知道什麼禮數規矩。您說我不是正經婆母，我不好說的話、不好教訓兒媳婦的，皇后娘娘全都能挑過去。這我也認了，我本來也不是什麼正經婆婆，我只是一個妾，一個出身卑賤的妾室，哪來資格去教訓出身高貴的兒媳呢？

「您說您信重皇后娘娘吧，偏偏什麼都防著方家，連兒子也不讓她生。說您對皇后娘娘狠吧，偏偏闔宮上下大大小小的事非得讓皇后點了頭才算作數。」

周衡手捂在胸口，已是有一下沒一下地喘氣了。

昌貴妃王氏嘴巴沒停，仍舊接著話茬往下說。「不過等您撒手西歸後，宮裡頭的事可就不該皇后作主了。我是老二的生母，是名正言順的太后娘娘，我想住鳳儀殿就住鳳儀殿，想住慈和宮就住慈和宮。方氏、陸氏、陳氏全都給我滾出皇城去！不對，讓她們全都下去陪您！您對皇后娘娘敬重有加，情深意重，皇后娘娘不殉葬誰殉？」

猛地一下，胸口一抽。

周衡再抬眼，目光放亮，天花板上的那雕梁畫棟，畫的分明是一隻貔貅。

只吃不吐，貪婪成性。

大約他也命不久矣了吧！

昌貴妃王氏興致勃勃地規劃著不久之後的未來——當然這個未來是在他死了之後，老二以長子身分如願上位的未來。

他渾身都在發燙，他好像在王氏身上看見了他的母親，藏在左胸下的那顆心「咚咚咚」猛烈地撞擊，他的寵妾、他的長子，正藉著他的寵愛與縱容，一點一點將他逼上絕路！

昌貴妃還在說話。

「您說皇后娘娘看見我坐在鳳儀殿案首上，她會說些什麼？大概還會昂起她的頭，說些無邊無際……」

女人的聲音一點一點地爬滿耳朵，像有一串小爬蟲從穴口一隻接一隻地爬出來，爬到人的耳朵裡、口鼻裡、眼睛裡，再順著髮囊與指甲縫爬進血液與皮肉中。

周衡越發聽不清了，眼前已沒有白光了，好像有繁星點點。

迷濛中，好像有人在同他說話，和著王氏令人絕望的聲音。他艱難地鼓起精神去聽，卻只能在隻言片語抓到細枝末節。

「阿禮對不住您，阿禮……孩子……對不起……」

這是方禮語帶哽咽的哭腔，她一向對他膝下無嫡子滿懷愧疚，她在向他致歉。

阿禮啊，妳為什麼要道歉呢？

明明是我讓人將藥湯放在妳的碗裡，亦是我彈壓下太醫院不許他們將真相告訴妳，是我啊，是我剝奪了妳做母親的權利啊！

周衡迷迷糊糊地合上眼，白光與色彩在霧濛濛中一寸一寸地消失殆盡。

他好像又在作夢。

可這個夢沒有將他魘住……甚至，這是他晦暗人生中第一縷曙光。

他的阿禮。

穿著一襲火紅的嫁裳，上身規規矩矩地挺得筆直坐在婚床的正中，可腳卻藏在大紅裙裾之下，有一搭沒一搭地晃動。

他原以為這又是一個無趣端莊的世家女子——她確實也是一個出身高貴的世家女，方家的嫡長女，父親是名震西北的老將，哥哥是初出茅廬的新秀，家世淵源且位高權重，這是先皇在禁止他與母妃顧氏見面之後，為他做下的第二個極為精準且正確的決定。

少年的情愫總是來得沒頭沒腦。

他連蓋頭都尚未掀開，卻只因為方禮在婚床上坐久了、坐煩了，百無聊賴之中搖晃的那雙腿，便對這個出身高貴的妻子懷抱了無限的好感。

可惜，她卻未曾辜負過他的好感。

她為他執掌太和宮，雷厲風行地發落在六司中一向虛與委蛇的內侍、嬤嬤，她為他紅袖添香，夜來執燈其旁，她為他親手縫補衣物，再為他手腳麻利地穿上。

她將她的那一份做得太好了，既是職責又滿懷情意地完成。

可他呢？

讓她直面顧太后的折磨，讓她獨身面對宮中居心叵測的那些內侍僕從，讓她孤獨承受旁人對她的猜忌與懷疑。

「你出身不高，可她卻從小便是天之驕女。貴女、嬌女、世家女，這三樣，我在這宮中這麼幾十年可算是看夠本了，沒一個是好玩意兒，嘴上敬著你、重著你，論你爬到再顯赫的位置，人家心裡頭該踹你還得踹，該鄙夷你也不含糊，最怕的便是這種臉上賢淑，背地裡卻看你不起的人了。」

顧太后如是說，她口上是怕他掌不住方禮，可心裡呢？

方禮的世家女氣息太濃烈了，幾乎在一瞬之間，就讓顧氏回憶起了讓先皇情根深種的那位元后，一樣的世家女，一樣的雷厲風行，一樣的賢良淑德，在大喜正堂上，顧氏便心口一驚，不由自主地提起一口氣來。

顧太后怕他掌不住阿禮，何嘗不是更怕自己掌不住這個兒媳婦？

挫其鋒芒，立下馬威。

接踵而至的刁難與責備，一個接一個送過來的美人兒，還有大庭廣眾之下旁敲側擊的譏嘲與挑釁，所有的婆媳都是天敵，這一對更不例外，世間所有婆母刁難兒媳的招數，顧太后都用了，甚至青出於藍而勝於藍。

他以為阿禮受不住。

西北的女子驃悍強勢，他甚至怕阿禮會與顧太后出現正面衝突，甚至他私心裡也在如此偷偷地期待，很矛盾地期待，說不清那是一種什麼樣子的情緒與心態。

在阿禮面前，他是仰望著的，仰望著她卓爾不群的能力、清白正統的家世、磊落坦蕩的作風，好像他畏畏縮縮地蜷在牆角，在仰望著他想成為的那個人。

可他不能仰望她啊！

論私，他是夫，他是男人，他是主導；論公，他是皇帝，他是天子，他是一言九鼎的帝王。

他怎麼能仰望他的妻子呢？

她必須出錯，必須讓他看到每個人都是殘缺的。人無完人，月有殘缺，憑什麼這世間只有他一個人活在黑暗的夢魘中，憑什麼這世上只有他一個人背負著永遠無法擺脫的羞愧？

所以，才有了「可惜」這兩個字。

可惜啊，她未曾辜負過他的觸動與期望。

定京城動盪一年之後，終究平復下來，京中的勛貴再想奪權，手中無兵馬支持又如何能夠行險招、出殺招呢？

皇權穩固之後，他終究不用像無頭蒼蠅那般四處亂竄了。

再看阿禮，便會想起平西關內的那群打著方家軍旗號驍勇善戰的鐵騎，如果阿禮生下了他們的孩子，那時候的方家是不是便有了更加能得信任的帝王以示扶持了呢？

他不敢想，可他敢做。

母妃為了得到太和宮不惜下手將太子送下黃泉，他只是未雨綢繆而已，他沒有親手將他的骨血殺死，這不算殺人，這不算沾血，對不對？

「咳咳咳——」

胸腔外好似有重力按壓，胸腔中好像又有一股黏稠的、尚帶著腥味的液體直衝衝地往裡灌，周衡猛地彈起身來，連聲重咳數下，腦後有一股子充盈著寒意的涼氣直衝而上，渾身上下不由得不間斷地抖，不停地哆嗦。

大約是要死了吧？

昌貴妃王氏目光憐憫地看向他，周衡卻突然靜了下來，緊緊合上眼，嘴唇囁嚅，像是有話要說。

王氏心下一嘆，佝腰過去，輕聲說：「你說吧，死者為大，你的遺言我一定牢牢記下來。」

周衡面色鐵青，這個垂垂老矣的老人耷拉下來的皮肉還在發抖，嘴唇張開又閉上，再張口又合上，如此反覆之後，終究極為艱難地開口出言。

「我……我……對不起……阿禮……」

阿禮未曾辜負他的好意與期望。

可他卻負了她。

老人眼角含淚，可惜溝壑縱橫，淚水被拘在了極為深刻的紋路中，再難前行。

終於扯平了，以陰陽相隔為代價。

很久很久之後，已然改朝換代，趁夜深，又一批土夫子肩扛洛陽鏟，手拿定羅盤勾勾搭搭地過了京城東郊，領頭的如是說：「今兒個咱們爺們兒來盜前朝的古物件，這地風水好，若非皇陵，定是公侯將相的老墳頭，好東西多著呢！」

定穴、挖道、挖盜洞，過圖層，再一把撩開金絲楠木棺。

「嘿！」有土夫子大喝一聲。「怎麼兩個玉枕、一具屍骨啊？莫不是那具屍體成了粽子？」

領頭一把敲在那人頭上。「呸！粽子個腦袋！你見過粽子詐屍起來還會將自個兒衣裳疊好的啊？」

那人低頭再一看，好傢伙，那具完整白骨的旁邊，有一摞疊得規整的衣裳布疋，大概是年歲已久，布疋已經化了灰，可仍舊能模模糊糊地看出一個雛形。

「還是女人的衣裳！」

有人叫道：「老大！玉枕中間有只玉壺，品相還不錯來著！」

領頭將洛陽鏟往後背一揹，戴上手套避過玉壺，伸手將那只空出來的玉枕上的灰輕輕拂開，目光一歪，便看見了玉枕的側面。

側面雕著一朵小巧精緻的五瓣梅。

——本篇完

番外　鎖清秋

我叫周繁，繁複的繁。

父親喜歡叫我阿繁，母親不讓他這樣叫，說是「好好一個姑娘，阿繁阿繁的叫，總覺得要被叫成一個四肢健壯的小郎君」，父親聽了好像更高興了，當著母親面不敢再喚，可他常常是當面一套、背後一套，通常都背著母親偷偷摸摸地叫喚我。

「嘖嘖嘖嘖，阿繁阿繁，嘖嘖嘖，這邊，往這邊來。」

父親的態度還是很親切的，可我總覺得他像是在叫阿舒哥哥的那幾條大犬。

我娘安撫我說是因為秋天生的，所以繁花似錦。

我很鬱悶，我覺得她分明在敷衍著騙我。

這名，明明是威名赫赫坐在儀元殿上那位小六叔給親自取的，是繁蕪興盛的意思，聽奶嬤嬤說我將將生下來，還沒過兩個時辰，宮裡頭皇帝御筆欽賜的「繁」字就送進了豫王府裡頭了，這宮裡頭的賜名一下來，整個豫王府從上到下全都長長地舒了口大氣。

至於為什麼長舒一口大氣，我想了想又想了想，倒也想明瞭了，這生在皇家裡頭吃穿不愁，怕就怕站錯隊，得罪錯人——我是隆化元年出生的，正值新皇即位不足半載，正好避開了「戊戌之變」，六叔與那些亂臣賊子鬥得不可開交的辰光，聽人說那時候六叔可沒少吃苦頭，險些將一條命都丟在了江南，我雖沒親眼瞧見過，可以訛傳訛中倒也聽出了些道道。

那些亂臣賊子要揮著大旗遮羞才算名正言順，可誰是大旗？就是我那明媚而憂傷的親爹。

這層恩怨在裡頭，縱算是我爹算盤都撥弄不明白，可在旁人看來卻不是那麼回事。

我正趕上新帝登基蹦出來，順道就拿我測一測皇帝要不要拿自個兒素來敬重的二哥開刀，哪曉得我那小六叔非但沒拿刀，反而連帶著賞賜和恩遇流水樣送進豫王府裡來。

奶嬤嬤大約是想表達皇恩浩蕩。每回一過生辰，我在拿著小勺小口小口地吃長壽麵，奶嬤嬤就在身旁吭吭哧哧地掐嗓作勢，提起身板跟唱戲似的，朗聲唸上一遍。每年當以「遙想當年，宮裡頭出來的聖旨途經雙福大街，再過東郊，白馬打頭，雙馬並行，騎在馬上的是儀元殿第一人李公公，手拿紅纓……」開頭。

再以「我的大姑娘欸，您命裡可貴重得很哪，足足有六斤重，哪個不長眼的敢輕瞧您，皇上念著賜名的情分也不能輕饒了去」。聲量陡然提高，直接進入激昂的高潮部分。

最後以「就算您沒哥哥也沒幼弟，可您底氣足足的，誰都不用怵！咱定京城可不是鄉間籬笆的地，還得靠誰家兒子多論英雄」一錘定音地安撫結尾。

奶嬤嬤是經年的老嬤嬤了，是母親的娘家信中侯府一早就送過來的，服侍了外祖母再服侍娘，最後是我落到了她老人家手裡頭，嬤嬤看事看人都透澈，話糙理不糙，在正苑的僕從底下屬於說一不二的地位，什麼都敢說。可偏偏三兩句裡半字不提我那明媚憂傷的阿爹。

我亦憂鬱——奶嬤嬤好像對爹有一種莫名其妙的敵視和防備，倒也不是僕大蓋主，只是一種由內而外散發出來的「你這個壞人，離俺們正苑遠一點」的不認同感與避之不及。

我沒敢往娘那處捅，私下裡問過嬷嬷。

嬷嬷怔一怔之後，摸摸我的頭，笑著敷衍我。「姊兒多心了。」轉過頭卻被我偷偷聽見奶嬷嬷告訴娘。「誰都有荒唐的時候，只是咱們家王爺犯得有些長，好歹人如今不犯了，到底是姊兒的親爹，實在沒必要再提那些糟人心的前塵舊事不是？」

什麼前塵舊事！

什麼舊事！

我好奇心重得很，堵心堵得十幾天沒吃好飯、睡好覺，心心念念的全是嬷嬷口中神神秘秘的「前塵舊事」，娘常說我是隨了爹，既是隨了爹，那就乾脆打破砂鍋問到底，頂著一雙烏青的黑眼圈問到娘跟前去。

娘笑得平和極了，將話三拐四不拐地，就拐到了平西侯家照哥兒不認真背書被他爹抽得嗷嗷叫的話題上。

當我帶著知曉八卦的神秘笑容推門而出，卻猛然發現話題好像是被帶偏了！

所以說可能我與爹兩個人的心智加在一起都拚不過娘，我大約稍稍勝過爹——至少我覺察出被人牽著鼻子走了。

我問過了，嬷嬷態度好像好了許多。其實爹對娘親正苑裡頭的或人、或事、或物好像都帶著無限的寬容，更何況是對娘一向很信重的老嬷嬷。

故而往前無論奶嬷嬷如何翻白眼、耷拉眉、撇嘴角，爹都沒有任何異樣。

說實在話，我私心覺得爹壓根兒就沒瞅出來嬷嬷待他不一樣。

他倒是能一口品鑑出十五年的花雕酒和十四年半的有無不同，也能一眼看出這大紅燈籠是澄心堂紙糊的呢還是桃花紙，可看人看事上卻遠沒有娘清楚明白，所以我們家要換哪塊磚、要撬哪塊瓦，全都是我娘說了算。

就拿提早冊郡主這回事來說，宗室女本是大婚的時候再冊封號，大概又是為顯皇恩浩蕩，我將過十歲，皇帝御筆親批就下來了，我倒成了大周朝頭一位冊郡主，旨意上蓋的是皇帝正兒八經印章的小娘子。

爹與孃孃千感萬念的全是皇帝，只有娘告訴我。「皇上又不是先帝，眼裡頭裝得下內宅。這是皇后娘娘在與妳做顏面，下回見著皇后娘娘親親熱熱地叫六嬸嬸去。」

我自然滿口應下，等進宮見著皇后娘娘了，先同規規矩矩坐在書桌後頭的阿舒擠眉弄眼後，再老老實實地給皇后行了個大禮，照娘的交代，沒叫皇后娘娘，親親熱熱喚了聲——「阿繁謝謝六嬸嬸。」

也沒說謝什麼，賀皇后卻對著娘笑起來。「阿繁的機靈勁倒是隨妳。」

娘很婉和地看了我一眼。「她性子隨她爹，有福氣。」

賀皇后笑起來。「像二哥是有福氣，什麼事都壓不了心，活得才算歡喜……」

後頭的話我都沒聽全了，因為阿舒一手拖著我，一手牽著踉踉蹌蹌才學會走路的二皇子，去瞅他那尚在襁褓的三皇子。

我倒覺得周家宗室的兒子都被皇后生了，皇帝後宮的兒子全是從賀皇后肚皮裡出來的。

嗯……

想從別人肚子裡出來也有點難度，因為後宮裡頭除了賀皇后壓根兒就沒別的女人了。賀皇后一個兒子一個兒子地向外蹦，大有不生個十個八個誓不甘休的勁頭。

再反觀我們家與四叔家，四叔家孤零零一個獨子，我們家更慘，就剩我孤零零一隻獨苗，好死不死，還是個女獨苗。

我都有點替我爹惆悵，可又不敢表現出來，生怕我那擰不清的爹腦子一抽，又給我領回家一個庶母，用來綿延子孫。

用「又」字倒不是因為爹曾經領回來過，只是聽奶嬤嬤說我以前是有個庶母的，姓石，定京人氏，好像還是國公府的嫡出姑娘。

「定京城裡還有姓石的勛貴人家？我怎麼一點也沒印象？」我仰臉問嬤嬤。

「因為他們家作歹，然後自己把自己作死了。」嬤嬤面無表情地回答。

我微不可見地往後一縮，這是嬤嬤標準的「不要給我提她，再提她，信不信我立馬去把她墳給刨了」的我在找死表情。

我機智地在嬤嬤跟前打住了話題，可好奇心一上來擋都擋不住，事關爹的我不敢自己活動，可問一問這碼子事就沒多大忌諱了，找來幾個僕婦一問，立馬就知道全了——安國公府石家在「戊戌之變」中站在了六叔的對立面。

全完了。

這種爭天下、打社稷的大事，誰沾著誰完，一點情面都不講，石妃一夜之間不知道哪裡去了，有人說被下令擊殺了，有人說和一個胡言亂語的瘋婆子被送到平西關外了，也有人說她自己上吊死了。

無論是哪個說法，反正人是沒了。

豫王府後院裡頭就剩我們一家三口一起過了。

娘沒生兒子，最著急的其實是外祖家，我還記得我很小的時候，外祖母帶著娘求神拜佛，什麼名山大川都走遍了，有段時間整個芷苑裡全是藥味，嬤嬤奉了藥湯進來，我躺在暖炕上睏中覺，迷迷糊糊聽見娘對嬤嬤說：「這種事講緣分，強求來的都不長留，我有阿繁一個也就夠了，大約是在抵早些年那個孩子的債吧。」

「瞧您說得！您當初要將那件事攤開來告訴王爺，我就說不能不能，您偏偏是一意孤行，果不其然兩個人當初哭成一團了吧？不過因禍得福有了阿繁，其實王爺的反應我也沒大想到……唉……你們能當作是互不相欠，一筆勾銷，大概就是頂好的結局了。」

嬤嬤將藥碗擱在木案上，也隨娘喝不喝。

我迷迷糊糊聽了一耳朵，沒聽大明白，摟著被子再翻了個身，翻過身後，外廂便再無言語。

我覺得娘是頂好的一個女人，出身好，容貌好，進退行儀好，連對付人也是和和婉婉的架勢，她還沒出手，爹倒衝到了最前頭——有不要命的官宦人家不敢諫言說賀皇后椒房獨寵，失德善妒，人家膝下幾個兒子，生產值高得不得了。

要想背後嚼舌頭的，就把眼神放到了我們家。

沒直說我娘，背地裡說我外祖家「不會教養女兒」、「無子無德，還不許男人納妾」，爹一聽登時毛了，撩起袖子下了帖子請那幾家人喝茶，喝著喝著就動了手——我爹單方面毆打旁人，別人不敢還手，一個成了豬頭，一個成了香腸嘴。

皇帝一手把這事壓下來了，我爹打人時候的英姿也在京城裡傳得沸沸揚揚，和這個壯舉一起傳誦的還有我爹一句話——「有個丫頭好得很，人生在世活得不易，還管什麼身後的屁事！沒兒子又怎麼樣，又能怎麼樣，老子有個好媳婦兒足矣。」

男人們嫌他丟人，女人們大概都眼冒星光。

我立時正蹲在平西侯府裡的長廊和照哥兒一塊兒捏泥巴，模模糊糊聽照哥兒他娘說：「過盡千帆，那人卻在燈火闌珊處。」

全不搭軋的兩個句子。

我卻懵懵懂懂中像是明白了什麼。

在爹大發神威打人事件之後，緊接著定京就出了個平西侯長孫聚眾鬥毆事件，阿舒哥哥偷摸領著我去瞅照哥兒，照哥兒鼻青臉腫地躺在床上，見是我，齜牙咧嘴地笑。「那幾個嚼舌根的小兔崽子說妳娘不好遭我聽見了……」

我一笑，眼淚緊跟著便下來了。

然後平西侯府就上門提親了。

我爹笑得連聘禮都不想收，恨不得買一送一，生怕人反悔。

我出門子前一天，照哥兒偷摸翻牆進豫王府，也不曉得哪個不著眼的小蹄子看見了轉個身就打小報告，被我爹一把逮住，冷著臉伸手就拍了照哥兒兩下後腦勺，我便哇哇直叫，爹抬起手忍了忍，到底忍下了，拽著照哥兒去花間喝酒去。

幾巡交杯換盞之後，我與娘在外間做針線，聽見爹在鬼哭狼嚎地叫——

「給我好好待阿繁！女人家活著不容易，有時候嘴上不說，心裡頭記著，夫妻間沒有隔夜仇，兩個人把話攤開說，什麼都過得去！」

我將針線放回箱籠裡，起身想進去勸，哪曉得娘將我一把扯住。

我抬了頭，卻見娘雙眼亮晶晶的。

爹估摸著是醉了，說話大舌頭，偏偏還要接著說下去。

「男人……也不能太荒唐了！荒唐狠了，女人的心就淡了，女人心一淡一涼，捂都捂不回來！我是氣運好……再加上阿繁她娘是個好女人……經了回大事這才醒過來，就算是這樣……我也哄了好久才哄回來……半夜三更去東郊買過魚皮餛飩……自己學過刻章，嘖嘖嘖，學得我滿手的水泡……出門連母馬也不騎……什麼都聽媳婦兒話……

「我給你說……阿繁被我慣得不像話，她不像她娘那樣好說話……你小子要敢荒唐，信不信老子親自出馬打折你的腿……」

說話說到最後，聲音漸漸低下去。

我再抬頭看娘。

娘的眼裡淚盈盈的，好像清秋時節中，被風雨洗刷過的深泉。

——本篇完

番外 留春人（一）

定京的三月獨有一番新麗光景。

煙柳畫橋，飛絮垂西隴，雙燕歸來細雨中。

城西漸覺風光好，年前燈籠畫壁照。

定京城以中軸線為御道，城東為重，城南為輔，西北兩角雖亦繁華，可當真論起商賈買賣、互通有無，西北兩角自然遠遜城東、城南。

故而位高權重者擇室而居時，通常會選擇東南，一是圖個好彩頭，二是求個不輸人。隔壁家政敵老鄧頭都能在城東頭買上個三進三出的院子和長公主府挨在一塊兒，我要沒能住在那塊地方，這不就明擺著我沒老鄧頭能耐了嗎？

冷灶無人燒，熱灶人太多，城東、城南的權貴人家越發打擠，城北、城西無人問津，俗話裡稱「東仕西賈」，這讀書人不就講究個走仕途、戴烏紗嗎？要有哪個官宦人家遭人低聲罵上句——「活該你個小兔崽子祖祖輩輩住城西」，那戶人家怕是能做幾個小人扎得那嘴損的一輩子不痛快。

哪知，凡事皆為三十年河東，三十年河西。

大周隆化五年，定京城西搬來了戶大人家，大到沒人再敢說東貴西賤了。

前朝平陽王次子，當今新貴晉王周平甯舉家遷到了城西的東興胡同。

這樣的人物算大不算大？

自是大的。

流的是天家的血，掌的是朝堂的權，說的是一錘定音的話，既是血脈相近的宗親，又是立下汗馬功勞的從龍大臣，還是新帝隱有倚重的朝中新秀。

宗室、勛貴和權臣，任一樣拿出來都是讓人極羨豔的。

就有人命好，三樣都有，就算過程千迴百轉，只要結局是好的，都值得。

可偏偏世事無常，旁人口中的歡喜，常常同自己心裡頭的歡喜，其實並不是一碼事。

城西晉王府將修繕完畢，朱漆綠瓦相得益彰，曲折長廊裡青綢雙手捧著一座鏤空瑞獸銀器香爐，腳下小碎步跑得極快，香爐裡是燃著明火的，手捏在雙耳上，有些燙手得拿不住。

她跑得快了，裡頭的火遭了風向上一竄，從香爐的鏤空處一下子便冒了出來。

火苗燒到手指尖上，燙得小丫頭一聲低呼。

「啊！」青綢下意識地想立刻甩手，卻突然想起什麼，手上的動作一滯，由心向上，兩眼含了兩泡淚，頓感委屈到不行。

明明只是件極細極細的事啊……

司房裡的老嬤嬤何必這樣拐著彎地給她罪受呢？

讓她端火盆，跪在火房裡燒秸稈，每日只許她睡兩個時辰。

說不出來都有哪些折磨，可就是這些零碎細小的收拾給她受，旁人問起卻什麼也說不出來，做奴才的不該端香爐？不該燒秸稈？不該多做活兒？

都是該的。

可別的丫鬟憑什麼不用做？

她不服，三拐四拐地託關係問到了司房老嬤嬤跟前，老嬤嬤便陰陽怪氣地說了一句話。

「人前要顯貴，人後必遭罪。王爺要抬舉那小丫頭片子，也得瞅瞅正院應不應，正院如今再怎麼說不上話，整治一個小丫頭還多得是法子。」

擺明了是要拿她殺雞儆猴，告誡那些想掀風起浪的小蹄子。

和她同屋的翠枝暗地裡同她說，怕是她冒了尖，畢竟大年三十是王爺親口問了那副春抱石榴是誰剪的。

她就只是個新進府的小丫鬟，無根基、無靠山，爹娘狠心，自小將她賣給牙婆，這晉王府才建起來，她一身乾淨得了選，領了個小司房的差事，既給了差事那就仔仔細細做吧，哪知這仔仔細細做的活計，反倒將她拖到陰溝裡去了。

主子身分不同，只有奴才收拾奴才的，哪有主子親自下手收拾個小奴才的，自是主子吃了心，然後交代下頭人詆損她，給她零碎收拾受罷了。

手上燙得像針扎似的，一刺一刺地疼得厲害。

可她不敢放啊，不僅不敢放，還得握得更穩，若是因為她這香爐落了下來，怕又是一頓好打等著她。

青綢鼻頭一抽，越想越心酸，心尖尖上的酸向東繞了繞，又往西繞了繞，終究得強忍下來。

外頭那些事她不懂，可聽來聽去也聽出了幾分道理，王妃她爹是個大奸臣，想「木飯」（謀反），是個壞人，新帝登基之後就把陳家那夥「雨捏」（餘孽）全都發配到很遠的地方去了，王妃也姓陳，她能逃過一劫全靠自家王爺在外周旋著，新帝上位的時候大封功臣，可自家卻什麼也沒落著。

有見多識廣的嬤嬤說是因為王爺要保住老王爺和王妃的命，才拿功勛和爵位去換的，所以新帝登基的時候，旁人都落了個盆滿缽滿，自家卻連平陽王這個爵位都沒保住，奪了爵停了俸祿，老王爺一病幾年，若不是自家王爺還擔著差事，怕是連東郊的平陽王府都能被人給收了。

拿前程換人命，王爺無論是待王妃還是待老王爺，都夠情深意重了！

青綢臉朝身側一偏，就著沾染了晨間露氣的前襟抹了抹眼睛，也不知是在為自己委屈，還是為旁人委屈。

腦子一走神，腳下就跟著走了神，一個趔趄，香爐往外一歪，沾著火星的灰便從縫裡竄出來蹦到手背上。

青綢下意識一叫，隨即便聽「哐噹」一聲——香爐砸在地上，灰撒在青磚上，被風一吹，灰一把揚起，似乎在一瞬之間，長廊之中便縈繞著沉水香沈靜安謐的氣味。

青綢有些發愣，隨即驚慌起來，她……她到底還是將這香爐打翻了！

「妳是兩錢銀子買進府的，這小盤沉水香夠買十個妳了。」

這是嬤嬤交代她的話。

嬤嬤會乘機把她的皮給剮了吧！

這是青綢木愣在原處，眼睛險些被灰迷住之前的唯一反應。

「這是怎麼了？」

陡有男人的聲音，聲音很輕，以至於青綢沒聽見——她正背對來人蹲下身，也顧不上被燙出來的水泡，趕忙先將香爐立起來，又拿手去攏香灰。

既沒人理會，男人隨她的目光低頭看，是點的盤香，一砸下去，盤香全碎成一截一截的了，點的是沉水香，是正院用的。

不過是一個毛手毛腳的小丫頭。

周平甯抬腳欲走，卻聽身後有小姑娘抑下的哭聲。

「香爐砸了……嬤嬤要打死我了……」

周平甯猛地一下停下步子，身後跟著的黃總管嚇了嚇，隨即聽見周平甯沈聲問話。「妳是皖州人？」

黃總管下意識想答，卻見周平甯看向蹲在地上那小姑娘。

這聲夠大。

青綢一抖，手上疼，腦子裡糊，且不敢背過身來。男人？嬤嬤說連尋常管事都沒法子進內院來，聽聲音還年輕，應當也不是得用的管事……

「妳是皖南人？」

男人再問一遍。

來不及多想，青綢連忙如雞搗米點頭。

陳顯一倒，皖州遭殃，上頭人遭殃，下頭人也沒好日子過。「戊戌之變」前後從皖州逃亡各地的貧民陡然增多，晉王府新近修繕，多進兩個皖州人也不稀奇。

可黃總管渾身上下都是汗。

他是知道周平甯喜好的！王妃是皖州人，「恨屋及烏」，王爺連帶著也不喜歡皖州這個地方，府裡頭選人連江南那邊的人都不太想要，這小丫頭分明是漏網之魚！

「王爺……」黃總管趕緊湊過來。

此話一出，青綢大驚，趕忙順勢跪在地上，手撐俯於地不敢抬頭。

「王爺，這個丫頭……」黃總管聲音戛然而止。

周平甯眼神極黯，壓低聲音問道：「皖南哪裡人？」

「池州……」青綢抖啊抖，抖啊抖，顫巍巍地回。

周平甯胸口一窒，輕聲一笑，再問：「叫什麼名？」

「青綢……」青綢手藏在衣裳下襬，緊緊揪住裙角，她渾身上下都在發抖，聲音一出口，就好像在空氣中發顫，來不及想是福是禍，卻陡聽男人一聲極為壓抑的嘆息，滿腦子除了漿糊，還有一團纏得緊緊的麻線。

「是那個剪了春抱石榴的丫鬟？」

青綢遲疑半晌，終究點了點頭。

周平甯也跟著面無表情地點了點頭，眼神落在地上那座鏤空銀香爐上，沉水香得慢慢烘，不僅要點香，香爐下頭還得放燒得火紅的炭拿熱氣來焙，地上就一座香爐、幾抔灰，再無他物。

沒托盤，沒夾棉手套，也沒銀架子。

這丫鬟徒手拿香爐，怎麼可能不被燙得撒一地？

擺明了是有人使心眼。

周平甯沒這個耐心去管女人家內宅陰私的手段，抬腳欲離，卻鬼使神差地向下垂目，正好看見那丫鬟緊緊抿起的嘴，不由心頭一嘆。從始至終，她都沒申辯過吧？就算跳進了別人挖出的那個大坑裡頭，就算只要他一句話她就可以脫離困境，她始終都是有問才答，有一答一，未曾申辯。

腳下一停，鬼使神差地再問出一句話。「輕愁？是哪兩個字？」

黃總管強壓下想抬起的眉毛。

青綢眼看男人的牛皮小靴已是向外走，暗地鬆了一口氣，卻又見其折轉歸來，再聽其後問，繼續顫顫巍巍地回道：「回王爺，是青色的青，綢緞的綢。」

青綢紅線綠綺羅。

紅線繞指千百般，青綢纏腰步步蓮。

呵……

周平甯說不清心裡頭是哪種情緒，低頭再看那人，像是自嘲又像是詫異笑了笑，轉頭吩咐黃總管。「從你的帳裡支五兩銀子出來，就當賞她剪的那副春抱石榴。」

五兩銀子……

剛剛夠賠香和香爐。

青綢猛一抬頭，神色變得很迷惘。

數十年之後，已白髮暮年的張太夫人記性變得很不好時，卻仍舊攬著親孫兒，很小聲地說起男人很淡很淡的那襲背影。

——本篇完

番外　留春人（二）

有人的地方，就停不下嘴。

女人家上下嘴唇一搭，後宅的話傳得飛快。

晉王周平甯對酒色無趣，此乃眾人皆知，說來也奇怪，經「戊戌」一役後，定京城裡迅速竄紅的新貴們好像沒幾個是沈溺聲色之人，賀家小子連個妾室都沒有，方家小子尚了公主之後一直很老實，除卻老四家裡頭還儲了幾個鶯鶯燕燕，其他的當真老實得不行。

晉王亦是，空蕩蕩一個王府，夫人、側妃全都沒有。

成親這些年，膝下無子無女，連內宅都極少進，兩口子一個住內宅，一個住外院，早兩年碰上面還能吵上一吵，到如今，兩個人逢年過節見回面，連話也不怎麼說了。

除卻晉王沒意思納妾納美，這夫妻過的日子倒是和大多數的勛貴人家形似、神不似。

「黃總管的帳裡撥了五兩銀子賞給小伙房裡那個丫頭？」

「對，沒錯，就是上回剪了副窗花被王爺留意的那個。」

「長得小模小樣的，還不太會說官話，能聽出土話腔……」

「嘖嘖嘖，你說那小蹄子怎麼命這麼好，就入了王爺的法眼裡了呢？」

「噓——往後的貴人主子還叫人小蹄子，也不怕遭人聽上一耳朵！」

說什麼、怎麼說的都有。

上下嘴皮子一搭，又是一齣好戲。

下頭人竊竊私語的話，周平甯自是聽不見。

天將過暮色，黃總管屈指叩窗板，小聲問裡頭人。「王爺，今兒個是在書齋用膳，還是去正院……」想了想，還是繼續說道：「將才王妃遣人過來請您來著……」

這很難得，多少年了，正院難得主動過來瞧人。

黃總管跟著周平甯近十年了，兩夫妻的恩恩怨怨，他大約都看得清楚，說誰負了誰也不好說，說誰比誰高尚也不好說，說誰更愛誰，這好說，一定是周平甯更愛那位，這是鐵板釘釘、無須商榷研究的。

可這愛裡，又有幾分是真心、幾分是不甘心？

這個，他可當真說不好。

反正這倆誰也不欠誰的。

可偏偏一個覺得自個兒受了天大的委屈，一個忍著性子順毛捋，再多的愛和愧疚，都抵不過時間呀……

照他來看，原先不論是吵是罵，還是委屈得嚎啕大哭，都比如今這樣兩看生厭、形同陌路強。

裡間靜悄悄的，隔了半晌才聽見周平甯一聲嗤笑。「行，就去正院。」

許久未來的正院還是靜悄悄的，走近正房才能隱約聽見幾句爭執，模模糊糊有幾個詞——「抓住」、「放低身段」、「今時不同往日」。

周平甯步子在廊間門口一頓，他自然聽得出來這是陳婼身邊那個陳嬤嬤的聲音，似是想起什麼卻陡然兀自笑，撩開簾子，裡頭的聲音隨即戛然而止。

陳婼端坐在案首，兩鬢梳得很滑溜，著絳紅常服配赤金頭面，正襟危坐得不太像是要用晚膳的模樣。

興師問罪。

周平甯腦子裡陡然出現這四個字。

周平甯邁腳入內，陳嬤嬤扯開笑趕緊迎上來，態度十分殷勤。「一早王妃便吩咐人拿小灶燉上天麻雞湯，您趕緊趁熱喝上一盅。蜜汁乳鴿、鍋包肉也是您一貫愛吃的，王妃都記……」

「我不吃甜的已經很久了。」周平甯朝陳嬤嬤笑了笑，輕聲打斷其後話，十分自然地坐到上首，看了陳婼一眼。「太醫說我要儘量用些清淡解熱的膳食，不吃甜食已經很久了。」

陳嬤嬤手上一緊。

周平甯再無後話，陳婼抬起頭來靜靜地看向他，亦無回答。

屋子裡的氣氛瞬間冷下來。

隔了良久才聽陳婼亦笑起來，從開始的極小且無聲的微笑，慢慢放大變成朗聲大笑，笑到最後眼淚都快出來了，便索性就著帕子將眼角一抹，眼光微波看向周平甯，很輕很輕地道：「什麼時候你也能在我面前擺譜了？」

陳嬤嬤被激出一身冷汗來。

我的二姑娘喲！

今時可不比往日啊，這人在屋簷下不得不低頭，娘家不僅沒了還被人抄了老巢、定了死罪，陳家的後生們都沒法子翻身。大姑娘到底沒用處，四皇子也從未涉及過這些爭鬥，換個角度來想，這周平甯可是正當時啊，有誰願意正妻是逆反者出身的？又有誰樂意讓妻族拖累仕途？又不是腦筋有毛病！

這男人沒這麼薄情，可也不可能始終如一的深情——還是建立在妻室從未理解與信賴的基礎上。

今兒個有青綢，明兒個呢？紅綢、藍綢，什麼下作玩意兒可都出來了。

二姑娘究竟在倔氣些什麼呀？

「王爺，您莫惱，王妃現如今是身子有些不舒暢罷了……」陳嬤嬤連忙道。

周平甯一擺手，口中說出兩個字。「出去。」

陳嬤嬤趕緊閉了嘴，很是擔憂地看了眼陳婼，終是埋首向後退去，簾子被打起再被放下，陳婼仍是笑看周平甯。

周平甯也笑，笑著笑著漸漸斂了顏，輕道：「從陳顯功敗垂成的時候？還是從妳嫁給我開始？還是……」話到一半，周平甯終是長嘆一口氣，微不可見地半挑起眉來。「妳看，我還是沒有辦法對妳說出刺耳的話。」

「周平甯！你裝什麼癡情種！」

陳婼「騰」地一下站起來，扯開嘴角想哭，可她從反光的菱花鏡面上卻看見了醜陋的、枯槁的、面色蒼白的自己，她趕緊移開眼睛，死瞅著泛起紅光的燈籠油皮紙上，將拳頭縮在袖口裡緊握得發抖，低嚎道：「父親信你，將兵馬人手交給你，你呢？你卻轉首便把兵馬交給了方祈！若非你打了父親一個措手不及，那日明明還有翻盤的餘地，我明明還不用落到這般可憐的境地。你知道那些女人看我的眼神？你知道賀行昭看我的眼神嗎？像在看一隻螞蟻，一隻她們隨時都能碾死的小東西！」

許久未曾說過這樣長的話，可她卻日日夜夜都在想起那幾天。

如果父親並未戰敗，會怎麼樣？

老七那個心智低下的幼童上位，她一躍成為攝政王妃，老六死在了江南，老二、老四不足為懼，讓一個幼童死容易得很，等老七一死，周平甯坐上皇位就容易得很了！

等等，其實還有更美麗的結局。

老七死後，她的父親上位，她便是名正言順的公主。

她要江山有什麼用？

她只想站得高罷了。

這是一場美夢，夢醒了之後，她還是那個孤女，靠周平甯這個懦夫給予的恩惠與憐憫，可憐巴巴地活下去。

陳婼渾身猛顫，她有什麼錯啊？她到底犯了什麼錯才淪落到今天這個地步啊！她步步為營，她心細膽大，她無牽無掛。

這個地方不是她應該待的啊！

她算出來是百鳥朝鳳的命格啊，是皇后命啊！她受不了別人看向她的眼神、議論她的語氣，她受不了周平甯變成了她最後不得不依附的那個人！

她……

她是陳婼啊。

審時度勢，她做不到啊！

陳婼攥緊手心，卻見手背青筋暴起，痛苦地將眼神移開，一抬頭卻見周平甯極為平靜地安坐於室，怒火大起，一個反手雲袖起風。

「都是你的錯，都是因為你！」

陳婼一聲比一聲高。

「都是因為你！父親敗走驪山，我苟活於世遭人白眼！你這個叛徒！你這個逆賊！我永生永世都恨著你！其心可誅地將我算計進門，取得父親的信重，再拿到兵權，然後再像狗一樣叼著嗟來之食去向老六搖尾巴！」

「夠了！」周平甯埋首沈吟，猛地一抬頭提高聲量。「夠了！紅線，事到如今，妳還看不清楚嗎？陳顯必敗！就算當日我未曾反水，陳顯得以攻入皇城，都是沒有用的！皇上留得有後手啊！西北的兵馬、福建的兵、京畿外府的兵……陳顯以為攻守住皇城便能穩操勝券，殊不知他一輩子都只看見了小點，卻看不見大處！他想要的是江山，只攻守一座皇城，算什麼江山？」

陳婼面色潮紅，梗起頸項來開口欲駁。

卻突見周平甯慢慢將身形放鬆，癱坐在椅凳之上，艱難地舉起手來輕輕一擺。「算了……算了……我們不過才相愛不到五載，如今卻已相厭了快六年了，加加減減，得不償失。」

「那都是你欠我的！」陳婼高聲尖利。

周平甯很累，從心到身的累，他以為他娶到了陳婼他便能快活，可是沒有。他以為他靠自己搏到了一條道他便能快活，可還是沒有。

他一直都不快活，因為他愛著的人恨著他。

「我沒有欠妳任何東西。」周平甯站起身來。「妳我相互傷害了這麼些年，當日妳名聲壞了我才娶到了妳，可妳卻踩著我的尊嚴急於脫身。我陣前反水，可事後我卻拿前程仕途來換妳安康無恙。我從未同妳認真爭吵過，可妳卻極盡言語之長勢。我無妾室、無通房，縱然妳不願為我產子延嗣。紅線，我自問，我辜負陳顯了，可我從來都對得起妳。

「妳我，互不相欠。」

多少年了，陳婼頭一回眼眶裡無端端湧上來滿腔的淚與酸澀。

「那個剪出春抱石榴的女人叫青綢……」周平甯語氣淡淡的，轉頭望向窗櫺之外。「青綢紅線……她也是皖南池州人，說得一口和妳相似的腔調，軟軟綿綿的，聽起來就像這春天裡飄得漫天都是的柳絮。」

陳婼身形一抖，慘然一笑。「你不用拿這等不相干的女人來刺激我。」

周平甯搖頭。「我沒有刺激妳，妳想要什麼，我給妳。除了鳳儀殿那個位置，妳哪怕想要我的命，我都給妳。可我們不能再這樣耗下去了，我們之間必須死一個，才能兩個人都活下去。」

身死還是心死？

大約是心死吧。

陳婼眼中帶淚，艱難且迷惘地看著周平甯，心頭陡生慌亂，伸手想去拉男人的衣角，哪知手剛伸出，卻被自己骨瘦如柴的手腕和尖利蒼白的指甲嚇得往後一退。

周平甯背身而立，輕聲道：「說實在話，她很努力地用皖州腔學說官話的倔氣樣子，好像當年妳才進京時候的模樣啊……」

是啊。

好像啊。

就連那春意與柳絮都像極了當年的光景。

可惜呀，我們兩個，誰也做不成那個留春人。

隆化八年，晉王長子益哥兒出世，其生母為張夫人。

隆化十一年，晉王妃陳氏歿。

至後，晉王一直未娶，直至身死。

——本篇完

番外　定風波

「娘，我不想早晨起來練操、蹲馬步。」

眼前的小蘿蔔頭紅著兩眼，眼淚汪汪地揪著婦人的衣角，缺了兩顆牙的嘴一癟，活像個憋屈的小老太太，終究忍不了，哇地一聲哭出來。

「娘……姑母家的阿舒哥哥都是天亮了才起床練功的，爹還抽我屁股，還罵我小兔崽子！您還管不管了？您若不管，阿秋就去找外公和姑母告狀去。這日子阿秋真是沒法過了……」

這小兔崽子哭得個涕泗橫流的，沒個正行。

揚名伯夫人羅氏極平靜地撣了撣裙裾上那道被小兔崽子拉縐的褶子，兩手一抬，便很熟練地把兒子架起來，遞給了紅著一張臉立在廊口外的毛百戶。「上上回這小子在二門堵我，上回在正院門口堵我，這回有進步，都有法子溜到堂前來了。是教他兵法了？」

毛百戶趕忙伸手接住，頗為羞愧地埋首點頭。「先讓黃毛拖住我，自己從狗洞裡鑽進來，並將自個兒的一隻鞋扔在東跨院，然後再繞回來跑到正院。怪我沒看好世子……」

「毛大人也是沒想到這小兔崽子連你這樣的老江湖都能唬住罷了。」

羅氏笑著安撫毛百戶，轉了身，很是愉悅地和兒子互動。「你猜今兒晚上你爹回來，是會打你五個巴掌呢，還是八個？」

阿秋小郎君「哇」地一聲，哭得愈加撕心裂肺。

毛百戶嘴角一抽，這都什麼爹娘啊……

「行了。」羅氏就著絲帕給兒子擦了擦臉。「你爹今兒不能打你，能動腦袋把毛百戶都騙過去，也算有長進。只一點牢記著吧，目標一錯，過程再對也沒用。」

阿秋一下子止了哭，淚眼矇矓地瞅著自家親娘，包子臉一鼓，隨即打了個哭嗝出來。

毛百戶抱著小郎君一走，羅氏身後婦人打扮的管事嬤嬤卻笑起來，湊在羅氏耳朵邊小聲道：「難怪老太爺說您越發像了伯爺，嫁雞隨雞，老話沒錯。」

老太爺是已致仕的羅老太爺。

羅氏愣了愣，隨即也跟著笑起來。

這些年了，學他身上那個無賴樣倒是學了十成十。

歡宜有句話怎麼說的來著？

「頂好的夫妻是相似的，愛說的和寡言的鐵定過不到一起去，愛吃的和鐵公雞放一起更是八輩子結下的仇敵。你說我也說，你笑我也笑，這才是好日子。」

好日子是什麼？

好日子就是，在一塊兒的時間長了，我便成了你。

阿秋哭哭嚷嚷地說是要遞帖子進宮給姑母告黑狀，聲音那叫一個淒厲，餘音慘慘不絕於耳，羅氏面容帶笑立於長廊之內，心裡滿滿的，裝著的好和美好像快要溢出來了。

「妳說，太太當時怎麼就願意將我嫁給他？」

羅氏笑著問，身後的僕從也笑卻沒答話，心裡頭都知道這個問題哪裡需要答案啊！

冥冥之中，本就自有天意。

壯實。

此乃羅大娘子羅長苔見到賀行景頭一面時，從滿腦子漿糊中蹦出來的兩個字。

太壯實了。

此乃賀行景不經意間撩起袖子端起茶盅喝水時，露出一雙大手和突出青筋的精壯手腕時，在那燒得通紅的腦子裡左旋右轉，唯一循環往復著的就這麼四個字。

至於午膳吃了什麼，聽戲聽了些什麼，羅太太湊在她耳朵旁邊碎碎叨叨又唸了些什麼……

她全都不知道。

整個人就像踩在雲端，走路膝蓋頭都打著軟。

到晚上，馬車「軲轆軲轆」地向前行，她和阿英坐在馬車上回羅府時，阿英小娘子便興致勃勃地規劃著將來。「等大姊嫁了賀家阿兄，咱們家就和侯爺是一家人了，到時候侯爺來教阿英騎馬射箭都是名正言順的了……哦哈哈哈哈！」

七、八歲小娘子得意忘形地放聲大笑，笑聲悶在馬車裡，繞啊繞，就在她耳朵旁邊繞，她簡直窘迫得想找個地洞鑽進去。

小阿英湊近過來，悄聲問：「大姊，妳臉幹麼紅得像顆棗啊？」

羅大娘子眼波一橫，卻難得地報之以羞赧。

她的臉還在紅啊？

定京城清流世家羅氏的嫡長女，真是恨不得把一張臉藏到袖子裡頭去。

她都嫌棄自個兒丟人了！

說真的，她從來沒見過長得這麼壯實的男人。

世間的男人不都應當和她的爹爹羅閣老一樣嗎？

著青色長衫，風度翩翩，溫文爾雅，坐是撩袍搭膝抬頷舒眉的斯文相，站是右腳在前手扶腰帶的肅穆樣。

偏偏今天這個男人，嗯，不對，小郎君不一樣，生得濃眉大眼，走路虎虎生風，腰桿挺得筆直，絲毫無文人之風骨，甚至連一點讀書人的模樣也沒有。

若說平西侯方祈不說話的時候還能帶上點儒將的氣度，那這位賀小郎君，當真是一瞅就明白這是在沙場上舔刀口討生活的。

和爹、哥哥們、二叔、世伯，和她在有限的閨閣時光裡見到的那些男人們，都不一樣。

他喝茶是虎口大張開拿茶盅。

他穿衣裳不穿長袍，穿裋褐。

他說話聲音壓得低低的，聽不出抑揚頓挫，平得跟一條線似的。

他走在長廊裡，好像能將東邊的光亮全都給擋住。

他……

他是她人生中見到的第一個「那樣」的人，好像是來自西北的奇駿揚沙飛塵闖進了錦繡綺羅的深閨紅妝之中，帶著無盡的新奇，還有極淡極淡的期待。

當一對綁了翅膀的大雁擱在羅府大堂裡時，他們這樁婚事才算是真真綁定了。

羅家是詩書傳家，興旺了五、六代人了，重禮數、曉規矩，一家子上上下下雖不敢打了包票說「通身都行得正、坐得端」，但相較於京城裡頭那些金玉其外、敗絮其中的所謂「世家勛貴」，羅家當真算是極正派的人家了。

這樣正派甚至帶了些古板的人家，竟也願意在考慮三、四載後，將女兒嫁給他，嫁到那樣的人家去。

「說臨安侯賀家是個龍潭虎穴也不為過，外頭看上去人五人六，裡頭臭得人不敢仔細嗅。好好的侯爺夫人死得不明不白，撒手歸西之後，一雙嫡子嫡女，一個姨母養，一個舅舅養，父家宗族倒撒手不管了。不過也好，這樣長大的哥兒耐得住事，也懂得疼人，方家家教也好，若景哥兒是放在侯府裡長大的，妳爹還不一定看得上他呢。」

婚事敲定後，母親便日日往小苑來，東說一點、西說一點，將賀家人那點事全講完了，講得模模糊糊的，大抵是賀家本就捂得好，再加之有心人一手壓下不許再傳，傳來傳去便變成，賀家當時顧忌平西侯方祈通敵叛國的名聲，趕在事情懸而未決之前下手將臨安侯夫人方氏毒殺了——怕引火焚身，哪知人不僅回來了還帶著赫赫戰功回來了，人和你一算帳，把自家外甥、外甥女全帶走了，賀家這才真是賠了夫人又折兵。

她是在福窩窩裡長大的，哪裡聽過這樣的醜事？

幼時，親母遭親父毒殺。

她當時模模糊糊中，有些似懂非懂了，行景那低沈內斂的語調。

等蒙上的紅蓋頭被紅漆秤桿一把掀開，她仰起頭來，便正好看見賀行景那張蒙著一層酡紅的黑黝黝的臉。

好乖啊，像隻小京巴。

身旁圍滿了人，她險些噗哧一笑，然後衝口而出。

到底沒忍住。

「你臉一紅，紅的蒙在黑的上面，你的皮膚看起來好像我嫁妝匣子的深褐色……」

至今想想，她那時當真是喝暈了頭，同要相伴一生過日子的夫說的頭一句話，竟然是這般傻笑著沒頭沒腦的話頭。

偏偏那人也結結巴巴地接過去。

「平時不這樣……平時我留鬍子……鬍子一擋，曬再黑也瞧不見……」男人也傻笑著撓撓頭，像想起什麼，再加上一句。「阿嫵說妳要不喜歡，我就給刮了，要是妳喜歡我留鬍子，我繼續留著也行。」

「您可甭留！留著鬍子看起來像個老大爺似的！」

男人大抵也喝多了，哈哈地朗聲笑起來，搬了個小杌凳陪她坐著。

洞房花燭夜，兩個慫人喝醉壯膽，壯得聊了一夜的鬍子，臨了臨了，等天都快亮了，看見床上鋪的白絲帕這才想起來今兒個是來做什麼的。

上頭放了十五天的假，他們倆就足足嘮了十五天的嗑。

她問什麼，他就答什麼，從來不避諱也不計較。

她選擇將男人少時那段不想提及的過往遺忘，哪知男人卻很坦然地主動談及。「那時候我還年少，收拾起行囊就敢跟著老蔣連夜策馬往西去，卻將個性軟弱的母親與年幼稚嫩的幼妹獨自拋在那個家裡，大禍釀成，我悔不當初。」

行景的神情始終淡淡的，她卻明白是痛苦教會了他成長。

一開始，或許他們並不是愛，她對他懷抱著好奇與期待，而他對她更多的是要彌補缺憾與擔起責任。

可誰說一開始不是愛，之後便沒有愛呢？

不是所有的陳釀一開始就有那樣的濃香。

責任與愛比起來，有時候責任更重。

行景是武將，是在刀口上舔血討生活的武將，她適應深閨大宅、看書聽風的日子，卻對一大群穿著盔甲鬧鬧嚷嚷地到自家庭院裡要嫂子給做大鍋飯吃的將士們，驚詫得眉毛鼻子都快掉了。

一開始還能輕撚裙裾，在這群冒著臭汗的男人堆裡踮起腳尖找空走路，到後來，便漸漸變成看見有將士捧著碗大剌剌地嚼飯吃時，都能撩起袖子中氣十足地吼上一句——「吃飯不准出聲音！不准掉渣！以為內院的女孩兒們打掃時不累嗎？」

福建的生活就像它的風又潮又淡，好奇與期待慢慢變成了尊崇與自豪，可承擔責任與彌補缺憾卻逐漸成為男人的習慣。

他們住在軍營裡，來往的都是聲音粗獷的男人，就連將領們身邊的妻室亦是既能拿針又能扛刀的好手。

她的男人是百裡挑一的英雄，她又怎麼能拖後腿呢？

管帳、禮待下士，既能抹開顏面又能撐得住場，既然輕聲細語的閨秀沒有辦法適應東南那又急又高的海浪，那近墨者黑的辣子總能夠與她的英雄並駕齊驅吧？

「我最喜歡聽妳吼那群兔崽子的聲音。」

這是行景說過最動人的情話。

有風拂過，不遠處已經沒有阿秋鬼哭狼嚎的聲音了，她似乎在長廊裡站得有些久了。

羅氏輕笑著斂頭提裙向裡走去，心裡暗下決心，今兒個男人回來，她一定要對他說——

「我最喜歡你胸膛上的那道刀疤。」

永不磨滅。

深入心扉。

——本篇完

番外　憶來生

「話道，大周定京勛貴士族盂縣賀氏，賀太公賀知孝公以謀士隨太祖征伐戎馬半生，待太祖即位，大封從龍之臣，賀老太公以文臣之左，賜丹書鐵券得封臨安侯，入閣拜相，履及六部十三省，往來皆名儒，相交非白丁。」

好一個鐘鳴鼎食、簪纓權貴之家。

哦，我就看看，這可和我沒太大關係。

我姓周，住在慈和宮，吃的是皇糧，使喚的是宮裡頭的人，所以無論臨安侯賀家是平步青雲了呢，還是節節敗退了呢，著實與我沒太大關聯。

但是我還是喜歡四處尋摸古籍舊書來瞅上一瞅。

因為我那可憐的娘親，姓賀。

不僅是賀家人，還是臨安侯府的千尊萬貴的嫡長女，外祖母去得早，在宮裡頭長到十七、八歲，便說了個風頭正勁的新貴晉王，先是以側妃身分進門，等生了我那早夭的哥哥後，這才扶了正，可惜晉王妃那個位置還沒坐熱乎，便撒手歸西了。

聽人說，我娘親和賀家一向走得遠，到我這輩，自賀老太太過身之後，聯繫就更少了，只是偶爾有在西北遊歷的親舅舅和方家舅公送來的小玩物件。

而賀家老宅那一屋子人，我也就只見過幾面，只認得出來誰是我外祖父，誰是我那厲害悍氣的後外祖母，誰是後外祖母生的小舅舅。

這樣疏遠的關係，你們說，我與他們家還能有什麼關聯？

花開兩朵，各表一枝，再說說我的親娘。

好好一個世家貴女，活了一世，活得既慘又苦。

俗話說得好，好花不常開，好景不常在，這話拿來安到我那可憐的親娘身上倒是很合適。

宮裡頭謹言慎行，這些話全是我四下打聽了好久，這才前後聯繫琢磨全乎了的。

事關母親的話，可不敢求姨婆方太后告訴我——旁人在姨婆跟前一提起母親的名諱，姨婆便鬱鬱寡歡一整天，見著我時會摟一摟，再嘆口氣，可一句話也不說。

蔣嬤嬤說姨婆是「既捨不得又心疼又怪罪」，幾種情緒一相加，倒不明白該說些什麼了。

我琢磨了一下，奈何年弱智短，實在是沒法子理解大人們的心態；既然不明白，乾脆將這事一丟，撩起袖子踩在小杌凳上，去撥弄一直高掛在門堂上的那串琉璃風鈴，再把蓮玉姑姑編的竹蜻蜓插在上頭。

竹蜻蜓綠油油的，襯著透明發亮的琉璃，煞是好看。

母親走得早，我四歲還未滿就沒了娘，對這個出身顯赫的女人只有個模模糊糊的印象。長年臥在床榻上，滿屋子都是藥味，她總是隔著帳幔見我，很迷濛的神色被煙青的簾帳一漾，顯得更悲憫。她手從層層疊疊的帳幔裡伸出來，可伸到一半又縮回去，然後嗓音十分低沈地囑咐我的奶嬤嬤將我抱走，說：「別讓惠姊兒見到我這般模樣，仔細過了病氣。」

母親的病總不見好，常常咳嗽，生病讓人憔悴，我記憶中的是那個形銷骨立的娘親，可在閔賢妃娘娘的工筆仕女圖上卻是一個手執團扇、下頷圓潤、明眸皓齒，看起來很明媚的少女。

賢妃娘娘常喜歡摟著我笑道：「這就是妳娘，妳的鼻子、眼睛長得都像她，倒是性子不太像，妳娘個性倔氣，妳小小年紀卻很豁達。」

大約母親也希望我記住的是畫上她明豔的那個樣子。

我喜歡閔賢妃娘娘，很是婉和的一個女人，自打看了這幅工筆畫之後，我便更喜歡她了，恨不得日日都往未央宮跑。

去個十來天，大約能碰見聖上一次。

聖上每回到未央宮，賢妃娘娘就得先拿出一疊厚厚的本子，一筆一筆的帳目列出來唸給聖上聽，次次都是那些玩意兒，無外乎「鳳儀殿的帳目」、「六司的出入」，頂多再加上個「皇城外宮燈油火錢」，賢妃娘娘唸得碎碎叨叨的，闔宮上上下下都唸得到，我捉了一耳朵聽都快睡著了，難為聖上還聽得十分專注且安詳。

是的，安詳。

嗯……

聖上不太能算個很溫和的人，常常能聽見儀元殿的侍從們被杖斃拖到東苑去的消息，或是三天兩頭便大發雷霆，書桌上需要再換一批筆墨紙硯。

伴君如伴虎，可這個君不太像虎，像隻大犬，見著人就開始狂吠，吠叫了半天卻不敢下口咬。

我偷摸將這話告訴姨婆，看不清姨婆的情緒，只能聽見姨婆滄桑低沈的聲音說：「誰被壓制久了，都得瘋。」

不過還好，聖上待我倒是極寬和的，聖上膝下無兒子，陳皇后生的是女兒，其他的妃妾生的也是女兒，闔宮上下加上我，統共住了五個小姑娘，照年紀算起來，我算是行四，本是宗室女，可一概分例都是照著兩個嫡公主來，嫡公主有的雲絲錦我也有，我的還是絳紫色的，嫡公主沒有的明前茶，我還是有——西北送來的。

雖是賢妃娘娘管宮裡頭的帳，可這諭旨卻是聖上親下的。陳皇后生的二公主同我年歲相仿，怕就是因為此種緣由，一見著我便有些吹鼻子瞪眼，就差手指頭沒戳到我腦門上，跟個烏雞眼似的。「看妳可憐兮兮的沒了娘，這是父皇可憐妳，給的抬舉。別以為妳就能同正經八百的公主一個樣了，再抬舉也改變不了妳就是個小婦生養的種！也改變不了妳那早死的娘一開始是個妾！也改變不了妳就是個爹不疼、娘不愛的孤女！」

說實在話，我也不知道她上哪兒聽了這麼多的言語，大公主也是陳皇后生的，人家見著我就是笑，笑雖笑，卻不同我說話，也約束下頭人不許同我說話。

只有二公主比較喜歡讓情緒外放，我私心揣測，大約是生二公主的時候，陳皇后正病著，來不及親自帶她，便將她放到了安和宮讓聖上的生母王太妃帶，姊妹倆受的教不同，自然對我呈現的惡感不同。

什麼婦道貞德呀，什麼臉面抬舉啊，什麼沒羞沒臊呀，什麼臭味相投啊，都是二公主樂意說的。

前者大抵都是多用於對我本身發動攻擊，後頭一句卻是對我喜歡往未央宮跑的專屬形容。

明明大家都是七、八歲的小姑娘，我辭彙匱乏，她都上哪兒聽這麼多的新詞、好詞呀？我深表疑惑，在我疑惑的同時，也在無形中降低了她對我的打擊度——我都聽不懂，上哪兒氣去？我既然不氣，頂多衝她白一眼，然後拉著蔣嬤嬤回慈和宮，她追不到那處去，自然也拿我沒辦法。

相安無事這麼些年，只這回我是動了真氣，什麼小婦不小婦的，什麼妾不妾的，什麼死不死的，我只明白一點，她這是在貶我娘。

我雖喜歡挑軟柿子捏，可不代表硬柿子我不敢吃。

天大地大，管她什麼嫡公主、二公主，我抓著她的手，張口便咬。我正換牙，門牙沒了，想了想只好把她手指頭戳到裡頭拿大牙咬。

小姑娘肉多，一咬下去糯滋滋的。

我在咬，二公主在慘叫，叫聲跟殺驢似的。

我咂巴咂巴嘴，把她手指頭從嘴裡撈出來，黏答答的全是我的口水，哦，肉上還能隱約見著向外冒血絲的一個深牙印。

我是暢快了，可有人不快了。

陳皇后手上沒管權，在宮中一向深居簡出，連除夕家宴亦極少出現，這回卻勃然大怒，已臨近晚膳，仍浩浩蕩蕩地帶著人堵在慈和宮門口，一大股子暖茉莉香的味兒，我躲在花間都嗅到了。

姨婆日漸老了，兩鬢斑白，卻仍一隻手拄著枴杖，一隻手拉著大鼈要將大門拉開，我心知闖下禍事，紅著雙眼擋在姨婆身前。「您不用出去，一人做事一人當，是阿惠犯的錯，阿惠一個人擔，外頭風涼，您別著了寒。」

姨婆笑，笑得眼角的紋路很清晰。「妳有什麼錯？是二公主犯了口舌之忌在先，妳說不出那些齷齪誅心之話來回擊，只好憑本能反擊。且放心吧，陳氏是醉翁之意不在酒罷了。」

不在酒，在什麼？

我邊哭邊打哭嗝，趴在窗臺上透過菱花琉璃窗櫺向外瞧，姨婆背影佝僂，陳氏盛氣凌人，突然有些明白偷摸聽見姨婆與蔣嬤嬤說的那些話裡的道理了。

「如今朝中已無人可與陳家抗衡，皇帝要蓋什麼玉璽印都得陳顯先點頭。可惜閔寄柔要發力，陳婼壓不住，內宮失守，陳顯的手插不進內宮來，就沒法子全然握住朝政，朝外又有賀、閔兩家緊追不捨，方家率兵偏安西北，隨時威脅定京。只要陳婼一天沒兒子，一天拿不回內宮的管事權，陳家的繁榮就只是曇花一現罷了，陳顯不可能甘心的。」

我知道陳顯是誰，一個臉長長的，白鬍子、白頭髮的老頭，天天琢磨著要當佞臣，把持著朝政不放。「皇上空有個名頭，卻什麼也做不成，連娶誰、納誰都要受人掣肘，所以整日才板著個臉，一副誰都欠他二百兩的架勢」，這也是蔣嬤嬤的原話。

宮燈暈黃，陳皇后先出言開腔。

「母后何必為賀氏拚了一把？如今又要為她長女搏，一輩子累得個沒完了。今日既敢打頭傷人，來日怕能做出越發荒唐之事。您也年歲大了，還不如放手將這孩兒歸家，晉王不是還有個側妃是先頭那位的庶妹嗎？親姨媽照料，怎麼著也比您來的仔細。更何況，前頭那個就沒成器，還將您的臉打得啪啪直響，難不成這個就是個能成大器的？別費盡心力護著、養著，又養出個沒羞沒臊的賀行昭來。」

「難不成不成器就不養了？」方太后撐著枴杖也笑起來。「咱們家又不是陳家，得用的養著、捧著，沒用的丟了、扔了。自打妳生了二公主，以妳身弱微恙的由頭，閔寄柔把宮裡頭的權接過去後，陳夫人多久沒進宮來瞧妳了？一個生不出兒子、手段又沒人高竿的棄子罷了，也有膽量帶著人手來慈和宮堵哀家。先把鳳儀殿裡頭歡哥兒的血擦乾淨，再來興師問罪吧！」

陳皇后身形一抖，終是忍了忍，折身返宮。

女人說話呀，講究的就是一個直中紅心。

我耳朵貼在窗櫺邊，迷迷瞪瞪中聽見「歡哥兒」三個字，哭腫的眼睛猛地一睜開，那不就是我那早夭的哥哥嗎？

鳳儀殿裡歡哥兒的血……擦乾淨……

我一個大喘氣，隔了良久，勁也沒緩過來。

「郡主。」

是蔣嬷嬷在輕聲喚我。

我扭過頭去看，卻發現蔣嬷嬷站在昏黃暈染的宮燈之下，很是踟躕的模樣。

我卻陡然明白過來，這是姨婆在給我下猛藥。

事後，陳皇后選擇息事寧人；王太妃久居姨婆的高威之下，心雖疼，卻沒法開口；陳顯七老八十了，顧著練太極、養生息都來不及，哪裡會為了兩個小姑娘爭嘴打架的事勞師動眾，若傳了出去，說起來也不好聽。

這事歇了下來，我卻大病一場，病裡頭綿綿軟軟的，好似是睡了一個長覺，一覺起來門牙就冒了個小米尖，不僅個子長足了，好似還懂了許多事，至少明白了我那早夭的哥哥是怎麼走的，我那一直未曾露面的親爹待我又是個怎麼樣的態度。

病裡頭，我那親爹進宮來請安，順道拐過來瞅我，帶了一股子暖茉莉的香氣。本是隔著帳子瞅，瞅了瞅大約是嫌帳子礙事，一把撩開來，搬了個杌凳坐我身邊，細聲問我。「頭還疼嗎？」

我揪著被角搖頭。

「吃得下東西嗎？」

我小雞啄米似的點頭。

隔了好久，沈默了又沈默，這才問出聲來。

「還想在宮裡頭住嗎？要不咱們回家吧。宮裡頭貴人多，咱們身分沒那般貴重，惹了人眼，我也護不住妳。還不如回晉王府去，人少事少，方太后也老了，別叫她擔心。」

我手上揪住的被角一鬆，再抬頭瞅好久未曾見到過的親爹，他神情很遲疑，好像是在試探著說出這番話來。

我扭頭看侍立於旁的蔣嬤嬤，蔣嬤嬤頭埋得低低的，我也瞅不清她是個什麼意思，只好又將頭扭回來，鬆鬆掃在肩膀上，歪著頭輕聲問他。「阿爹是怕我也死在鳳儀殿嗎？」

蓮玉姑姑倒抽一口涼氣。

爹轉頭看向蔣嬤嬤，哪知蔣嬤嬤卻一點不讓，動也不動。

爹的手撐在床沿上，青筋凸起，眼神朝下，默了良久，終是一邊起身向外走，一邊輕聲丟下一句話。「好好照料郡主。」

人漸走得遠了，我歪過身子去輕掀開帳幔探出頭來去瞅，卻正好看見爹垂著頭站在門框邊上，手扶在朱漆高門上，後背一抖一抖地在動。

我問蔣嬤嬤。「爹是在哭嗎？」

蔣嬤嬤幫我掖了掖被角，神色很平靜，回道：「約莫是吧。」說著說著卻笑起來。「王妃過世的時候，晉王連出殯禮都未現身，如今倒是我頭一回見著他哭。」

可哭又有什麼用呢？

連我都知道，縱然我流再多的眼淚，死去的小兔子也回來不了，更何況已經去了的人。

當時我沒應爹究竟是回去還是不回去，可翻了年頭，我還是老老實實收拾東西回晉王府住了一長段時候——我娘的忌日到了，我親爹請了幾位得道的高僧誦七七四十九日的經。

一回去，高僧見著了，牌位也祭拜了，燈油也點了，我隨姨婆不太信這些，住了兩、三日後，便琢磨著收拾東西回宮去瞧一瞧姨婆。哪曉得許久不見的親爹找了個黃昏牽著我往明珠苑去，趁著暮色講了許多話，從柵欄裡的幾枝杈出來的鳶尾花，講到還擺在木案上的母親以前頂喜歡的一只琺瑯酒壺，爹問我還記得不？

我搖搖頭。

爹便在餘暉下笑了起來。「那時候妳還小，這麼高。」他比了個高度，繼續說：「連爹娘都不會叫，哪裡還記得到啊？這是妳娘頂喜歡的一個酒壺，每年西北送了葡萄佳釀來，妳娘便把酒灌進這個酒壺裡，妳嘴饞非得咿咿呀呀嚷著要嚐，妳娘就拿筷子頭沾了滴酒給妳嚐。」

爹看起來很愉悅，我很少看見爹愉悅的神情，嗯……其實是我很少見到爹。

明珠苑裡靜悄悄的，但是還掛著幾盞燈籠，燈籠的光照在木案上。

我正好看見了琺瑯酒壺折射出的那道銀光。

我們倆從裡間走到外間，再從外間走回裡間，娘用過的胭脂膏已經凝成一坨了，娘用過的銅鏡卻還很清晰，我和爹的臉全都映在銅鏡裡，爹看我的神情，好像穿過了好幾十年。

之後我就沒再提要趕緊收拾東西回宮去了，反正也只有四十九天。

白天僧人要唸經，我就在小苑裡聽書描紅，跨院的賀妃討厭得很，常常端著食匣子跑過來擾我，話裡話外透著親近，口口聲聲叫著「惠姊兒」，我不耐，只說：「母親叫我惠姊兒，姨婆叫我惠姊兒，賀妃叫我郡主才算有禮數。」

像戳到了她脊梁骨似的，哭得梨花帶雨地嚷起來，無非是什麼——「我是妳母親的妹妹，也算長輩，叫一句惠姊兒算是折辱了嗎？郡主嫌我身分低，卻也不想想我同王妃是打斷了骨頭連著筋的親姊妹……」

我嘆了口氣，蓮玉姑姑待她是老熟人了，把她往門口一推，再手腳麻利地往地上灑了盆開水。

地上滋滋冒熱氣，她卻仍在嚷個沒完了。

也不曉得事是怎麼傳到爹耳朵裡頭，反正我是沒再見著過賀妃了，聽人說是被送到了莊子裡去養老了。

滿好笑的，這才不到三十歲就養老了。

四十九天過得快，臨了臨了，我找不著酒，也不想找小廚房要，鬼使神差地摸了串葡萄塞在袖子裡頭往明珠苑去，將近花間，卻聽見裡頭有動靜，趕忙縮成一團，戳了個縫往裡看，卻見爹正用著那盞琺瑯酒壺喝酒，嘀嘀咕咕不曉得在說些什麼，我腳下放輕便，越發靠近，這才聽了個清楚。

「阿嫵啊……我曉得我對不住妳，我這輩子唯一對得住的人就是她，唯一放在心上的人也是她。她說她是無心的，她說是哥兒腳下滑，落進了水潭子裡，她說她讓人將歡哥兒撈起來的時候，歡哥兒早就沒了生氣。我那時候蠢，她說什麼我都信，她一哭一跪再一求，我想算了吧，左右也鬥不過陳家，和她死磕不過徒勞，更何況她還是無辜……」

我僵在牆角，整個身子都貼到牆壁上了，嘴巴上全是灰，屏息凝神。

裡間的聲音都能聽出來醉醺醺的。

「妳原先說我蠢，我還非不信。如今阿惠在宮裡頭，我整日地提心吊膽，一聽阿惠和二公主打起來驚動了她，我立時嚇得朝服都沒換，縮在太液池邊等她。妳知道她對我說什麼了嗎？『……我不要的，別人也休想要。若當時歡哥兒不死，你與賀氏總能慢慢過到一塊兒去，到時候我怎麼辦？我仍是孤家寡人一個……』

「歡哥兒去後，妳心疼得一病不起，後來的病根就是那時候落下的。我卻執迷不悟，只想著該怎麼樣將此事掩下去，甚至拿出正妃的位置來安撫妳……

「阿嫵啊……妳說我怎麼這麼蠢啊……怎麼就這麼蠢啊！」

裡頭的人哭得讓人胸悶，我也莫名其妙地紅了眼睛，緊了緊袖口裡的那串葡萄，想一想，一彎腰將葡萄串擱在了廊口上。

回宮之後，姨婆問我想不想回去住下，我搖搖頭，姨婆便再也不說什麼了。

我十一歲那年，朝裡朝外都有些不太平靜——陳顯走了順真門中軸的御道。

那天晚上儀元殿三個內侍都被打得血肉模糊地拖到了東苑，閔賢妃娘娘親自去了鵲鳳儀殿，不過兩、三個時辰之後，便又出來了，緊接著就是內侍封了鳳儀殿的大門。

慈和宮上上下下也不平靜，王太妃拖著二公主搬到了慈和宮住，我領著人將隔壁一間小院子收拾了出來，我和二公主結下的梁子還沒全好，可一看見二公主垮著一張臉的樣子，我倒也當真驚了一大跳。

陳顯若當真要反，不論誰勝誰負，陳皇后膝下的兩個女兒都是頂可憐的，裡外都不是人。

大公主還成，一早嫁到邕州去了，還算有了著落。

若是陳家落了敗，陳皇后遲早身亡，這二公主就得頂著謀逆罪后子嗣的名聲葬送一生。

若是陳家得了勝，她又偏偏姓周……

好生糾結。

我卻私心覺得二公主壓根兒沒想這麼深來著，她純屬是不願意搬到慈和宮來罷了。她要衝我蹬鼻子上臉，我也忍了，誰會和一個注定有著悲慘人生的人認真計較呢？

等了半天，沒等來陳顯謀逆，反倒等來了有人來給我說親。

陳夫人想把我說給陳家那位嫡長孫，她在姨婆跟前大放厥詞，姨婆悲天憫人地攥著佛珠裝相，臨了臨了才彷彿大徹大悟地點點頭說：「行了，哀家知道了，妳且先回去吧。」

陳夫人笑一笑，再將眼神放到我身上一會兒，又說：「我們家是琢磨著郡主是您養大的，不好繞過去，首闔年歲越大，脾性越發不好，竟然還想直接去晉王府提親，遭我攔下來了。您好好想想，陳家長孫配宗室郡主當真不算虧。」

姨婆手上一滯，面色陡然變得有些不好。

陳夫人走後，姨婆和慈和宮上上下下都顯得很平靜，只我一人憋得一口老血險些沒噴出來。

陳家長孫我是見過的，比我還小半年，是老來子，平時是捨不得打又捨不得罵，脾性心智，和他爹一模一樣，愣頭得丈二和尚都摸不著頭腦，一張臉長得都夠去犁地了，含沙射影罵他是馬臉，他先是笑呵呵地跟著說，後來才反應過來不對勁，便跑到大人跟前告黑狀。

我心裡是清楚陳家人為什麼要把主意打到我身上的。

爹如今是越發的避世歸隱了，只是聖上同他是故舊兒時的情分，不僅封了王，甚至還將內衛禁軍交到他手上管。

大周這麼幾百年，什麼都變過，就只有內衛禁軍一直姓周。

內衛的虎符和調任權，除非陳顯再投個胎投到周家來，否則任他大權在握也拿不到。

爹現在是破罐子破摔，無牽無掛，上無老子娘，中無妻室愛妾，就剩個我了。

爹滑不溜手，陳家便自以為是地認為我是可以牽制爹的尾巴。

我爹巴巴跑進宮來，和姨婆神神叨叨說了老半天，又囑咐了我幾句話，無非是「聽姨婆的話，不許自有主張」、「姨婆是為妳好，爹也是為妳好」之類的。

我摸不著頭腦，只好順著他點頭。

陳夫人給了姨婆三天時間考慮，三天之後，陳夫人如約而至，姨婆老神在在地一拍腦門，「哎喲」一聲，這才想起來道：「哎喲！我倒給忘了，晉王一早就把阿惠說給了她親舅舅家的表哥，叫……叫什麼名來著？」

姨婆側身問蔣嬤嬤，蔣嬤嬤接過話頭應和道：「賀長修，如今在平西關內任六品副僉事，是原先的晉王妃在賀家大爺臨去平西關的時候定下來的，都好些年頭了。訂的娃娃親，一早就過了庚帖，陳夫人若不信，盡可以讓閔賢妃娘娘佐證。」

陳夫人來不及說話，姨婆哈哈笑起來，神色很舒心。「妳也是知道的，表哥表妹的，都是些孽緣，若沒妳先提起來，哀家也不會問了晉王，更沒可能記起這樁婚事來。」

我臉黑得像鍋底灰，陳夫人直接臉黑得像炭灰。

也就是說我得趕緊嫁到西北去，趕緊避開即將到來的禍事。

兩廂通了口徑，西北的迎親兵馬就到了，這派浩浩蕩蕩的軍隊來迎親的，扳著手指頭數一數，如今也只有西北方家做得到了。

陳顯手上捏著一半九城營衛司的兵馬不敢硬碰硬，象徵性地攔了攔，無非是告訴欽天監說吉日還得等多久；姨婆只一句話——「哀家活了這麼多年頭，還從來沒信過這碼子事！」

爹一連三日進進出出宮闈，提早兩天將我接回了晉王府了，我連葡萄都來不及放在明珠苑前頭，就跟作夢似的，被人蒙上了紅蓋頭，手裡頭塞了支玉笏，急吼吼地就顛在花轎裡頭，由著盔甲的輕騎護送著向西北走。

出門子那天，蓮玉姑姑哭得不成人形，哭了又哭地拽著我，直說愧對了母親。「讓郡主十三歲就嫁了人，這還沒在家裡好好養上幾年呢。」

這事趕事的，十三歲的出了門子，我都還沒驚魂未定，蓮玉姑姑卻跟受了多大刺激似的，最後反倒變成我一聲接一聲地寬慰她。

姨婆拄著枴杖來送親，臨要走前湊我耳朵邊說了句話。「替我和妳娘好好瞧一瞧西北碧藍的天。」

我想哭得不得了，姨婆卻嚴令不許哭，我只好一抽一搭。

我沒胞兄胞弟，是端王府上的堂哥揹著我送上轎，我伏在堂哥的背上，回頭望，風將蓋頭揚起來，正好看見爹一個人站在晉王府門口。

定京到西北的路遠得很，送親的隊伍一路走走停停，我反應有點慢，都過了山東了，這才想起來。

咦，這怎麼過了一城，送親的人馬就少了一大半啊？

等一進平西關，好傢伙，我身邊只剩了一百來人了。

沒及笄，又是嫁的自己舅舅家，怎麼來都好。

我凡事不想多，既來之則安之，蒙著蓋頭正啃著孜然羊肉腿，一挑開蓋頭，我羊腿還沒啃完，手上油滋滋地也來不及藏，咧開嘴衝那人一笑。

新晉夫婿是個老實人，怯生生地遞了條帕子過來，讓我擦一擦，然後安安分分地坐在了我身邊，離我半丈遠，既不同我說話，也不同我笑。

大概他不喜歡我吧。

我心裡想，也是，除了胡亂抓住這哥們兒，還能上哪兒找一個這麼夠義氣，能「犧牲」自個兒救我於水火之中的好男人啊？

我有點委屈，想開口說話，可口裡的羊肉還沒嚼完，只好三兩口囫圇吞下肚，哪知孜然辣椒麵烈得很，卡在嗓子眼裡辣得生疼，我眼淚汪汪地拍拍賀長修求救。

賀長修趕忙給我倒了杯茶水來，一面撫我後背，一面有些手足無措。「若喜歡吃，說就是……我才來西北的時候也喜歡吃……」

他是在安慰我嗎？

我抹了把眼睛。「誰說我是因為好吃吃急了的！我是為了吃完，好趕緊和你說話，這才嗆到了。」

賀長修臉一紅，慢慢騰騰地從半丈遠磨磨蹭蹭地坐近到了我身邊。

我咧開嘴笑起來。

他肯定不會不喜歡我的。

我心裡十分舒暢地有了點譜。

我前腳嫁到西北成了婚，後腳定京就亂成了一鍋粥。

一向閒散的宗室前皇六子，現端王殿下親率五千兵馬毫無徵兆地摸黑突襲了陳府，生擒陳顯夫婦以及陳放之一家，端王長子又領五千兵馬圍住臨安侯府，生擒早與陳顯有所勾結的臨安侯賀琰夫婦，兩家勛貴皆被當成了質子，一半的九城營衛司群龍無首，不知該如何行事。

而後京畿一帶的兵馬傾巢而出，突圍定京。

之後誰輸誰贏，我就不知道了。

定京出來的消息傳到西北得花五、六天，我們手上拿到的消息已經是定京城五、六天前的消息了，也就是說在我們知道這則消息時，定京城其實早已塵埃落定了。

「妳猜誰會贏？」賀長修笑咪咪地問我。

我輕橫他一眼。「打著送嫁的名堂送兵馬，誰能想到一向與世無爭的端王會一直和西北有聯繫，最後成為那隻捕到螳螂的黃雀？」

賀長修很是愉悅地笑起來，十分鄭重地許了承諾。「過段日子我帶妳去草原騎馬。」

我笑著點了點頭。

我要替姨婆和母親，把西北湛藍湛藍的天、綠油綠油的草，還有漫山遍野疾馳的馬兒，全都看在眼裡。

全都記在心裡。

那些被生命拘束在定京城裡的人啊……

我在平西關內，替你們活，替你們自由。

——本篇完

文創風
195

嫡策 6 完

國家圖書館出版品預行編目資料

嫡策 / 董無淵著. --
初版. -- 臺北市 : 狗屋, 民103.06
冊 ; 公分. --（文創風）
ISBN 978-986-328-314-0（第6冊 : 平裝）. --

857.7　　103008955

著作者　董無淵
編輯　王佳薇
校對　曾慧柔　王冠之
發行所　狗屋出版社有限公司
地址　台北市104中山區龍江路71巷15號1樓
電話　02-2776-5889～0
發行字號　局版台業字845號
法律顧問　蕭雄淋律師
總經銷　知遠文化事業有限公司
電話　02-2664-8800
初版　103年6月
國際書碼　ISBN-13　978-986-328-314-0
原著書名　**《嫡策》**，由起點女生網〈http://www.qdmm.com/〉授權出版

定價250元
狗屋劃撥帳號：19001626
網址：love.doghouse.com.tw　E-mail：love@doghouse.com.tw